Jillian Meadows bringt ihre Leser*innen mit ihren Liebesgeschichten regelmäßig zum Schwärmen, Lächeln und Freudentränen weinen. Sie lebt mitten im Wilden Westen, Texas, zusammen mit ihren vier Töchtern und drei Hunden. Wenn sie nicht gerade schreibt, verschlingt sie einen Liebesroman nach dem anderen, spielt Brettspiele oder genießt die Natur mit ihrer Familie. *Wreck My Plans* ist ihre zweite Romance, die auf Deutsch erscheint, nach ihrem Debüt *Give Me Butterflies*. Zwei weitere berührende Romane sind in Planung.

www.penguin-verlag.de

JILLIAN MEADOWS

Wreck My Plans

Er kalkuliert das Unerwartete –
doch mit ihr hat
er nicht gerechnet.

Roman

Aus dem Englischen
von Juliane Zaubitzer

PENGUIN VERLAG

Die Originalausgabe erschien 2024
unter dem Titel *Wreck My Plans*
bei Avon, New York.

FSC www.fsc.org MIX Papier | Fördert gute Waldnutzung FSC® C014496

Penguin Random House Verlagsgruppe FSC® N001967

1. Auflage 2025

Neumarkter Straße 28, 81673 München
produktsicherheit@penguinrandomhouse.de
(Vorstehende Angaben sind zugleich
Pflichtinformationen nach GPSR.)

Published by arrangement with Avon,
an imprint of HarperCollins Publishers LLC.
Redaktion: Larissa Bendl
Umschlaggestaltung: bürosüd
Umschlagabbildungen: Cover Illustration © Chloe Quinn
Satz: GGP Media GmbH, Pößneck
Druck und Bindung: GGP Media GmbH, Pößneck
Printed in Germany 2025
ISBN 978-3-328-11320-1
www.penguin-verlag.de

Für alle, die noch auf der Suche sind.
Es ist okay, keinen Plan zu haben. Versprochen.

Liebe Leser*innen,

es könnte sein, dass einige Passagen des Buches euch persönlich nahegehen, wenn ihr ähnliche Erfahrungen macht oder gemacht habt. Deshalb findet ihr auf Seite 318 eine Triggerwarnung.

Achtung: Diese enthält Spoiler für das gesamte Buch. Wir wünschen allen das bestmögliche Leseerlebnis.

Jillian Meadows und der Penguin Verlag.

1. Kapitel

Lena

Meinen neuen Weihnachtspyjama vollzukotzen, gehört dieses Jahr eigentlich nicht zu meinen Plänen«, erkläre ich Millie, während die Reifen meines Wagens auf dem glatten Asphalt der steilen Straße durchdrehen.

»Aber wenn du herkommst, könnten wir uns *zusammen* übergeben.« Die Stimme meiner besten Freundin, die aus der Freisprechanlage ertönt, klingt enttäuscht. »Wir könnten uns eine Deckenburg bauen und *Bridgerton* schauen, während Finn für uns Krankenschwester spielt.«

»Mmm, von deinem Freund bedient zu werden, klingt verlockend. Hat er auch ein sexy Schwesternkostüm? Dafür würde ich glatt einen Magen-Darm-Virus riskieren.«

Eigentlich sollte es das allererste Jahr sein, das ich Weihnachten nicht bei meiner Familie verbringe. Aber mein Plan, bei Millie und ihrer neuen Familie in Wilhelmina zu bleiben, wurde heute Vormittag durchkreuzt, als Finns Nichte Eloise sich beim Uno-Spielen übergeben hat.

»Ich kann sofort eins bestellen«, sagt Millie. »Meinst du, die gibt's in seiner Größe?«

Als ich endlich das zweistöckige Haus meiner Mutter erreiche und hinter ihrem Geländewagen parke, erfüllt unser Lachen das Auto. »Er wird mich dafür hassen, dass ich dir diesen Floh ins Ohr gesetzt habe. Es ist sowieso ein Wunder, dass er mich noch nicht satthat.«

»Wenn dem so wäre, müssten wir unser Arrangement hier ernsthaft überdenken«, sagt sie. »Dann müsste er ab sofort in Peppers Körbchen schlafen.«

Lachend öffne ich meinen Sicherheitsgurt. »Ich erwäge, eine noch anhänglichere beste Freundin zu werden, nur um das zu sehen.« Dann ziehe ich den Schlüssel aus dem Zündschloss. »Ich bin da, Mills.«

Als sie seufzt, knistert ihr Atem in der Leitung, und ich würde sie am liebsten umarmen. »Okay. Alles wird gut. Sie werden sich freuen, dass du doch noch gekommen bist, und wenigstens liegst du Weihnachten nicht mit Magen-Darm flach.«

»Ich werde mir vom Weihnachtsmann wünschen, dass es euch bald besser geht«, verspreche ich.

»Danke«, antwortet sie seufzend. »Hab dich lieb. Versuch, den ganzen Jobkram für eine Woche zu vergessen. Das kann warten, bis du zurück bist.«

»Ich geb mein Bestes. Hab dich auch lieb. Gib den Mädchen einen Kuss von mir. Und schick mir ein Foto von Finn im Schwesternkostüm.«

Als der Anruf endet, atme ich tief durch und lasse meinen Blick über die weiße Weihnachtsbeleuchtung am Haus und den goldenen Schein hinter den Fenstern schweifen.

Millies Worte klingen in meinem Kopf nach. *Vergiss den Jobkram.*

Ist das überhaupt möglich? Seit mein Traum, Kunstlehrerin zu werden, vor zwei Wochen geplatzt ist, hänge ich durch, und ich hatte gehofft, dass Weihnachten bei Millies Familie mich aufmuntern würde.

Die Oaks wären die perfekte Ablenkung von all den negativen Gedanken, die mir in letzter Zeit durch den Kopf schwirren. Bei ihnen ist alles laut, fröhlich und unbeschwert.

Und bei mir?

Es ist zu still, seit Millie und Pepper weg sind. Zu still, zu langweilig, zu einsam.

Vielleicht sollte ich mir einen Hund zulegen.

Versteht mich nicht falsch, ich freue mich für Millie und Finn. Ihr müsst wissen, dass ich maßgeblich dazu beigetragen habe, diese beiden verpeilten Wissenschaftler zusammenzubringen.

Wenn Millie und Finn sich quer durchs Zimmer anhimmeln und er sie total verknallt ansieht, dann wird mir ganz warm ums Herz. Und wenn meine anderen besten Freunde, Micah und Emil, im Auto Händchen halten, während wir zum Abendessen fahren, muss ich grinsen wie eine stolze Mutter.

Aber meine eigene Einsamkeit hängt mir wie eine Eisenkette um den Hals und erinnert mich ständig daran, dass ich nicht das habe, was meine Freunde haben.

Ich kann mich für sie freuen und gleichzeitig traurig sein, denke ich. So ist es mir mein ganzes Leben ergangen.

Meine Rolle ist die der besten Freundin, die immer da ist, wenn es brennt. Die anderen den Rücken stärkt. Sie in Schutz nimmt. Sie verteidigt. Sie wieder aufbaut.

Es ist mir eine Ehre, für die Menschen, die ich liebe, da zu sein.

Aber gelegentlich hätte ich auch gern jemanden, der für *mich* da ist.

Ich bin fest davon überzeugt, dass ich meinen Weg in der Welt auch ohne Partner gehen kann, aber das ändert nichts daran, dass ich manchmal *einsam* bin.

Manchmal wünsche ich mir jemanden, mit dem ich albern sein kann und der mich daran erinnert, gelegentlich eine gesunde Mahlzeit zu mir zu nehmen. Jemanden, mit dem ich auf dem Sofa kuscheln und über unsere Insiderwitze lachen kann. Jemanden zum Anlehnen, wenn ich einen schlechten Tag habe, der mich an die Hand nimmt, wenn ich mich verloren fühle.

Und vielleicht auch für Sex? Ehrlich gesagt, setzen meine Geschlechtsteile allmählich Spinnweben an, weil sie höchstens mit meinem Vibrator in Berührung kommen.

Ich schaudere bei diesem Gedanken und ziehe mir meine Regenbogenmütze über den Kopf. Dann schlüpfe ich in meine salbeigrünen Handschuhe und meine rote Daunenjacke.

Bevor ich aus dem Auto steige, atme ich noch mal tief durch. Vielleicht entspannt der zusätzliche Sauerstoff meine Muskeln.

Schneeflocken hängen in meinen Wimpern, als ich endlich die Haustür erreiche. Ich beschließe, die Geschenke, die ich in letzter Minute eingepackt habe, noch im Wagen zu lassen, damit mein fünfjähriger Neffe Jack nicht sofort darüber herfällt.

Als ich die Tür aufschließe, strömt Erleichterung wie eine warme Brise durch mein Herz.

Ich nehme all die kleinen Details in mich auf. Die Girlande, die sich um das Treppengeländer windet, der Phantomgeruch von Zucker und Vanille, die leise Weihnachtsmusik, die an mein Ohr dringt.

Zu Hause.

Sobald ich dir Tür hinter mir geschlossen habe, lasse ich mein Gepäck fallen und mache kurz die Augen zu.

Obwohl ich dieses Jahr nicht kommen wollte, kann ich nicht leugnen, dass mich ein Gefühl der Geborgenheit überkommt. Ich hatte Heimweh.

»Lena?«

Ich reiße die Augen auf und sehe meine Schwägerin Zara. Ein überraschtes Lächeln erhellt ihre blauen Augen, als sie mit ihrem einen Monat alten Sohn Noah vom Sofa aufsteht. »Was zur Hölle machst du denn hier?«

»Hab gehört, es ist Weihnachten.« Ich zucke lächelnd die Schultern.

»Hast du das die ganze Zeit geplant?«, fragt Zara und zieht mich in eine einseitige Umarmung.

»Nein. Millies Familie ist krank geworden, ich bin also ein Überraschungsgeschenk.« Meine dunklen Locken streifen Noahs Wange, als ich ihm einen Kuss auf die Stirn gebe.

»Tia Lena«, brüllt Jack. Mit wild hüpfenden Ringellöckchen kommt er auf mich zugestürmt und prallt gegen meine Beine.

Mama kommt aus der Küche gerannt und fuchtelt aufgeregt mit den Händen. »Oi«, kreischt sie. »Du bist doch gekommen! Frohe Weihnachten, *amorzinho*.«

Ich lasse Jack los und umarme meine Mutter. Eine tiefe innere Ruhe durchflutet mich, als sie mich fest drückt.

Kaum hat Mama mich losgelassen, kommt meine Großmutter um die Ecke, die wir Luci nennen. Mit Tränen in den Augen nimmt sie mein Gesicht zwischen ihre Hände. »*Menina*, du hast mich zu Tode erschreckt, als du gesagt hast, du würdest nicht kommen.« Sie schüttelt den Kopf. »Mach das nicht noch mal.« Ich nicke wortlos. »Ich mache dir Tee. Es ist eiskalt draußen«, sagt sie mit dem portugiesischen Akzent, der aus ihrer Kindheit in Brasilien zurückgeblieben ist.

Ich lache. »Schon gut. So kalt ist mir gar nicht. Ich habe eine Heizung im Auto.«

Sie winkt ab und geht zurück in die Küche.

Zara kichert, und ihre blonden Haare wippen, als sie den Kopf schüttelt. »Mit der ist heute nicht zu spaßen.«

»Was glaubst du, von wem ich das habe?« Ich zwinkere ihr zu, während ich meine Wintersachen ausziehe.

Zara drückt mir Noah in den Arm, und ich presse das kuschelige Bündel an mich.

»Jetzt hast du ihn am Hals«, ruft sie über die Schulter, während sie die Treppe hinaufjoggt. »Auggie ist einkaufen, und ich muss dringender duschen, als du wissen willst.«

Vorsichtig trage ich Noah ins Wohnzimmer und steige über Jacks Puppensammlung.

»Wo ist deine Schwester?«, frage ich und lasse mich aufs Sofa sinken.

»Mit Daddy einkaufen«, sagt Jack und stopft die Füße einer Puppe in Plastikschuhe. »Wir brauchen noch Brot fürs Abendessen.«

Ich gebe ein verständnisvolles Geräusch von mir und konzentriere mich auf den kleinen Kerl in meinen Armen.

In Gedanken füge ich »Babys im Arm halten« meiner Liste potenzieller Jobs hinzu.

»Wir haben uns erst einmal gesehen«, flüstere ich, während ich Noahs schlafendes Gesicht betrachte und jedes Detail seiner rosigen prallen Wangen und langen dunklen Wimpern in mich aufnehme. »Aber ich bin mir sicher, dass du dich an mich erinnerst. Ich war es, die dir verraten hat, dass dein Dad in Wahrheit ein Außerirdischer ist.«

Er seufzt wie ein launischer Teenager.

»Ich weiß, aber wenn du die grüne Antenne ignorierst, ist er echt nett, ehrlich.«

Luci kommt mit einem Becher in der Hand ins Wohnzimmer. »Himbeere. Unsere Lieblingssorte.«

»Danke.« Ich nehme den Tee entgegen, und sie lässt sich seufzend neben mich aufs Sofa sinken.

»Wie geht es meiner Lena?«, fragt sie und tätschelt meinen Oberschenkel.

Ich trinke einen Schluck und versuche, meine Gefühle in den Griff zu bekommen. »Gut. Fantastisch.« Meine Stimme ist zu laut, und meine Mundwinkel zittern.

In letzter Zeit fühle ich mich so … orientierungslos. Als würde ich auf einem stürmischen Ozean treiben, ohne Land in Sicht. Und aus irgendeinem Grund klingt die Sorge in ihrer Stimme, als würde sie mir einen Rettungsring zuwerfen.

Ich möchte all meine Gedanken vor ihr auskippen und sie gemeinsam mit ihr sortieren.

Sie runzelt die Stirn, doch bevor sie antworten kann, quietscht die Hintertür, und in der Küche entsteht Unruhe. Die Stimme meines Bruders dröhnt durchs Haus, bevor meine Nichte Penelope »Tia Lena!« ruft.

Ich recke den Hals, aber ich will Noah nicht wecken, deshalb stelle ich die Tasse auf den Couchtisch und winke ihr zu. Sie hüpft auf mich zu und springt neben mir aufs Sofa.

»Da bist du ja«, seufze ich und lege ihr einen Arm um die Schultern. »Ich hab dich vermisst, Süße.«

Sie grinst mich an. »Ich dich auch. Ich bin froh, dass du da bist.«

»Ich auch.« Ich drücke meine Nase in ihre kastanienbraunen Haare, atme ihren Duft ein und lächle. »Habt ihr das Brot bekommen?«

»Nein, sie hatten nicht die richtige Sorte für Gavin.«

Die letzten beiden Silben treffen mich wie ein Schlag in die Magengrube. Ich atme tief ein, doch der Sauerstoff reicht nicht, um den Namen zu verarbeiten, den ich da gerade gehört habe.

Gavin.

Mir rutscht das Herz in die Hose.

In meinem Gehirn braut sich ein Sturm zusammen. Wut und Panik wirbeln durcheinander, bis ich sie nicht mehr auseinanderhalten kann.

Pen blinzelt mich mit ihren blauen Augen an, und offenbar sehe ich so aus, wie ich mich fühle, denn sie fragt: »Geht es dir gut?«

Meine Hände zittern, während ich versuche, die Sprache wiederzufinden.

Das kann nicht sein. Sie muss sich irren.

Aber ich kann mich nicht davon überzeugen. Ich bin gefangen auf diesem Sofa, das Gesicht in die falsche Richtung gedreht, ein flaues Gefühl im Bauch.

Aus dem Stimmengewirr hinter mir tanzt ein unverwechselbares Glucksen über meine Haut, bei dem sich jedes Haar auf meinem Körper aufrichtet. Dieses tiefe, herzliche Lachen habe ich so oft gehört, aber nicht in den letzten drei Jahren.

So lange habe ich den Mann hinter mir nicht gesehen.

Die Schritte kommen bedrohlich näher, und plötzlich bricht Wut aus meinem Gefühlssturm, und ich weiß genau, wohin ich sie lenken muss.

2. Kapitel

Gavin

Sie sollte gar nicht hier sein.

Der Gedanke blitzt mir durch den Kopf wie ein Neonschild auf dem Las Vegas Strip.

Sonst hätte ich mich nie überreden lassen, herzukommen.

Für den Bruchteil einer Sekunde überlege ich, ob ich mich zur Tür hinausschleichen soll, bevor sie sich umdreht und mich sieht.

Aber meine Beine rühren sich nicht von der Stelle. Stattdessen ist es, als würden Ranken aus dem Boden schießen und sich um meine Füße wickeln.

Lena reckt das Kinn und schüttelt ihre schwarzen Locken, bevor sie Noah in Lucis Arme legt.

Vorfreude brennt in meiner Brust, während ich darauf warte, dass sie mich bemerkt. Keine Ahnung, wie sie reagiert. Vielleicht macht sie wütend kehrt, vielleicht schenkt sie mir das Lächeln, nach dem ich mich so sehne, seit ich sie zuletzt gesehen habe.

In diesem Moment wäre ich für alles dankbar.

Schlag mich. Schrei mich an. Schenk mir ein Lächeln.

Egal was, solange ich dabei ihr Gesicht sehe.

Sie atmet tief durch, dann steht sie auf, und selbst von hinten ist sie noch genauso schön wie beim letzten Mal.

Obwohl das Sofa zwischen uns steht, fühlt sie sich so nah an, und ich sehne mich danach, sie zu umarmen.

Darf ich sie umarmen?

Ich bewundere ihr langes dunkles Haar. Diese dichten schwarzen Locken haben mich schon immer fasziniert, und ich wünschte, ich könnte meine Finger darin vergraben.

Mein Blick wandert ungefragt zu ihren Hüften. Aber Gott sei Dank dreht sie sich um, bevor er noch tiefer sinken kann, denn ich weiß nicht, ob ich mich zurückhalten könnte, sie offen anzugaffen.

Allerdings komme ich vom Regen in die Traufe, denn ihr weißer Pullover schmiegt sich wie eine zweite Haut an ihre üppigen Kurven.

Fuck my life.

Ich zwinge mich, in ihre karamellfarbenen Augen zu sehen.

Sehnsucht und Verzweiflung schnüren mir die Kehle zu. Meine Lungen flehen nach Sauerstoff.

Ich kann sie nur mit offenem Mund anstarren, wie gelähmt.

Ich fand Lena bereits schön, als ich ihr vor zehn Jahren das erste Mal begegnet bin.

Aber diese Version ist *atemberaubend*.

Sie verschränkt die Arme, stellt eine Hüfte aus und zieht einen Schmollmund. »Was *tust* du hier?«, zischt sie, und ihre Wangen färben sich rosa.

Keine Spur von dem Lächeln, das ich vermisst habe.

Stattdessen ein finsterer Blick mit runtergezogenen Mundwinkeln.

Doch aus irgendeinem Grund fühlt sich ihre Reaktion wie ein Sieg an. Immerhin sieht sie mich an und redet mit mir, und dafür bin ich dankbar.

Ich unterdrücke ein Lächeln und zucke die Schultern. »Es ist Weihnachten.«

Meine gute Laune verpufft, als sie die Augenbrauen zusammenzieht und knurrt: »Das ist *unser* Weihnachten.«

Ihre Worte stechen wie ein Messer in mein Herz, und mir wird heiß.

»Lena Camilla dos Santos«, schimpft Luci und starrt sie wütend an.

Die Farbe weicht aus Lenas Wangen, und sie beißt sich auf die Lippe, bevor sie ein »Sorry« murmelt.

Ich will gerade antworten, da rempelt Auggie mich auf dem Weg zu seiner Schwester an. Er hebt sie hoch, wirbelt sie herum, und sie schenkt ihm dieses Lächeln.

Das, nach dem ich mich so sehne.

Wenigstens habe ich es noch einmal gesehen, bevor ich gehe, auch wenn es nicht für mich bestimmt war. Ich möchte die nächste Woche nicht mit jemandem verbringen, der deutlich gemacht hat, dass er mich hier nicht haben will, aber ich kann mich immer noch nicht rühren. Wie ein Reh im Scheinwerferlicht beobachte ich Lena, anstatt um mein Leben zu laufen.

Auggie setzt sie ab, und sie neigt den Kopf. »Warum hast du mir nicht gesagt, dass Gavin kommt?«

»Warum hast *du* mir nicht gesagt, dass *du* kommst?«, kontert er und zupft spielerisch an ihren Haaren. »Der Typ da«, er deutet mit dem Daumen in meine Richtung, »ist nach ein paar Drinks ganz trübselig geworden und hat mir gestanden, dass er Weihnachten ganz allein verbringt. Also hab ich ihm gesagt, er soll kommen.« Scham brennt auf meinen Wangen, als er fortfährt. »Er hat sich geziert, bis ich ihm erzählt hab, dass du nicht da bist und dein Zimmer frei ist.«

Ein Aufschrei der Empörung hallt durchs Wohnzimmer, und ich unterdrücke ein Grinsen. »Er schläft in *meinem* Zimmer? Soll das ein Witz sein?« Sie stemmt beide Hände gegen Auggies Brust, doch er rührt sich nicht. Stattdessen lacht er, und ihre Nasenflügel beben.

Wenn ich früher zu Weihnachten hier war, habe ich im Gästezimmer geschlafen. Aber das ist jetzt Beas Quilt-Atelier und Lucis Strick- und Häkelstube. Dort herrscht kreatives Chaos, überall stapeln sich Stoffe, Garnrollen und halb fertige Projekte.

Wäre es nicht so bezaubernd, dass sich Mutter und Tochter eine Werkstatt teilen, wäre ich vielleicht am Boden zerstört, dass sie mein Gästezimmer zweckentfremdet haben.

Aber damals bin ich ohne ein Wort gegangen. Woher hätten sie wissen sollen, dass ich wiederkomme?

»Ich hole meine Sachen und verschwinde«, sage ich, um die Spannung im Raum zu entschärfen.

»Du gehst *nicht*«, befiehlt Beatriz, Lenas und Auggies Mutter, im Vorbeigehen und zeigt auf mich. Sie schiebt Auggie aus dem Weg und legt einen Arm um Lenas Taille. »*Amorzinho*, wir dachten, du kommst nicht. Und als Auggie gesagt hat, dass Gavin kommt, haben wir ihm dein Zimmer überlassen.«

»Schon gut«, sage ich und nicke in Richtung eines der

beiden Sofas. »Ich kann heute Nacht hier schlafen, und morgen fahre ich wieder.«

Bea winkt lachend ab. »Nein, das wirst du nicht tun. Lena und ihre schlechten Manieren können auf dem Sofa schlafen.«

Lena hat die Hände in die Hüften gestemmt und starrt mich an. »Na dann viel Spaß in meinem Bett«, sagt sie mit einem herablassenden Lächeln, bevor sie ins Bad stampft.

Mein Puls rast. »Es macht mir nichts aus, hier unten zu schla–«

Die Badezimmertür wird zugeknallt und schneidet mir das Wort ab.

Das laute Geräusch weckt Noah auf, der in Lucis Armen prompt anfängt, zu brüllen.

Während Auggie ihn nimmt, um ihn zu beruhigen, legt Bea die Arme um meine Taille und sagt: »Normalerweise entschuldige ich mich nicht für das unhöfliche Verhalten meiner Tochter, aber das geht zu weit. Tut mir wirklich leid.«

»Schon gut.« Ich lächle gezwungen, dankbar, dass ich ohne Lena im Zimmer endlich aufatmen kann.

Ich folge Bea in die Küche, setze mich an den Tisch und schäle schweigend Kartoffeln fürs Abendessen, während ich mein Bestes gebe, nicht an sie zu denken.

Aber wie immer, wenn ich versuche, Lena auszublenden, drängt sie sich in den Vordergrund.

Dass ich seit Jahren auf die kleine Schwester meines besten Freundes scharf bin, ist die Eigenschaft an mir, die ich am wenigsten mag.

Auggie und ich haben uns am College kennengelernt. Danach blieben wir Freunde, wohnten aber in verschiedenen

Städten, sodass wir uns nicht oft sahen – bis er ein paar Jahre später in unserem Architekturbüro in Eugene, Oregon, anfing. Als er hörte, dass ich Weihnachten immer allein verbringe, lud er mich nach Juniper ein.

Das war der Moment, in dem Lena in mein Leben trat und es völlig auf den Kopf stellte.

Als ich sie das erste Mal sah, fuhr sie hinter dem Haus allein Schlitten. Sie sauste den Hügel hinunter, dass die Schneeflocken nur so stoben, und quietschte die ganze Zeit vor Vergnügen.

Ich stand auf der Veranda und versuchte, Empfang zu bekommen, um meiner damaligen Freundin zu schreiben.

Obwohl ich genau wusste, wer Lena war, ließ ich mich dazu hinreißen, ihre geröteten Wangen und rosigen Lippen zu bewundern, als sie auf mich zukam. Für einen ganz kurzen Moment erlaubte ich mir, zu würdigen, wie verdammt schön sie war, bevor ich mir wieder in Erinnerung rief, *wer* sie war.

Die kleine Schwester meines besten Freundes. Neunzehn Jahre alt. Zehn Jahre jünger als wir. Und somit tabu.

Seitdem durchströmt jedes Mal, wenn ich an sie denke, Schuld meine Adern wie eine giftige Chemikalie, die mich von innen heraus zerfrisst.

Ich hasse meine Unfähigkeit, andere Freunde als Auggie zu finden, ich verabscheue meine traumatische Kindheit und meine Unbeholfenheit im Beziehungsdschungel.

Aber am meisten hasse ich, dass ich mir Lena wünsche, mehr als alles andere auf der Welt, und alles dafür geben würde, mit ihr zusammen zu sein.

Dass ich mich in den letzten Jahren an Weihnachten ferngehalten habe, konnte mich nie davon abhalten, in Gedanken dabei zu sein. Ich habe mir vorgestellt, wie ihr Baum wohl aussieht, ob jemand anderes die Zimtschnecken backt oder Lena ihren Lieblingszitronenkuchen bekommt.

Aber wenigstens war ich nicht *hier*, um sie vom anderen Ende des Zimmers zu beobachten und vergeblich zu hoffen, dass sie in meine Richtung sieht und mir mein Lieblingslächeln schenkt.

Dieses Lächeln ist wie eine Droge. Es macht süchtig, es macht high, es ist fatal.

Jedenfalls für mich.

Fuck. Ich hab mir in den Finger geschnitten. Blut quillt hervor und beweist einmal mehr, wie gefährlich es ist, sich von Gedanken an Lena ablenken zu lassen.

Während ich ein Küchentuch auf meinen Finger drücke, kommt Auggie in die Küche geschlendert. Er bemerkt meine Hand und grinst. »Hat Lena dich geschnitten?«

Als ich auflache, geht sie gerade hinter Auggie vorbei und gibt ihm einen Klaps auf den Hinterkopf. »Wenn ich ihn erwischt hätte, würdest du ihn jetzt ins Krankenhaus fahren.«

Auggie reißt die Augen auf, und sein Blick sagt: *O Scheiße, Mann.*

Bea, die am Herd steht, wirbelt herum und richtet den Kochlöffel auf Lena. Cremige Suppe tropft auf den Holzfußboden, aber sie ignoriert es. »Lena«, schnauzt sie mit gerunzelter Stirn. »Er gehört zur Familie. Wir schneiden niemanden aus der Familie.«

Ich muss lachen.

Lena holt eine Dose Sprudelwasser aus dem Kühlschrank.

»Glaubst du, so was hab ich noch nie zu Auggie gesagt?« Sie schnaubt, während sie die Dose öffnet und sich neben ihrer Mutter an die Arbeitsplatte lehnt. »Ich bin mir ziemlich sicher, dass du dabei warst, als ich gedroht habe, ihm die Ohren abzuschneiden, wenn er nicht zuhört.«

Auggie gackert los, reißt ihr das Sprudelwasser aus der Hand und trinkt einen großen Schluck.

Endlich erwidert sie meinen Blick von der anderen Seite der Küche, und etwas Warmes und Berauschendes flimmert zwischen unseren Blicken, meiner neugierig, ihrer abschätzig. Ich halte ihren so lange wie möglich fest, versuche, ihren Gedanken standzuhalten, aber ich habe keine Ahnung, was in ihrem Kopf vorgeht.

Früher wusste ich es mal, doch jetzt ist sie mir ein Rätsel.

Und das verunsichert mich.

Als Blut durch das Tuch um meinen Finger sickert, bin ich gezwungen, den Blickkontakt zu unterbrechen und die Küche zu verlassen, um ein Pflaster zu holen.

3. Kapitel

Lena

»Du schläfst entweder in der Nähstube oder auf dem Sofa«, sagt Mama und späht in den Topf mit etwas, das ich dem Zwiebel- und Knoblauch-Duft nach als Kartoffelsuppe identifiziere.

Stöhnend trinke ich einen Schluck. »Eure Nähstube ist eine Katastrophe. Schmeißt ihr eure Utensilien einfach quer durchs Zimmer, wenn ihr fertig seid?«

Sie winkt stirnrunzelnd ab. »Ich erinnere mich gut an das Chaos auf deinem Lehrerinnentisch, als ich das letzte Mal da war.«

Mein schlechtes Gewissen regt sich, weil sie keine Ahnung hat, dass es den Lehrertisch nicht mehr gibt.

»Aber wenn dich das Chaos stört, kannst du ja auf dem Sofa schlafen.« Sie seufzt tief. »Und sei nett zu Gavin.«

Auggie wischt mit einem Geschirrtuch die Suppe auf, die Mama auf den Boden getropft hat, und legt mir dann den Arm um die Schultern. »Ja, Sis, sei nett zu Gavin. Weißt du, wie viel Überzeugungsarbeit es gekostet hat, bis er die Einladung angenommen hat?«

»Nein, wie denn auch, wenn es mir niemand erzählt?«

Er nimmt mir wieder mein Getränk aus der Hand und schnaubt, als er sieht, dass es leer ist. »Tja, es hat ewig gedauert. Wochen, um genau zu sein.«

Ich ziehe die Augenbrauen hoch. »Klingt, als wäre er nur gekommen, weil er dachte, ich bin nicht da.«

»Vielleicht hat er insgeheim Angst vor dir.« Er verengt seine bernsteinfarbenen Augen und zuckt die Schultern, da ruft Zara aus dem Wohnzimmer seinen Namen. Im Vorbeigehen verstrubbelt er mir das Haar.

Mama legt den Kochlöffel hin und tätschelt meine Wange. Es ist fast zärtlich, bis sie hineinkneift. »Bitte sorg dafür, dass mein Gavin sich willkommen fühlt«, sagt sie, bevor sie sich wieder der Suppe zuwendet.

Ihr Gavin. Meine Güte. Man könnte meinen, ihm scheint die Sonne aus dem Arsch, so wie sie ihn anhimmelt.

Doch ich widerspreche nicht.

Von allen Menschen auf der Welt respektiere ich sie am meisten. Und wenn sie will, dass ich nett zu Gavin bin, dann bin ich das auch, jedenfalls solange sie in der Nähe ist.

Schon vor unserer Geburt hat sie alles getan, um Auggie und mir das bestmögliche Leben zu ermöglichen. Nachdem beide Väter sie noch während der Schwangerschaft verließen, hat sie während unserer Kindheit zwei Jobs gleichzeitig gestemmt und nebenbei Jura studiert. Zwei Tage die Woche ist sie zur Uni nach Wilhelmina gependelt, während Luci zu Hause auf uns aufpasste.

Es hat zwar viermal so lange gedauert wie normalerweise, aber sie hat es geschafft. Und wir waren da und haben ihr bei der Abschlussfeier zugejubelt.

Sie hat uns gezeigt, wie stark sie ist und was sie alles erreichen kann, wenn sie sich etwas in den Kopf gesetzt hat.

Aber gerade deshalb fällt es mir so schwer, ihr zu gestehen, dass ich mich im Moment antriebslos fühle und keinen klaren Weg zu meinem Glück vor mir sehe. Ich habe keine Ahnung, was ich will.

Nachdem ich mein ganzes Leben der Kunst gewidmet habe, stand immer für mich fest, dass ich sie auch lehren will. Ich liebe es, Kindern ihre kreative Seite zu zeigen und zu sehen, wie sie aufblühen.

Aber irgendwann sind meine eigene Leidenschaft und Kreativität an der Bürokratie und den Regeln der Schule erstickt.

Als dann wegen finanzieller Kürzungen das Budget für den Kunstunterricht gestrichen und mir gekündigt wurde, fühlte ich … *nichts*.

Ich war weder überrascht noch traurig oder verzweifelt.

Stattdessen fühlte ich mich einfach nur *leer*.

Es ist, als würde ich auf eine leere Leinwand starren, ohne den Hauch einer Idee, was ich malen könnte. Es gibt zu viele Möglichkeiten und gleichzeitig zu wenige.

Seit Wochen hatte ich keinen Pinsel mehr in der Hand, und die Vorstellung, mir eine ganze Zukunft auszumalen, überfordert mich.

In den letzten zwei Wochen habe ich mir mögliche Alternativen überlegt, aber bisher ist die Liste bestenfalls lächerlich.

1. *Make-up-Beraterin, die Leuten hilft, einen möglichst knalligen Lippenstift zu finden.*

2. *Taylor Swifts Bodyguard.*
3. *Taylor zufächeln, wenn ihr heiß ist.*
4. *Taylors schmutzige Wäsche aufsammeln.*
5. *Fotografin, die auf Boudoir-Fotos spezialisiert ist, die frau ihrem Ex schicken kann, nachdem er sie verlassen hat.*

Letzteres ist eine absolute Nische, und ich versuche immer noch, herauszufinden, wie man es hinbekommt, dass die Bilder sich innerhalb von fünf Sekunden nach dem Öffnen selbst löschen. Außerdem habe ich keine Ahnung von Fotografie.

Dann ist da noch die jüngste Ergänzung, einer meiner persönlichen Favoriten.

6. *Schlafende Babys im Arm halten.*

Offensichtlich steckt die Liste noch in den Kinderschuhen, also brainstorme ich weiter.

Ich spüre einen Luftzug, als Gavin mit einem kleinen Ninja-Turtles-Pflaster um den Finger in die Küche zurückkommt. Ohne mich anzusehen, greift er nach dem Messer, das er eben noch benutzt hat, und trägt es zur Spüle, um es abzuwaschen.

Ich lehne mich an den Tresen und beobachte, wie er die Ärmel seines schwarzen Henley-Shirts hochschiebt und muskulöse, tätowierte Unterarme zum Vorschein kommen. Die Tattoos hatte er schon immer, aber es scheinen noch ein paar dazugekommen zu sein. Ich starre ihn schamlos an, fasziniert von seinen Bewegungen, und falls er spürt, dass ich ihn beobachte, lässt er es sich nicht anmerken.

Unser Altersunterschied von zehn Jahren zeigt sich in den ersten grauen Haaren um seine Ohren, aber er ist gereift wie ein guter Wein, was ihn für mich nur noch attraktiver macht.

Über seine breiten Schultern könnte er sich mühelos eine Frau werfen, und sein markantes Kinn beherbergt heute einen Bartschatten. Sein dunkelbraunes Haar ist kunstvoll gewellt, und ich bin fasziniert von den perfekt geschwungenen Lippen, die an einem Mann eigentlich nichts zu suchen haben.

Als er sich wieder dem Kartoffelschälen zuwendet, bietet sich mir ein neuer Anblick, in den ich mich verlieben könnte: seine Rücken- und Schultermuskeln, die sich unter dem Langarmshirt abzeichnen.

Verdammt. Er ist wunderschön.

Ich will auf seinen Rücken klettern und diese festen Muskeln unter meinen Händen spüren. Zwischen meinen Schenkeln.

Neben mir räuspert sich jemand, und ich blinzle meine Mutter an. Hitze steigt mir in die Wangen, als ich merke, dass sie mich dabei erwischt hat, wie ich Gavin anstarre. Zum Glück kann sie keine Gedanken lesen.

Doch als sie mich über ihre Drahtbrille hinweg ansieht und *Tsss!* macht, steht mein ganzer Körper in Flammen. Mein Herz stolpert, als ich aus der Küche flüchte.

Ich lasse mich neben die schlafende Luci auf die Couch fallen. Mit ihrem leisen Schnarchen im Ohr zücke ich mein Handy, um in den Gruppenchat mit meinen drei besten Freunden zu schreiben.

Sieger von Catan

Lena: ALARMSTUFE ROT! Ratet mal, wer hier zu Weihnachten aufgetaucht ist!

Millie: Der Osterhase.

Micah: Emil? Er ist noch nicht von der Arbeit nach Hause gekommen.

Emil: Bin unterwegs, Schatz. 😘

Lena: 🙄 GAVIN.

Lena: Ich will ja nicht dramatisch klingen, aber habt ihr den Namen GAVIN gelesen?!?!

Micah: Du bist immer dramatisch.

Lena: KONZENTRIERT EUCH! Gavin ist hier, und ich weiß nicht, wie ich mich ihm gegenüber verhalten soll.

Millie: Sei einfach du selbst.

Lena: Das ist nicht gerade dein bester Rat.

Millie: Dann versetz dich drei Jahre zurück. Wie hast du dich damals in seiner Nähe verhalten?

Lena: Wie Auggies nervige kleine Schwester. Wahrscheinlich anzüglicher, als gut für mich war.

Millie: Klingt nach einem guten Anfang.

Micah: Klingt nach Lena.

Millie: Was würdest du mir in so einer Situation raten?

Lena: Schwierig. Ich würde dir wahrscheinlich raten, ihn in eine Abstellkammer zu zerren und etwas Druck abzulassen. 😏

Millie: Okay. Ja. Wie gesagt. *Sei du selbst.*

Lena: Was auch immer das heißen soll.

Als keine Antwort mehr kommt, schmeiße ich mein Handy aufs Sofa und verfluche im Stillen meine nutzlosen Freunde.

Wie um alles in der Welt soll ich die nächste Woche im selben Haus wie Gavin überstehen?

Wenn ich dem Rat meiner Freunde folge, soll ich *ich selbst* sein. Können wir einfach so zu der unbeschwerten Freundschaft von früher zurückkehren? Damals war meine Schwärmerei für ihn harmlos. Ich hab's genossen, mit ihm zu flirten und ihn zu provozieren.

Aber keine Ahnung, ob das jetzt noch geht. Er wirkt irgendwie angespannt, und ich weiß nicht, wie ich damit umgehen soll.

Mir wird ganz schlecht, wenn ich daran denke, wie er vorhin im Wohnzimmer so blass geworden ist.

Ich hasse mich dafür, dass ich so eklig zu ihm war. Ich habe ihn acht Jahre hintereinander zwar nur eine Woche von zweiundfünfzig gesehen, aber er hat meiner Mutter immer beim Weihnachtsessen geholfen, Penelope unzählige Bücher vorgelesen und mit uns im Garten Schneeballschlachten gemacht.

Er gehörte irgendwie zur Familie.

Bis er verschwand.

Mamas Stimme singt durchs Haus, als sie uns zum Essen ruft, und das Stimmengewirr meiner Familie erfüllt das Esszimmer. Getränke werden eingeschenkt, Schüsseln auf den Tisch gestellt und Plätze gewählt.

Doch als ich mich setze, bemerke ich, dass Gavin unbeholfen in der Tür steht und darauf wartet, dass alle ihren Platz eingenommen haben. Sein Blick wandert zu dem leeren Stuhl neben mir, und er sieht mich schulterzuckend an, als würde er um Erlaubnis bitten, ihn für sich beanspruchen zu dürfen.

Gott, ich wünschte, jemand anderes hätte sich dorthin gesetzt.

Der Gedanke, dass sein männlicher Duft meine Lungen erfüllt, ist unerträglich. Aber alle anderen Plätze sind belegt.

Es ist mein Friedensangebot. Aus der Güte meines großzügigen Herzens. Auf Anraten meiner Freunde bin ich wieder *ich selbst*. Die Lena von vor drei Jahren.

Also winke ich ihn rüber. Mit steifen Schultern kommt er näher und setzt sich. Sein würziger, holziger Duft dringt wie erwartet in meine Sinne, und mein Gehirn fühlt sich an, als würde es jemand mit einem Schneebesen verquirlen.

Kann ich diese Mahlzeit überstehen, ohne zu atmen? Oder halte ich einfach die ganze Zeit den Kopf dicht über die Suppe, in der Hoffnung, dass sie seinen Geruch überdeckt?

»Möchtest du etwas Käse?«

Seine tiefe Stimme unterbricht mein Blickduell mit der Kartoffelsuppe.

»Klar. Ja«, stammele ich.

Ich muss mich zwingen, freundlich zu ihm zu sein. Wir müssen eine Woche im selben Haus verbringen. Es kann doch nicht so schwer sein, darüber hinwegzukommen, dass er vor drei Jahren einfach verschwunden ist, und zu unserer alten Freundschaft zurückzukehren.

Oder? Das muss doch möglich sein.

»Möchtest du etwas Brot?«, revanchiere ich mich und halte ihm den Korb hin.

Seht ihr, noch ein Friedensangebot. Ich bin die Schutzheilige des Friedens und der guten Beziehungen.

Und des Brotteilens.

Er nimmt den Korb und reicht ihn an Auggie weiter. »Nein danke. Bei mir wurde letztes Jahr Zöliakie festgestellt.

Deshalb sind wir noch mal los, aber in Juniper gibt es offenbar kein glutenfreies Brot.«

Mir läuft ein Schauer über den Rücken. Etwas hat sich verändert, seit wir uns zuletzt gesehen haben. Und aus irgendeinem Grund hasse ich mich dafür, dass ich es nicht wusste.

»Weiß meine Mutter Bescheid? Hier könnten auch Spuren von Gluten drin sein.«

Er lächelt schief. »Ich habe es ihr gesagt. Wir haben alle Zutaten zusammen eingekauft.«

Ich stelle mir Gavin mit meiner plappernden Mutter im Supermarkt vor, er dreißig Zentimeter größer und in seinem schwarzen Standard-Outfit wie ein bedrohlicher Schatten.

»War sie genervt, weil sie ihre Rezepte ändern musste?«

Gavins Blick fällt auf meine Mutter auf der anderen Seite des Tisches. »Nein, eigentlich nicht. Sie war es, die mich heute Morgen in den Supermarkt geschleppt hat. Ich habe gesagt, dass ich mir einfach mein eigenes Essen koche, aber davon wollte sie nichts hören.« Er schaut wieder auf seine Suppe, die Wangen gerötet. »Sie meinte, dass ich diese Woche ihr Souschef bin, um sicherzugehen, dass sie alles richtig macht.«

Bei der Erinnerung daran, wie meine Mutter und Gavin an jedem Feiertag in der Küche standen, muss ich lächeln. Sie ist so perfektionistisch, wenn es ums Essen geht, dass sie sich von mir nicht helfen lässt.

Aber Gavin darf ihr bei allem helfen. Er war immer von Anfang bis Ende dabei, stand neben ihr am Herd oder spülte das benutzte Geschirr. Sie lachten über ihre Insiderwitze, während Musik aus dem Lautsprecher in der Ecke dröhnte.

»Tja, vergiss diesmal nicht, den Deckel auf den Mixer zu machen«, rate ich mit gespielt strenger Miene.

Er lacht, tief und rau, und mir stockt der Atem. Ich habe dieses Lachen so vermisst. Er lacht selten, aber wenn, dann ist es wie eine Belohnung.

Dieses Lachen ist eine Geheimwaffe, mit der man mich zu allem zwingen könnte.

Unsere Blicke treffen sich. »Den Fehler mache ich nie wieder.«

»Ich glaube, es klebt immer noch etwas Pfefferminz-Milchshake an der Decke.«

Noch immer sehen wir uns an, mein Löffel auf halbem Weg zum Mund, seiner in der Suppe auf seinem Teller. Ich nehme sein markantes Kinn wahr, über das ich streichen möchte, die perfekten Lippen, die ich küssen möchte. Das glänzende, dichte Haar, durch das ich die Finger gleiten lassen möchte.

Ich sehe, wie er schluckt, und kann mich beim besten Willen nicht erinnern, worüber wir gerade gesprochen haben. Es könnte auch um Elefanten gegangen sein.

Denn alles, woran ich denken kann, ist, wie sehr ich ihn *vermisst* habe. Bis zu diesem Moment wusste ich nicht, wie groß der Schmerz war.

»Ich brauche jemanden, der morgen für mich nach Fern River fährt.« Mamas Stimme durchtrennt meine Gedanken wie ein Messer und kappt die Verbindung zu Gavin. »Hier im Laden gibt es alles, außer glutenfreiem Brot.«

»Das kann ich übernehmen«, sagt Gavin. »Dann kann ich gleich noch ein paar Dinge besorgen, die ich diese Woche brauche.«

Mama sieht mich über den Tisch hinweg an und zieht die Augenbrauen hoch, als wollte sie sagen: *Fahr mit.* Aber ich deute ein Kopfschütteln an, denn ich werde *den Teufel tun* und mich eine Stunde mit ihm in ein Auto sperren, und das Ganze dann auf der Rückfahrt noch mal.

»Ich kann mitkommen«, bietet Auggie an, dessen braune Locken wippen, als er Gavin zunickt.

Doch zu meinem Entsetzen sagt Mama: »Lena fährt mit.« Sie zeigt auf Gavin und mich. »Ihr fahrt zusammen nach Fern River und klärt das zwischen euch. Vorher kommt ihr nicht zurück.«

Am Tisch herrscht betretenes Schweigen. Selbst die Kinder, die keine Ahnung haben, was los ist, halten inne, um die Szene zu beobachten.

Am liebsten würde ich in einem Wutanfall à la Jack meine Serviette auf den Tisch schmeißen und davonrauschen. Aber Mama hat sich schon wieder ihrem Essen zugewandt. Sie hat gesagt, was sie sagen wollte, und sie weiß, wir werden ihren Befehlen Folge leisten.

Während alle am Tisch wieder zur Tagesordnung übergehen, spüre ich Gavins Körperwärme an meinen Arm. Nur wir beide sitzen schweigend über unsere Teller gebeugt, und ich kaue still vor mich hin.

4. Kapitel

Gavin

Auf geht's, Sonnenschein«, brummt Lena, als sie in knallroter Jacke, waldgrünen Leggings, lila Schneestiefeln und gelber Strickmütze an mir vorbei zur Haustür stapft.

Ich schaue auf meine schwarzen Stiefel, meine schwarze Jeans, meine schwarze Jacke und natürlich meinen schwarzen Pullover.

Zur Info, auch meine Boxershorts sind schwarz.

Sie sieht aus wie jemand, der am Nordpol heiße Schokolade mit Sahne und mindestens fünf Sorten Weihnachtsgebäck verkauft. Und dazu wahrscheinlich auch noch Weihnachtslieder singt.

Während ich wie eine moderne Version des Grinch hinter ihr her tappe.

In der Einfahrt geht sie direkt auf ihren kleinen Geländewagen zu und öffnet die Fahrertür.

»Wie wär's, wenn wir mein Auto nehmen?«, schlage ich mit Blick auf ihre abgefahrenen Reifen vor. Ehrlich gesagt ist es mir ein Rätsel, wie sie es bei den schneebedeckten Straßen gestern Abend überhaupt bis hierher geschafft hat.

Sie legt den Kopf schief und wirft mir einen finsteren Blick zu, die Finger auf der Tür. »Ich lass mich nicht gern rumkutschieren, Gav. Ich fahre lieber selbst.«

Bei diesem Spitznamen wird mir trotz der Kälte warm ums Herz. Es ist das erste Mal seit Jahren, dass ich ihn höre, und am liebsten würde ich auf die Knie fallen und sie bitten, ihn noch einmal zu sagen, mit ihrer sanften, kratzigen Stimme.

Stattdessen zucke ich die Schultern. »Ich wollte nur nett sein.«

Ihre Mundwinkel bewegen sich langsam nach oben. »Steig in das verdammte Auto.«

Als ich mich anschnalle, wird mir bewusst, dass ich die Sache nicht zu Ende gedacht habe. Als Bea uns dazu verdonnert hat, gemeinsam einkaufen zu fahren, klang das vernünftig. Vielleicht können wir ja die Sache zwischen uns klären und zu unserer spielerischen Freundschaft von damals zurückfinden.

Früher war es normal für uns, zusammen zum Laden zu fahren, um die achtundsechzigste vergessene Zutat fürs Festtagsessen zu besorgen. Lena machte sich darüber lustig, dass ich mich beim Einkaufen strikt an die Liste hielt, und ich machte mich darüber lustig, dass sie unsere kurze Liste in einen Wagen voller Lebensmittel verwandelte, die wir nicht brauchten.

Ich konnte ihr nie etwas abschlagen, auch wenn das bedeutete, dass wir am Ende sieben Käsesorten, zehn verschiedene Packungen Cracker und mehr Wein hatten, als wir je trinken konnten.

Aber damals hat es sich nie *so* angefühlt.

Es ist, als stünde mein ganzer Körper unter Strom und bei der kleinsten Berührung von Lena bekäme ich einen Schlag.

Ihr spritziger, zitroniger Duft durchdringt das Wageninnere, und ich habe keine Chance, zu entkommen.

Zwischen uns steht ein alter Kaffeebecher mit rotem Lippenstiftabdruck, und ich würde mein ganzes Erspartes darauf verwetten, dass es ein Pfefferminz-Mokka war.

Sie nimmt ihre Sonnenbrille vom Armaturenbrett, setzt sie auf und schüttelt ihr Haar zurück. Klappt den Rückspiegel runter und fährt mit der Fingerspitze über einen Mundwinkel, um ihren dunkelroten Lippenstift zu vervollkommnen.

Zugegeben, ich habe keine Ahnung von Make-up, aber ich würde wetten, dass sie so gut wie keins trägt.

Abgesehen davon, dass ihre vollen Lippen immer in einer aufreizenden, kräftigen Farbe geschminkt sind.

Dieser verdammte Lippenstift hat im Laufe der Jahre in viel zu vielen Fantasien eine Rolle gespielt.

Als sie aus der Einfahrt fährt, studiere ich jedes Detail an ihr. Die zarte Linie ihres Kiefers, wenn sie in den Rückspiegel schaut, die Bewegung ihrer Handknochen, wenn sie das Lenkrad umklammert, das Spiel ihrer Beinmuskeln, wenn sie auf die Bremse tritt.

»Du brauchst mir wirklich nicht auf die Finger zu schauen«, sagt sie. »Ich weiß, wie man fährt.«

Ich richte meine Aufmerksamkeit wieder nach vorne und grinse. »Sagt die Frau, die mit der eigenen Mutter im Auto gegen ein Stoppschild gefahren ist.«

Sie schnaubt und wirft mir einen Blick zu, der sich selbst durch ihre Sonnenbrille in meine Haut brennt. »Das war *ein* Mal. Und es war ihre Schuld, weil sie mich überzeugen wollte,

Pierce Brosnan sei der bessere James Bond. Sie *wusste*, dass ich mich darüber aufregen würde.« Sie holt scharf Luft, als würde allein die Erinnerung sie wieder in Rage versetzen. »Hast du dir Daniel Craig mal angeschaut? Hallo, Daddy?«

Ich muss laut lachen, und ihr Lächeln ist umwerfend. Rosa Wangen und kleine Fältchen um den Mund. Genau so, wie ich es in Erinnerung habe.

Es versetzt mich zurück an meinen ersten Weihnachtsmorgen im Hause Santos, als dieses Lächeln nur für mich bestimmt war.

Fünf Uhr morgens. Ich bin hellwach, wie jeden Tag um diese Zeit. Seit meinem achten Lebensjahr kann ich nie länger schlafen. Damals musste ich mich daran gewöhnen, immer vor Sonnenaufgang aufzustehen, um alles zu schaffen, was meine Pflegefamilie vor der Schule erledigt haben wollte.

Ich schiebe mich aus dem Gästebett, stehe vor allen anderen auf und mache den Erwachsenen eine Kanne Kaffee, denn die drei Monate alte Penelope wird sie früher wecken, als ihnen lieb ist.

Ich schlürfe meinen Kaffee und scrolle auf meinem Handy durch die Nachrichten, während draußen vor den riesigen Wohnzimmerfenstern pudrige Schneeflocken fallen.

Als ein paar Minuten später leise Schritte die Treppe herunterkommen, drehe ich den Kopf, und was ich erblicke, ist bezaubernd. Lena in einem weiten Flanellpyjama, die Haare völlig zerzaust, reibt sich die Augen. Sie blinzelt ein paarmal, als versuche sie, scharf zu sehen.

Und als sie mich erkennt, schenkt sie mir ein strahlendes Lächeln, das den ganzen Raum erhellt. Vielleicht sogar das ganze Haus.

Dieses Lächeln versetzt mein Herz in Galopp.

»Frohe Weihnachten, Gav«, flüstert sie verschlafen.

Ich nicke ihr grinsend zu. »Frohe Weihnachten, Lena. Kaffee steht in der Küche.«

Statt dem Ruf des Koffeins zu folgen, setzt sie sich neben mich aufs Sofa und lässt den Kopf nach hinten sinken. »Ich bin noch zu müde, um mir einen zu machen«, sagt sie, und ihre Wimpern flattern über ihre Wangen.

»Ich mache dir einen.«

»Meine Kaffeewünsche sind zu kompliziert«, murmelt sie.

»Ich bin sicher, dass ich das hinbekomme«, erwidere ich und weiß nicht, wie ich ihr zu verstehen geben soll, dass ich schon weiß, wie sie ihren Kaffee zubereitet, weil ich ihr tagelang dabei zugesehen habe. »Oder du legst dich wieder schlafen. Ich sorge dafür, dass du die Feierlichkeiten nicht verpasst.«

Sie schüttelt den Kopf und flüstert: »Ich bin diejenige, die am Weihnachtsmorgen früh aufsteht. Ich mache den Kaffee und backe die Zimtschnecken auf.« Sie gähnt so herzhaft, dass sie zur Seite fällt und mit dem Kopf auf dem Kissen zwischen uns landet. »Ich muss nachsehen, ob alle Strümpfe hängen und der Kamin brennt. Ich muss dafür sorgen, dass alle einen perfekten Tag haben.«

Während sie noch vor sich hin murmelt, wird ihr Atem schwerer, und sie döst wieder ein.

In den letzten Tagen habe ich beobachtet, wie sie Familienspiele organisiert und festliche Stimmung verbreitet, damit alle sich amüsieren und wohlfühlen. Sie ist die Sonne, um die sich die ganze Familie dreht, und alle vergöttern sie.

Aber sie ist sichtlich erschöpft, also trinke ich den letzten Schluck Kaffee und schleiche mich in die Küche. Mit Strümpfen kenne ich mich nicht aus, aber ich öffne eine Packung Zimtschnecken und mache Feuer, bevor alle aufwachen.

»Ich brauche einen Kaffee. Und was zu essen«, sagt Lena und holt mich in die Gegenwart zurück. »Sonst krieg ich schlechte Laune.« Sie schiebt sich die Sonnenbrille ins Haar, als sie vor dem Bear Creek am Ortsrand von Juniper hält.

Neben dem gemütlichen Café mit Bäckerei, dessen Fenster mit Lichterketten geschmückt sind, erstreckt sich ein Feld mit Weihnachtsbäumen, gesäumt von Blockhütten.

»Klingt super«, sage ich, dankbar für die Verschnaufpause von der angespannten Atmosphäre im Auto. Die Dosis könnte sonst tödlich sein.

5. Kapitel

Lena

Er erinnert sich an mein Lieblingsgetränk, ohne dass ich es ihm sagen muss, und nennt der Barista Rosie ganz beiläufig, was ich jeden Winter bestelle: einen Pfefferminz-Mokka.

Ich versuche, es nicht an mich ranzulassen, aber ich kann nicht ignorieren, dass mein Puls wie ein Rennpferd durch meinen Schädel trabt.

Dabei sollte mein Herz der Realität ins Auge sehen. Und die ist, dass ich nicht mal weiß, warum er verschwunden ist, geschweige denn, wo er war.

Ich sollte sauer sein. Ich sollte meine Krallen ausfahren und ihn zur Rede stellen.

Stattdessen werde ich bei einer Kaffeebestellung schwach.

Für sich selbst bestellt er den üblichen langweiligen schwarzen Kaffee. Er hat schon immer nur schwarzen Kaffee getrunken, und langsam frage ich mich, ob er deshalb manchmal so finster drauf ist.

Vielleicht braucht er mehr Zucker und Sahne in seinem Leben.

Während ich auf mein Getränk warte, setze ich mich in einen gemütlichen Sessel und zücke mein Handy.

Sieger von Catan

Lena: Er weiß noch, wie ich meinen Kaffee trinke.

Micah: Schmacht.

Millie: Denkt er auch an den extra Shot Pfefferminz?

Lena: Japp.

Millie: Schmacht.

Emil: Ich weiß, wie ihr alle euren Kaffee trinkt.

Micah: Schmacht.

Lena: Steck ich jetzt in Schwierigkeiten?

Millie: Inwiefern Schwierigkeiten?

Lena: Insofern, als ich öfter an Gavin denke, als mir guttut.

Millie: Könnte sein.

»Ich weiß nicht, ob da auch Kaffee drin ist oder nur Zucker.«

Ich schaue auf und sehe ein vorwurfsvolles Grinsen auf Gavins Lippen, der mir mein Getränk und meinen Bagel reicht.

Ich stecke mein Handy in die Jackentasche, stehe auf und nehme ihm mein Frühstück ab. »Du bist nur neidisch.« Ich starre seinen Becher an, als wäre er ein Virus, von dem ich mich fernhalten will. »Wenn du das Zeug weiter trinkst, ist deine Seele irgendwann genauso schwarz.«

Er lacht verächtlich und wendet sich zur Tür. »Vielleicht ist sie das längst.«

Während ich ihm folge, klemme ich mir den Becher in die Ellenbeuge, um meinen Schoko-Bagel mit Frischkäse auszupacken. Ich atme den süßen Duft ein und mache den Mund auf, um …

Uff.

Mir entweicht ein Zischen, als ich gegen seinen Rücken knalle. Mein Bagel trifft mich im Gesicht, verschmiert den Frischkäse auf meiner ganzen Wange, und durch das Loch im Deckel spritzt Kaffee auf den Ärmel meiner Jacke.

Er erstarrt, als ich aufstöhne und mir den Frischkäse aus dem Gesicht wische. »Scheiße, Gav, warum hast du –«

»Hey, Mann«, sagt jemand, der vor ihm steht.

»Brandon«, kommt es von Gavin, seine Stimme so stumpf wie sein Kaffeegeschmack.

Ich lecke mir den Frischkäse vom Daumen und mache einen Schritt zur Seite, um meinen Jugendfreund zu begrüßen, der ein Baby auf dem Arm und ein einfältiges Grinsen im Gesicht hat.

»Brandon«, kreische ich, umarme ihn einseitig und bemühe mich, dem Baby in meinem Überschwang nicht auf den Kopf zu schlagen. »Was machst du denn hier?«

»Wir sind gerade wieder hergezogen.« Er hebt das kleine Mädchen in rosa Jacke und Mütze auf seine Hüfte. »Jocelyn und ich wollten Evelyn dort großziehen, wo wir aufgewachsen sind.« Er nickt und blickt zwischen uns hin und her. »Dich habe ich ja ewig nicht gesehen«, sagt er zu Gavin und streckt die Hand aus.

Gav beißt sich auf die Wange und schaut auf Klein-Evelyn, bevor er Brandons Händedruck erwidert. Einen Moment lang sagt keiner etwas, und es herrscht angespannte Stille, während Brandon zwischen uns hin und her blickt, als würde er versuchen, ein Rätsel zu lösen.

»Es ist so schön, dich zu sehen«, sage ich fröhlich, um die beklemmende Atmosphäre aufzulockern. »Zuletzt war wahrscheinlich bei deiner Hochzeit? Du siehst toll aus.«

»Du auch.« Brandon grinst anerkennend.

Gavin fährt sich mit der Hand durchs Haar und stößt einen schweren Atemzug aus, den man als Stöhnen interpretieren könnte.

Mein launischer Architekt will offenbar los.

Ich hake mich bei ihm ein und grinse. »Ich muss den alten Mann hier zum Supermarkt bringen, bevor es Zeit für seinen Mittagsschlaf ist.« Gavin verzieht das Gesicht, bevor ich mich wieder Brandon zuwende. »Kommt ihr zur Weihnachtsfeier?«

»Ja.« Er nickt. »Alle drei.«

»Perfekt. Ich kann es kaum erwarten, Jocelyn zu sehen«, sage ich und lasse Gavins Arm los, um Brandon erneut zu umarmen. Als wir wieder auf dem Highway in Richtung

Fern River sind, sehe ich zu Gavin rüber. Mit zusammengezogenen Augenbrauen starrt er auf die Straße. Das Rascheln des Papiers um meinen Bagel ist das einzige Geräusch im Wagen.

Eine Hand am Lenkrad versuche ich, das Papier abzuziehen, doch der Bagel fällt fast runter. Mit einem genervten Seufzer nimmt Gavin ihn mir ab. Er packt den Bagel aus, gibt ihn mir zurück und faltet das Papier zu einem ordentlichen Quadrat, ohne auch nur ein Wort zu sagen.

Ich wünschte, ich könnte ihm in den Kopf sehen. Er hat seine Gedanken schon immer gehütet wie einen Schatz, versteckt hinter dem ernsten Gesicht, dem stillen Wesen. War immer ein schweigsamer Typ.

Aber wir kannten uns so gut, dass ich manchmal das Gefühl hatte, zu wissen, was in seinem Kopf vorgeht.

Vermutlich habe ich mich geirrt. Denn ich kannte ihn nicht gut genug, um vorauszusehen, dass er ohne Vorwarnung verschwinden würde.

Während ich einen großen Bissen von meinem Bagel abbeiße, dröhnt Gavins tiefe Stimme durchs Auto. »Wie lange wart ihr beide zusammen?«

Ich werfe ihm einen verständnislosen Blick zu, während ich kaue und schlucke. »Wer?«

»Du und Brandon.«

»Oh. Wir waren nie zusammen.«

Genau genommen waren wir einen kurzen Abend lang »zusammen«, aber *das* muss ich Gavin definitiv nicht auf die Nase binden.

Er reibt sich mit der Handfläche über das frisch rasierte Kinn. »Ich, ähm … ich dachte.«

Unbehagliches Schweigen legt sich über den Wagen, während ich erneut von meinem Bagel abbeiße und den Rest in meinen Schoß lege. »Nein. In den letzten Jahren gab es nur mich.«

Wir greifen zeitgleich nach unseren Bechern, die auf der Konsole zwischen uns stehen, und als unsere Finger sich berühren, zuckt er zurück, als hätte er sich verbrannt. Der Deckel von meinem Becher springt ab, als ich danach greifen will, und er fängt ihn geschickt auf.

»Hoppla …«

»Sorry …«

»Oh …«

»Hab ihn …«

Unsere Worte überschlagen sich, und ich weiß nicht mal, wer was sagt.

Warum ist das so peinlich? Es ist, als würden wir uns gar nicht kennen. Als hätten wir eine Art Blind Date und keinen Schimmer, wie wir uns verhalten sollen.

Keine Ahnung, wie ich das hier überleben soll, ohne vor Scham zu sterben. Vielleicht wenn ich einfach so tue, als würde es nicht passieren.

Ich räuspere mich. »Und bei dir? Irgendwelche Freundinnen, während du weg warst?«

»Nein«, antwortet er knapp.

Ich nicke und überlege, wie ich das Verhör fortsetzen soll. Schließlich seufze ich dramatisch und sage: »Cool.«

»Ja.«

Ich verdrehe die Augen über seine einsilbigen Antworten. »Was hast du so getrieben, seit ich dich das letzte Mal gesehen hab?«

Als du auf der Weihnachtsfeier plötzlich sauer warst und mich vor allen Leuten total blamiert hast und dann wortlos gegangen bist.

Aber das sage ich nicht, weil es alles andere als hilfreich wäre, diesen Abend anzusprechen. Die Spannung zwischen uns ist ja jetzt schon erdrückend.

Er windet sich sichtlich. »Äh … hauptsächlich Arbeit.«

»Wie läuft die Arbeit? Ist das Architektenleben immer noch so schön architektonisch?«

Ehrlich gesagt, habe ich keine Ahnung, was er und mein Bruder den ganzen Tag treiben. Wenn Auggie über seinen Job redet, schaltet sich mein Gehirn ab.

»Ist okay. Es ist noch nicht spruchreif, aber ich verlasse die Firma.«

Blinzelnd lege ich den Kopf schief. »Dann wirst du nicht mehr mit Auggie zusammenarbeiten?«

»Er, ähm … geht auch«, sagt er ausweichend.

Meine Gedanken überschlagen sich. Ich habe nicht so viel Kontakt mit Auggie, wie ich sollte. Er wohnt fünf Stunden von mir entfernt in Eugene, und wenn wir telefonieren, geht es meistens um die Kinder. Hinzu kommt, dass wir alle Gespräche, die mit Gavin zu tun haben, strikt vermeiden.

Deshalb habe ich keine Ahnung, wie es bei Auggie läuft, und plötzlich wünschte ich, ich hätte besser zugehört.

»Wie läuft es bei dir?«, fragt Gavin, und ich bin so überrascht, dass er sich bemüht, das Gespräch am Laufen zu halten, dass ich einen Moment brauche, um zu antworten.

Mein »gut« kommt einige Oktaven zu hoch heraus, aber ich versuche sofort, es mit einem tieferen zu kaschieren. »Gut.«

Ihn anzulügen, tut mir in der Seele weh. Nicht, dass ich nicht ehrlich zu ihm sein könnte. Ich bin nur noch nicht bereit, darüber zu sprechen.

Deshalb sage ich nach einigen tiefen Atemzügen etwas Wahres, um meine Lüge wiedergutzumachen. »Ich hab einfach das Gefühl, dass etwas in meinem Leben fehlt, und ich möchte es finden. Nur weiß ich nicht, wie.«

Diese Worte sind mehr, als ich bisher irgendwem gegenüber preisgegeben habe, und ich beiße mir auf die Wange, während ich auf seine Antwort warte.

»Das Gefühl kenne ich gut«, murmelt er und nickt.

Damit habe ich nicht gerechnet. »Und weißt du, *was* dir fehlt?«

Er fährt sich mit den Fingerspitzen über die Lippen, ein eindeutiges Zeichen dafür, dass Gavin grübelt. Das tut er auch, wenn er über die Zutaten für ein Rezept nachdenkt oder seinen nächsten Zug bei einem Brettspiel.

Da ich fahre, kann ich nur kurz hinsehen, doch es fühlt sich so intim an, als hätte er *meine* Lippen berührt.

Schließlich lässt er die Hand sinken und sagt nur: »Mir fehlt ein Zuhause. Ein Ort, der mir gehört.«

Verzweiflung schwingt in seiner Stimme mit, und ich bekomme einen Kloß im Hals. Ich kenne nicht alle Details von Gavins Kindheit in Pflegefamilien, aber ich weiß, dass er sie oft gewechselt hat. Und ich weiß von Auggie, dass einige dieser Familien sich nicht gut um ihn gekümmert haben.

Mir dreht sich der Magen um, als mir einfällt, was ich gestern Abend zu ihm gesagt habe, und plötzlich wird mir beim Gedanken an mein Frühstück schlecht.

Wie konnte ich das nur sagen? Wie konnte ich ihm in die

Augen schauen, nach all den gemeinsamen Momenten, und ihm das Gefühl geben, dass er nicht dazugehört?

Ich atme tief durch und flüstere: »Was ich gestern gesagt habe, tut mir leid. Es war grausam, und ich hab es nicht so gemeint. Weihnachten war ohne dich nicht das Gleiche.«

Er nickt und krallt die Finger in die Oberschenkel. »Mach dir keine Gedanken. Schon vergessen.«

Er vielleicht.

Aber dieser gequälte, gespenstische Ausdruck auf seinem Gesicht hat sich in mein Gedächtnis eingebrannt, und ich weiß nicht, ob ich mir je verzeihen kann, dass ich schuld daran war.

6. Kapitel

Lena

Wer zur Hölle ist *das*?

Ich bleibe am Rand des Gangs mit Backwaren stehen und sehe Gavin auf dem Boden hocken, eine Packung in jeder Hand. Doch sein Blick ist auf eine Frau in einem engen königsblauen Kleid gerichtet. Sie trägt eine Jacke über dem Arm und viel zu hohe Absätze für den Washingtoner Winter.

Wie hat sie es damit über den verschneiten Parkplatz geschafft?

Ihre weinrot geschminkten Lippen bewegen sich, als sie auf das Brot in seinen Händen deutet, aber ich bin zu weit weg, um zu hören, was sie sagt. Er nickt, und sie lacht schallend.

Kaum lässt man den Mann fünf Minuten im Supermarkt von Fern River allein, schon hat er eine wimpernklimpernde Frau an den Hacken, die wahrscheinlich Kinder von ihm will.

Ich bohre meine Fingernägel in die Handflächen und bewege mich auf sie zu. Unterwegs greife ich mir eine Packung Keksstangen aus dem Regal und werfe sie in den Korb, den ich mir über den Arm gehängt habe.

Ich setze ein strahlendes Lächeln auf. Vielleicht blenden meine Zähne sie vorübergehend, sodass wir entkommen können.

Als ich Gavin erreiche, stelle ich meinen Korb unsanft neben seinen und werfe der Frau einen Blick zu, der besagt: *Lass den Mann in Ruhe*, obwohl ich nicht sicher bin, wie er sich von *Das ist mein Mann* unterscheidet.

Es ist ja nicht so, dass ich ihn für mich beanspruchen will oder so. Ich versuche nur, ihn vor dieser – ich scanne ihren Körper von oben bis unten – ehrlich gesagt sehr schönen Frau zu schützen.

Aber offen gestanden, hab ich keine Lust auf sie.

»Hast du gefunden, wonach du gesucht hast?«, frage ich Gavin mit gespielter Unschuld.

Als ich sie herausfordernd ansehe, verziehen sich ihre nervtötend perfekten Lippen zu einem Lächeln. Ich weiß nicht, was ich tun würde, wenn sie die Herausforderung annähme, aber ich habe in meinem Leben schon einige Kämpfe ausgefochten. Ich glaube, ich kann es mit ihr aufnehmen. Seit auf dem College so ein Arschloch in einer Bar ein Mädchen verprügelt hat, weiß ich, dass ich durchaus Muskeln unter meinen Kurven habe.

Moment mal. Wie komme ich überhaupt auf die Idee, mich mit dieser Frau zu prügeln?

Gavin versperrt mir den Blick auf sie, indem er aufsteht und uns abwechselnd ansieht. Er schenkt mir ein wissendes Grinsen, und seine Whiskeyaugen funkeln.

Ich versuche wegzublinzeln, was er in meinem Gesicht zu sehen glaubt, denn da gibt es absolut nichts zu grinsen.

»Bist du hier fertig?«, frage ich gereizt.

»Ja«, erwidert er glucksend und behält mich im Auge, während er den Korb vom Boden aufhebt. »Lass uns gehen.«

Als wir an der Frau vorbeigehen, ist der Drang, ihn zu berühren, so stark, dass ich die Hände in den Jackentaschen vergraben muss, um mich zurückzuhalten. Sie spitzt die Lippen, doch es scheint, als hätte ich gewonnen.

Das muss ich später meinen Freunden erzählen. Ich habe Gavin vor Christmas Barbie beschützt, indem ich die nervige kleine Schwester gegeben habe.

Bei dem Gedanken, für ihn nur so etwas wie eine kleine Schwester zu sein, blutet mein Herz, aber ich schüttle ihn ab und gehe erhobenen Hauptes zur Kasse.

Während unsere Kassiererin die Lebensmittel scannt, überreicht sie Gavin jedes einzelne Produkt mit etwas *zu* viel Aufmerksamkeit.

Glutenfreie Brötchen. Ihre dunklen Wimpern klimpern. Ich lege den Kopf schief.

Butter. Sie beißt sich auf die Unterlippe. Ich kneife die Augen zusammen.

Pfefferminzextrakt. Sie zwinkert ihm zu. Ich sehe rot.

Sieht sie nicht, dass ich hier stehe?

Zu seiner Ehrenrettung muss ich sagen, dass Gavin davon nichts mitzubekommen scheint, sondern sich ganz aufs Einpacken der Einkäufe konzentriert.

Doch als sie die Finger über seine gleiten lässt, die gerade nach *meiner* Kekspackung greifen, reicht's.

»Wir haben es eilig«, verkünde ich mit einem affektierten Lächeln in ihre Richtung.

Sie blinzelt mich an, als hätte sie mich die ganze Zeit gar nicht bemerkt.

So eine *Frechheit*!

Ich schnappe mir die laut knisternden Papiertüten.

»Tut mir leid, dass es so lange gedauert hat«, sagt sie und grinst Gavin an, während ihre Fingernägel auf der Kasse klappern.

Er unterdrückt ein Lächeln, zieht seine Karte durch das Gerät und greift nach den restlichen Tüten. »Schon gut. Meine Freundin hier scheint es aus irgendeinem Grund plötzlich eilig zu haben.«

Dann zwinkert er ihr zu.

Er. Zwinkert. Ihr. Zu.

Als hätten sie einen Insiderwitz, den ich nicht kenne. Als wären sie beste Freunde und ich das fünfte Rad am Wagen.

Zähneknirschend stapfe ich zum Auto.

»Warum so eilig?«, ruft mir Gavin aus einigen Metern Entfernung zu.

»Ich fliehe vor den Frauen hier, die offenbar noch nie einen attraktiven Mann gesehen haben.«

Er lacht dröhnend, und ich bleibe stehen, um mich umzudrehen. Er grinst so breit, dass seine Augen funkeln und seine Wangen erröten, und alles zusammen nimmt mir die Luft zum Atmen.

»Ich bin so froh, dass du da warst, um mich zu beschützen«, neckt er mich und schlendert an mir vorbei.

»Das solltest du auch«, spotte ich und drehe mich um, um ihm zu folgen. »Wer weiß, was sonst passiert wäre.« Ich bleibe neben ihm hinter dem Wagen stehen, ziehe den Schlüssel aus der Tasche, öffne die Heckklappe und stelle meine Tüten hinein. »Frau Blau sah aus, als wollte sie dich gleich bei den Hotdog-Brötchen ausziehen. Was furchtbar unsexy ist, wenn du mich fragst. Und die blonde Kassiererin hat gewirkt, als wolle sie mehr als nur deine Einkäufe scannen.«

Noch immer grinsend stellt er seine Tüten in den Kofferraum. »Und was hätte meine große, starke Lena dann getan, um mich zu beschützen?«

Als er meinen Namen sagt, läuft mir ein Schauer über den Rücken, doch ich überspiele es, indem ich die Hände in die Hüften stemme. »Ich hätte definitiv deine Ehre verteidigt. So oder so.« Ich zucke die Schultern. »Zumindest hätte ich sie aus dem Weg schubsen können.«

»Mmm«, brummt er nickend. »Und dann?«

Ich hebe den Blick in den wolkenlosen Himmel. »Ich schätze, dann hätte ich sie …«

Ich verstumme, als Gavin mir die Schlüssel aus der Hand reißt, und sehe gerade noch, wie er sie in die Tasche steckt, bevor er verkündet: »*Ich* fahre zurück.«

»Einen Teufel wirst du tun.« Ich sehe ihn finster an.

»Du hast uns hergefahren, ich fahre uns zurück«, antwortet er und versucht, überzeugend zu lächeln.

Bedauerlicherweise schmelze ich dahin, sobald er lächelt, und mein Widerstand bröckelt.

»Das ist mein Auto. Ich spiele nicht die Beifahrer-Prinzessin«.

Sein männlicher Duft hüllt mich ein, als er sich so nahe beugt, dass er nur wenige Zentimeter von mir entfernt ist. »Du bist sowieso eher ein Beifahrer-Dämon.«

Mir klappt die Kinnlade runter, und wir tragen ein stummes Blickduell aus. Seiner scheint zu sagen: *Komm schon, du willst es doch auch.*

Ich will es wirklich.

Dieses blöde Grinsen wird mich noch umbringen.

Ich beiße mir auf die Unterlippe, um ein Lächeln zu unterdrücken, und gebe nach. »Na gut. Du darfst fahren, aber ich bestimme, was wir hören.«

Sein süßer Atem der Erleichterung streift meine Wange, bevor er zur Fahrertür geht, nicht ahnend, dass er diesen Deal noch bereuen wird.

Ich lasse mich auf den Beifahrersitz fallen und reibe mir die Hände. »Mein Hörbuch ist gerade an einer guten Stelle. Die sexuelle Spannung steht *kurz* vor der Explosion.«

Als ich ihm ein süffisantes Grinsen zuwerfe, wird seine Haut schneeweiß, und ich füge meiner geistigen Liste eine neue Jobidee hinzu.

7. Gavin Vollzeit in den Wahnsinn treiben.

7. Kapitel

Gavin

»Wenn du nicht aufhörst, mir frech zu kommen, werde ich diesen hübschen Mund ficken.«

Mir rinnt eine Schweißperle über die Schläfe, während ich meinen Arm diskret über meinen Oberschenkel lege, um zu verbergen, dass dieses Hörbuch jedes Quäntchen Blut direkt in meinen Schwanz befördert hat. Ich spüre, wie Lena mich mit ihrem Laserblick fixiert.

Es ist so unpassend, sich das zusammen anzuhören, aber ich werde ihr nicht die Genugtuung geben, diesen Kampf zu gewinnen.

Sie hat die Füße auf dem Armaturenbrett und strampelt mit den Beinen, so sehr geht sie mit. Ich kann mich nicht mal mehr an die Namen der Protagonisten erinnern, aber ich werde nie vergessen, wie sehr ich auf dieser Fahrt gelitten habe.

Schwer schluckend zupfe ich am Kragen meines Pullovers, während das Stöhnen der Frau das Wageninnere erfüllt.

»Das würde dir gefallen, was?«, sagt eine tiefe Stimme.

»Ich kann mich nur nicht entscheiden, ob ich dich wie eine Prinzessin oder wie eine dreckige kleine Schlampe ficken will.«

Beim letzten Wort drücke ich blitzschnell auf den Aus-Schalter, und eine Totenstille senkt sich über das Auto. Doch eine Sekunde später bricht Lena in schallendes Gelächter aus. Ich lege wieder einen Arm über meinen Schritt, gerade als sie in meine Richtung schaut.

»Es fing eben erst an, gut zu werden«, mault sie und fächelt sich Luft zu. »Hat es dir nicht gefallen?«

Ich umklammere das Lenkrad.

Natürlich hat es mir gefallen.

Aber ich sollte bei der Szene nicht die Frau neben mir im Kopf haben. Ich sollte mir nicht vorstellen, wie *sie* vor mir kniet und mir tief in die Augen sieht, während sie mich in den Mund nimmt.

Ihr Stöhnen, wenn ich ihn bis zum Anschlag reinstecke.

Fuck, ich muss damit aufhören.

»Ich hätte nicht gedacht, dass du so lange durchhältst«, seufzt sie, nimmt die Füße vom Armaturenbrett und dreht sich zu mir um.

Verdammt. So lange würde ich niemals durchhalten.

Ich atme tief durch und konzentriere mich darauf, mein Blut in angemessenere Körperregionen zurückfließen zu lassen.

»Du bist ja ganz rot, Gav«, neckt mich Lena und beugt sich näher, um meine Wangen zu begutachten.

Als ich an der ersten Ampel in Juniper langsam zum Stehen komme, werfe ich ihr einen ernsten Blick zu. »Ich steige nie wieder in dein Auto.«

Sie lacht erneut und wirft den Kopf in den Nacken.

Verdammte Plage.

An der nächsten Ampel halten wir vor dem Bear Creek. Als ich aus Lenas Fenster schaue, sehe ich Gary und Joe, die Besitzer, den Bürgersteig vor ihrer Hütte neben dem Café freischaufeln.

Lena kurbelt das Fenster runter, und kühle Luft strömt herein. Sie winkt ihnen zu. »Hey, ihr Hübschen«, brüllt sie, woraufhin die beiden innehalten und sich grinsend umdrehen.

»Lena! Frohe Weihnachten«, ruft Joe und winkt.

Gary beugt sich vor und späht in den Wagen. »Ist das Gavin?«

Als ich winke, zieht sich mein Magen zusammen. Ich kann nur hoffen, dass sie nicht alle Details über meine Zukunft ausplaudern, bevor ich es kann.

Ich halte meine und Auggies Pläne, hierherzuziehen, nicht absichtlich vor irgendjemandem geheim, aber ich habe ihm versprochen, nichts zu sagen, damit er seine Mutter und Luci an Weihnachten damit überraschen kann.

Aber jetzt gehört Lena auch zu denen, die nichts von dem Plan wissen, und ich wünschte, ich könnte es ihr erzählen.

Die Ampel springt auf Grün, sodass mir weitere Peinlichkeiten erspart bleiben, und wir winken zum Abschied.

Ich werfe einen Blick auf Lena und sehe, dass sie sich über ihr Handy beugt, um das Hörbuch neu zu starten. Zum Glück geht über die Freisprechanlage ein Anruf ihrer Mutter ein, bevor das Buch meinen Schwanz noch härter machen kann, als er ohnehin schon ist.

Mit einer schnellen Daumenbewegung nimmt sie ab. »Hey. Wir sind fast zu Hause.«

»Oh, gut«, trällert Bea. »Wir wollten gerade den Baum holen. Treffen wir uns beim Bear Creek?«

Lena runzelt die Stirn und dreht sich zu mir um. »Haben wir irgendwas gekauft, das verdirbt, wenn es nicht sofort in den Kühlschrank kommt?«

»Nein, das passt schon.«

»Okay, wir sind gerade daran vorbeigefahren«, sagt sie zu Bea. »Wir kehren um und treffen euch dort.«

»Bist du auch nett zu Gavin? Wenn du ungezogen bist, ist nicht er derjenige, den wir aus dem Haus werfen.« Ich muss über Beas strenge Stimme lachen.

»Ich bin immer nett«, sagt Lena unschuldig und klimpert in meine Richtung mit den Wimpern.

»Das ist Unfug, Lena, und das weißt du auch«, sagt Bea lachend und beendet das Gespräch.

An der nächsten Kreuzung wende ich. Lena schaltet das Hörbuch nicht wieder ein, nervt mich nicht mit weiteren Fragen und schaut nicht einmal in meine Richtung.

Sie starrt nur aus dem Fenster und trommelt mit den Fingern auf ihren Oberschenkel.

Nachdem ich neben den Weihnachtsbäumen geparkt habe, lehne ich mich zurück, um auf ihre Familie zu warten.

Der Motor schnurrt leise, die Heizung summt, und es herrscht erdrückendes Schweigen.

Ich weiß nicht, was in den letzten Minuten passiert ist, aber Lena scheint plötzlich dichtzumachen, als würden ihr tausend Gedanken durch den Kopf schwirren, die mich nichts angehen.

Als ich es nicht mehr aushalte, frage ich: »Ist alles in Ordnung?«

Sie schüttelt den Kopf. »Wir müssen wenigstens so tun, als wären wir wieder Freunde, sonst lässt meine Mutter mich nie in Ruhe«, bricht es aus ihr heraus.

Ich lache erleichtert auf. »Müssen wir nur so tun?«

Sie lehnt sich gegen die Kopfstütze. »Sag du es mir. Jedenfalls fühlt es sich gerade nicht so an, als wären wir Freunde.«

Mein Herz zieht sich ein wenig zusammen, und mein Lachen verstummt. »Lena, ich möchte mehr dein Freund sein, als du denkst.« Ich schlucke, bevor ich gestehe: »Du hast mir gefehlt.«

Sie dreht sich zu mir um, ihr Blick ist ernst. »Ich hab dich auch vermisst.« Sie deutet ein Schulterzucken an. »Früher standen wir uns so nahe, aber jetzt weiß ich gar nichts mehr von dir. Ich weiß nicht, warum du verschwunden bist, warum du zurück bist, was seitdem passiert ist. Und ich hab das Gefühl, all diese unausgesprochenen Dinge liegen wie ein dunkler Schatten über unserer Freundschaft.«

Mit einem beklemmenden Gefühl in der Brust sehe ich Auggie neben uns parken. Er lächelt und winkt, ohne zu ahnen, was im Wagen vor sich geht.

Mir bleibt nur ein kurzer Moment, um dieses Gespräch zu beenden, obwohl ich Tage bräuchte.

»Ich wünschte, ich könnte es erklären. Das würde alles so viel einfacher machen.« Meine Emotionen schnüren mir die Kehle zu. »Du sollst nur wissen, dass ich wirklich wieder mit dir befreundet sein möchte.« Ich verziehe die Lippen zu einem Grinsen. »Stell dir vor, das ist mein Weihnachtswunsch.«

»Okay«, flüstert sie leise. Dann räuspert sie sich. »Freunde also?«

Sie streckt die Hand aus, und ich schlage, ohne zu zögern,

ein. Als unsere Blicke sich treffen, umspielt ein kleines Lächeln ihre Lippen. Damit ist es besiegelt, und sie lässt meine Hand los, um ihre Handschuhe anzuziehen.

»Ich komme gleich. Ich muss noch ein paar E-Mails beantworten«, lüge ich und nehme mein Handy von der Konsole.

Stattdessen starre ich ausdruckslos auf das Display, während sie aussteigt.

Ich habe zugestimmt, mit Lena befreundet zu sein, obwohl ich gerade noch einen Ständer hatte, als ich mir vorgestellt habe, wie die Schwester meines besten Freundes meinen Schwanz in den Mund nimmt.

Wie ihr Lippenstift verschmiert. Wie ich an ihren Haaren ziehe. Wie sie meinen Namen stöhnt.

Verdammt. Wie soll ich Auggie nur fünf Minuten später in die Augen sehen?

Seit Jahren arbeite ich jeden Tag mit ihm zusammen und sehe Zara und die Kinder mindestens einmal pro Woche in Eugene. Aber nicht einmal sie wissen, wo ich die letzten beiden Weihnachten war.

Sie wissen nicht, dass ich mich verzweifelt danach gesehnt habe, bei ihnen zu sein, und mich gleichzeitig dafür gehasst habe.

Ich bin meine ganze Kindheit von einer Pflegefamilie zur nächsten gereicht worden, immer ein bisschen *zu irgendwas*, um geliebt zu werden. Zu alt, zu groß, zu sehr Junge, zu schwierig.

Ich habe mich nie wichtig gefühlt. Oder gut genug. Oder wert, geliebt zu werden.

Als ich Auggie auf dem College kennenlernte, riet er mir, eine Therapie zu machen. Ich habe es jahrelang vor mir hergeschoben, immer einen Vorwand gefunden, warum nicht der richtige Zeitpunkt war.

Aber nach meinem Abschluss habe ich mir endlich jemanden gesucht. Auggie fuhr mich zu meinem ersten Termin, wartete auf mich und ging danach mit mir ein Bier trinken.

Seit dem Tag, an dem wir uns kennengelernt haben, kümmert er sich um mich, und ich verdanke ihm alles.

Er und seine Familie sind das einzig wahre Zuhause, das ich kenne.

Und jetzt verderbe ich alles mit meinen Gefühlen für Lena.

Sie hat schon immer schamlos geflirtet. Ich habe gesehen, dass sie sich anderen gegenüber genauso verhält, ich bilde mir also nicht ein, etwas Besonderes zu sein.

Aber weder mein Herz noch mein Schwanz scheinen das zu kapieren.

Wahrscheinlich sollte ich es vermeiden, mit ihr allein zu sein. Wir können Freunde sein, solange wir immer einen Puffer zwischen uns haben. Ist doch ganz normal, oder?

Durch die Windschutzscheibe beobachte ich, wie sie sich die Mütze über die Ohren zieht und einen Arm um Lucis zierliche Schultern legt, hinter ihr ein ganzer Wald aus Weihnachtsbäumen. Pen und Jack ziehen ihren Vater und Bea in eine Richtung, Zara steht mit Noah neben Lena.

Alles ist gut. Wir haben Puffer. Ich kann damit umgehen.

Ich reiße die Autotür auf und stoße dazu, als Lena die beschlagenen Fenster des Cafés ansteuert.

»Erst brauche ich einen Pfefferminz-Mokka«, verkündet sie.

»Du hattest doch erst vor drei Stunden einen«, brumme ich kopfschüttelnd und folge ihr.

»Mein Blutzucker ist etwas niedrig«, bemerkt sie spitz und klimpert mit den Wimpern.

Meine Mundwinkel zucken unwillkürlich.

Und als ich sehe, wie ihre rabenschwarzen Locken hüpfen, als sie die Stufen zum Café hinaufspringt, wird mein Lächeln noch breiter.

Ich nehme Lucis Hand, führe sie hinein, und wir warten an der Tür, während Lena und Zara ihre Bestellungen aufgeben.

Wie immer kann ich den Blick nicht von Lena abwenden. Während sie ihre Handschuhe mit den Zähnen auszieht, während sie dem Barista ein Lächeln schenkt, während sie Noah über den Kopf streichelt.

Irgendwie ist es wahnsinnig faszinierend, ihr bei alltäglichen Dingen zuzusehen.

»Ist sie nicht wunderschön?« Lucis Stimme lässt mich zusammenzucken.

Ich blinzle ein paarmal und blicke lächelnd auf ihre grauen Locken. »Was hast du gesagt?«

Sie grinst mich wissend an, kleine Lachfältchen in den Augenwinkeln. Ihr Blick sagt: *Ich weiß mehr, als du denkst*, und es läuft mir eiskalt den Rücken runter.

»Ich habe nur die Aussicht kommentiert«, sagt sie und sieht zu Lena.

Die Aussicht.

Die Aussicht ist einfach die schönste Frau der Welt.

Lena hat den Kopf in den Nacken geworfen, ihr heiseres, ungehemmtes Lachen hallt von den Holzwänden wider. Ich möchte sie in meine Arme nehmen und dieses Lachen direkt in meine Lungen saugen.

Nachdem der Barista ihr ein Getränk gegeben hat, schlendert Lena an uns vorbei nach draußen. Zara folgt ihr, während Lena so laut *Jingle Bells* singt, dass die Leute sich nach ihr umdrehen.

Benommen schaue ich ihnen hinterher, da fällt mir Luci wieder ein, die immer noch neben mir steht.

»Wir sollten uns auf den Weg machen, meinst du nicht, junger Mann?« Sie zieht eine Augenbraue hoch. »Wir wollen doch nichts verpassen.«

Mit einem verächtlichen Schnauben hake ich ihre Hand in meinen Ellbogen und führe sie die Treppe hinunter. »Ich bin nicht so jung, wie du denkst.«

»Ach, Alter ist relativ.« Auf der letzten Stufe stöhnt sie leise auf. »Wusstest du, dass mein Davis sechzehn Jahre älter war als ich?«

Ich stutze. »Wusste ich nicht.«

Sie bohrt mir einen dürren Finger in die Brust. »Er war vielleicht sechzehn Jahre älter, aber im Schlafzimmer, wo es darauf ankommt, hat er immer abgeliefert.«

Ich lache schallend.

Ein paar Meter weiter wirbeln pechschwarze Locken in meine Richtung, als Lena es hört, und unsere Blicke treffen sich. Ein strahlendes Lächeln breitet sich über ihr ganzes Gesicht.

Ihr Anblick durchfährt meinen Körper wie ein Stromschlag.

Bekomme ich dieses Lächeln nur, weil ich lache?

Verdammt, ich sollte öfter lachen.

»Für mündige Erwachsene spielt das Alter keine Rolle, Schatz«, flüstert Luci, während wir auf die anderen zugehen.

»Wer darf dieses Jahr den Baum aussuchen?«, ruft Lena.

»Bin ich dran?« Jack stellt sich so hoch auf die Zehenspitzen, dass er mit den Armen wedeln muss, um die Balance zu halten.

»Meinst du, du bist dieser sehr ernsten Tradition gewachsen?« Lena grinst ihn an, während Zara den Reißverschluss ihres dicken Mantels zuzieht.

»Ja, ja«, quietscht er und grinst stolz.

Lena zieht ein kleines Tuch aus ihrer Jacke und schwingt es neben Jack durch die Luft. Dann dreht sie sich um und reicht mir mit einem Augenzwinkern ihren Pfefferminz-Mokka.

Während sie Jack die Augen verbindet, schaue ich auf das Getränk in meiner Hand. Der kleine rote Becher ist mit leuchtenden Weihnachtsbäumen verziert, und der Duft, der aus der Öffnung strömt, ist ehrlich gesagt … faszinierend.

Der Abdruck ihres roten Lippenstifts am Rand fesselt meine Aufmerksamkeit länger als angemessen.

Eine Welle der Neugier steigt in meiner Brust auf, und ich probiere einen winzigen Schluck. Sobald der süße Pfefferminzgeschmack meine Zunge berührt, zucke ich zurück und starre finster auf die Öffnung.

Igitt! Das ist viel zu süß.

Aber ich lasse die Schokolade und die Pfefferminze ein wenig auf der Zunge zergehen, und dann, nachdem ich mich vergewissert habe, dass Lena nicht guckt, probiere ich noch einen Schluck, einfach so.

Bäh.

»Okay. Was ist deine Lieblingszahl?«, fragt sie Jack.

»Siebenunddreißig.« Er strahlt.

»Das wusste ich nicht«, sagt Auggie, und wir lachen alle. »Bist du sicher? Denn das macht das Ganze ein bisschen –«

Lena unterbricht ihn mit einem scharfen Blick. »Du kannst das Schicksal nicht beeinflussen, Auggie. Wenn er siebenunddreißig will, dann ist das unsere Zahl.«

Auggie hebt resignierend die Hände, während Jacks Beinchen vor Aufregung zucken.

Da Lena immer noch nicht in meine Richtung schaut, probiere ich einen weiteren Schluck von dem Kaffee in meinen Händen, und diesmal genieße ich ihn minimal. Er schmeckt, als hätte jemand die ganze Weihnachtszeit verflüssigt und in diesen Becher gekippt.

Als ich den Becher absetze, huscht Zaras Blick in meine Richtung, und ihre Lippen verziehen sich zu einem wissenden Lächeln.

»Wie oft sollen wir ihn drehen?«, fragt Lena Pen.

»Fünfhundertdreiundvierzigmal«, antwortet sie grinsend.

»Wie wär's mit fünf?«, schlägt Zara vor, und Pen verdreht die Augen.

»Okay, alle wissen, wie es geht?«, fragt Truppenführerin Lena. Sie dreht sich um, als ich gerade zum vierten Mal nippe. Ihre süße Nase kräuselt sich, und sie wirft mir einen spöttischen Blick zu.

Dann dreht sie Jack fünfmal im Kreis, bevor sie ihn an den Schultern festhält. »Der siebenunddreißigste Baum, den du ertastest, ist der richtige. Bereit? Dann los!«

Sie lässt ihn los, er schwankt kurz, dann streckt er die Hände aus und wankt wie Frankensteins Monster auf die

Weihnachtsbäume zu. Der Rest der Familie lacht, als er gegen den ersten Baum läuft.

»Eins«, ruft die ganze Familie, und Lena streckt einen Finger in die Luft.

Das ist Tradition, seit ich sie kenne. Offenbar wollte Lena den Baum so aussuchen, als sie sechs Jahre alt war, und sie haben den Brauch seitdem beibehalten. Ein Jahr begleitete die *Juniper Gazette* die sechzehnjährige Lena dabei, fotografierte und katalogisierte den gesamten Prozess, bis zum dreizehnten Baum.

Jacks Siebenunddreißig ist definitiv die höchste Zahl, bei der ich dabei war.

Bei meinen ersten Weihnachten mit Familie Santos wollte Lena, dass ich es mache. Aber ich widerstand ihrem Wimpernklimpern und den kokett unterm Kinn verschränkten Händen. Im nächsten Jahr drohte sie, nie wieder mit mir zu sprechen, und das war schon schwieriger. Beim letzten Mal bot sie mir an, meine Lieblingskekse zu backen, wenn ich es täte.

»Biiiitte! Ich backe dir auch diese Knusperkekse, die du so magst.«

»Die kann ich mir auch selber backen«, halte ich dagegen und tätschle ihr den Kopf.

Sie mault und verschränkt die Arme. »Aber jeder in der Familie ist mal dran.«

Genau. Ich gehöre aber nicht zur Familie.

Als Jack gegen den siebten Baum läuft und hinfällt, greift Lena nach ihrem Becher. »Den hatte ich ganz vergessen«, sagt sie, dann stutzt sie. »Gavin. Hat Mr Schwarzer Kaffee etwa die Hälfte von meinem Pfefferminz-Mokka getrunken?«

Sie grinst breit, und mir steigt Hitze in die Wangen.

»Das hast du«, quietscht sie und zeigt mit dem Finger auf mich. »Du hast mir nur zwei Schluck übrig gelassen!«

»Ich glaube, das war Luci.« Ich zucke die Schultern, und Lucis Hand klatscht mir auf den Bauch, als sie an uns vorbeiläuft, um Jack zum nächsten Baum zu folgen.

Lenas Zähne graben sich in ihre perfekte Unterlippe. »Er hat dir geschmeckt, oder? Gib's zu.«

»Er ist grauenhaft.« *Ist er nicht.*

»Er ist köstlich.«

Vielleicht. Er ist okay.

Sie hebt den Becher an den Mund, setzt genau dort an, wo meiner war, und beobachtet mich, während sie daran nippt. »Mit der Zeit wirst du Gefallen daran finden. Bald wirst du darum betteln.«

Mir werden die Knie weich, als Adrenalin durch meine Adern schießt.

Bald wirst du darum betteln.

Ich habe das Gefühl, das tue ich schon.

8. Kapitel

Lena

Schlaflos wälze ich mich auf dem Sofa in eine neue Position, presse meine Schenkel zusammen und versuche, das Pochen dazwischen zu ersticken. Seit dem Hörbuch heute Morgen kribbelt es in meinem Körper, und obwohl die Uhr auf dem Kaminsims schon Richtung Mitternacht tickt, komme ich nicht zur Ruhe.

Fast schäme ich mich dafür, wie sehr ich es genossen habe, Gavin in Verlegenheit zu bringen, aber es war auch irgendwie befriedigend, der Grund für seine missliche Lage zu sein.

Mit einem dramatischen Seufzer drehe ich mich auf die andere Seite und betrachte unseren vollkommen unvollkommenen Weihnachtsbaum. Der siebenunddreißigste Baum, den Jack ausgesucht hat, ist schief und krumm, aber ich liebe ihn.

Solche Bäume sind mir die liebsten. Man sieht ihnen an, dass sie viel durchgemacht haben, aber sie versuchen es weiter, wachsen weiter, geben die Hoffnung nicht auf, jemanden zu finden, der sie liebt.

Und sind wir nicht alle ein bisschen so?

Wir haben ihn nach Hause gebracht und gemeinsam geschmückt, das Haus erfüllt von Weihnachtsmusik.

Gavin saß währenddessen in einer Sofaecke und hat uns zugesehen. Bis Mama ihn dazuholte, um den Stern auf der Tannenbaumspitze anzubringen.

Seine Wangen färbten sich tiefrot, aber er stand auf, stellte seinen Whiskey ab und reckte sich auf die Zehenspitzen. Als der Stern befestigt war, brach im ganzen Haus Jubel aus, und ein Lächeln breitete sich auf seinem Gesicht aus.

Und wenn ich an dieses Lächeln denke, werde ich ganz wuschig.

Frustriert schlage ich die Bettdecke zurück und schleiche auf Zehenspitzen zu meinem Gepäck im Gästebad. Mein weinroter Bikini liegt ganz oben, und ich ziehe ihn an, bevor ich mir ein Handtuch schnappe und durch die Hintertür schlüpfe.

Die kalte Luft brennt auf meiner Haut, und der Dampf, der aus dem Whirlpool aufsteigt, lockt mich näher. Ich schiebe die Abdeckung bis zur Hälfte beiseite.

Meine Muskeln lockern sich, als ich ins Wasser steige, die ganze Anspannung des Tages löst sich im Blubbern auf. Ich klemme die Finger unter die Oberschenkel, lege den Kopf in den Nacken und kneife die Augen zusammen, um tief in die Lungen zu atmen.

Der heutige Tag war mental zermürbend. Gäbe es so etwas wie eine Suchhistorie meines Gehirns, wäre sie zutiefst verwirrend. Eine Mischung aus *wie unterdrücke ich meine Gefühle für einen Mann, der tabu ist* und *wie bringe ich ihn dazu, mich so anzusehen, wie ich es will*, mit einer Prise *wie überrede ich ihn, mir zu sagen, warum er einfach verschwunden ist.*

Um das klarzustellen: Auf nichts davon habe ich eine Antwort gefunden.

Ein leises Klirren an der Tür lässt mich hochschrecken, und ich entdecke Gavin, der mich mit großen Augen ansieht.

Ich kann das leichte Kribbeln im Bauch bei seinem Anblick nicht leugnen. Das schwache Licht aus der Küche betont die scharfen Konturen seines Gesichts, seine kräftigen Schultern sind in Schatten gehüllt.

»Sorry. Ich wusste nicht … Ich geh wieder nach oben«, murmelt er und weicht Richtung Tür zurück.

Wäre ich verantwortungsbewusst, eine gute Schwester und *Freundin*, würde ich ihn gehen lassen.

Stattdessen sage ich, vermutlich etwas zu aufgekratzt: »Nein, du musst nicht gehen.«

Er tritt unbehaglich von einem Fuß auf den anderen und legt den Kopf in den Nacken, als würde er sich auf die Balken über ihm konzentrieren. »Wahrscheinlich ist es besser, wenn ich gehe.«

Mein Herzschlag beschleunigt sich. »Es macht mir wirklich nichts aus.«

Seine widersprüchlichen Gedanken spiegeln sich in seinem Gesicht. Er sieht zum Whirlpool, zur Terrasse, wieder zu den Balken, auf das Handtuch in seiner Hand. Überallhin, nur nicht zu mir.

»Ich beiße nicht.« Ich lache, um die Situation aufzulockern, während er sich mit der Hand über den Nacken fährt.

Als er einen vorsichtigen Schritt in meine Richtung macht, bekomme ich Gänsehaut. »Bist du sicher?«

Mein Lachen schallt durch die stille Nacht. »Wenn man mich ganz lieb bittet, beiße ich auch.«

Er schüttelt den Kopf, während er meinem Blick weiter ausweicht, also höre ich auf, zu flirten, und erlöse ihn von seinem Elend. Meine Kehle fühlt sich an wie Sandpapier. »Komm rein. Was ist schon dabei?«

Doch als er nach seinem T-Shirt greift, um es auszuziehen, begreife ich, dass ich mich geirrt habe. Es ist doch was dabei.

Während er jeden durchtrainierten Zentimeter seines Bauches, seiner Brust, seiner Schultern entblößt, kann ich das gierige Glitzern in meinen Augen förmlich *spüren*. Er lässt die Muskeln spielen, als er sich das T-Shirt über den Kopf zieht, und ich kann die dunklen Linien seiner kunstvollen Tätowierungen erahnen.

Und *Gott*, ich wünschte, ich könnte sie sehen. Nachzeichnen. Ablecken.

Der Whirlpool ist erst seit letztem Jahr hier, deshalb ist es unsere erste Begegnung dieser Art. Ich hatte noch nie das Vergnügen, die Tattoos auf Gavins Brust oder Rücken zu betrachten. Allerdings erinnere ich mich lebhaft an die Details der Schlange auf seinem Unterarm, und die Ranken um sein Handgelenk könnte ich aus dem Gedächtnis zeichnen.

Diese Vertrautheit wünsche ich mir auch mit den Tätowierungen auf dem Rest seines Körpers.

Vielleicht ist es besser, dass ich sie nicht sehen kann. Immerhin braucht es nicht mehr als einen oberkörperfreien Gavin, damit das Pochen zwischen meinen Beinen zurückkehrt.

Als er in den Whirlpool steigt, zwinge ich mich, die Augen zu schließen. Er setzt sich neben mich, und das Wasser steigt so hoch, dass ich meine Beine anziehe, um mich größer zu machen.

Er stößt ein leises Stöhnen aus, und mir bliebt fast das Herz stehen, aber dann verstummt er und sitzt ganz still. Die einzige Bewegung im Wasser kommt von den Düsen um uns herum.

Nach einem Augenblick angespannter Stille blinzle ich neugierig durch ein halb geschlossenes Augenlid. Ich kann einfach nicht anders.

Durch ihn fühlt sich der Whirlpool plötzlich eng an, seine Schultern sind doppelt so breit wie meine. Den Kopf in den Nacken gelegt, die Lippen geöffnet, die Wimpern über die Wangen gefächert, wirkt er völlig entspannt.

Im Gegensatz zu mir.

Gavin Moore sitzt nur mit einer Badehose bekleidet neben mir, und mein ganzer Körper vibriert.

Wenn ich noch ein bisschen näher rücke … *Nein*, daran darf ich nicht denken.

Als ich den Kopf drehe, um sein Gesicht im Mondlicht besser sehen zu können, entweicht sämtlicher Sauerstoff aus meinen Lungen.

Feuchte Haarsträhnen, perlende Wassertropfen, dunkle Barstoppeln.

Ich presse die Schenkel zusammen bei der Vorstellung, diese Stoppeln dazwischen zu spüren.

Das wird nie passieren. Aber ich gebe zu, dass ich schon mal daran gedacht habe.

Nicht erst einmal.

Ist doch kein Ding, oder? Ist doch völlig normal, zehn

Jahre lang in einen Mann verknallt zu sein, den man nicht haben kann. Passiert ständig.

Als er schluckt, bin ich fasziniert von der lasziven Bewegung seines Adamsapfels.

Fuck. Alles, was er tut, ist atmen und schlucken, und ich kann den Blick nicht abwenden.

»Ich spüre, wie du mich anstarrst«, murmelt er und späht in meine Richtung.

Ich verschlucke mich fast an meinem eigenen Atem und schaue wieder geradeaus. »Weil du so verdammt groß bist. Du passt kaum hier rein«, lüge ich und rücke einen Zentimeter von ihm ab, um glaubwürdig zu wirken.

Er hebt den Kopf und streckt die Beine aus. »Eigentlich habe ich die perfekte Größe.«

Unser Gespräch nimmt in meinem Kopf ein Eigenleben an, und meine Wangen glühen. Ich weiß, dass wir über diesen Whirlpool reden, aber gleichzeitig reden wir über etwas ganz anderes.

Kleine Wellen schwappen gegen meinen Hals, während ich mich bei dem Gedanken an Gavins *Größe* innerlich winde.

Dabei stößt mein Knie versehentlich an seinen Oberschenkel, doch ich zucke nicht zurück. Ich lasse es dort, ein kleiner Test, der fatal enden könnte.

Warum unterziehe ich mich diesem Test? Ich mag Tests nicht einmal. Ich finde nicht, dass sie eine geeignete Methode sind, um Wissen zu prüfen. Warum tue ich mir das an?

Ist es:

a. Weil es sich gut anfühlt, ihn zu berühren?
b. Weil es mir Spaß macht, mich zu quälen, indem ich so tue, als wäre das normal?

c. Weil es mir Spaß macht, ihn zu provozieren und mit ihm zu flirten?
d. Alle Aussagen treffen zu.

Die Antwort ist eindeutig D, und ich habe keine Ahnung, ob ich den Test damit bestanden habe oder nicht.

Ein Schweißtropfen rinnt mir den Nacken hinunter, als der geraffte Stoff seiner Shorts an meinem nackten Knie reibt. Ich wusste gar nicht, dass Knie so viele Nervenenden haben, aber in diesem Moment fühlt es sich an, als wären sie in diesem winzigen Stück Haut gebündelt.

Er wirkt ganz ungeniert, mit seiner entspannten Miene und dem gleichmäßigen Atem.

Er ist nicht wuschig und zappelig wie ich.

Der verdammte Whirlpool kocht.

Der Drang, auf die Regeln zu scheißen und auf seinen Schoß zu klettern, wird immer stärker.

Ich brauche Ablenkung.

»Hab ich dir schon erzählt, dass Millie ausgezogen ist?«, frage ich zu laut und verfluche den dröhnenden Herzschlag in meinen Ohren, der mich daran hindert, in normaler Lautstärke zu sprechen.

Ein Muskel an seinem Kiefer zuckt. »Nein. Geht es dir gut?«, fragt er, und seine sanfte Stimme streicht über meine Haut wie Seide.

»Oh, es ist nicht so, dass wir uns im Streit getrennt hätten oder so. Sie ist nur zu ihrem Freund gezogen. Und mir geht es gut. Glaube ich jedenfalls?« Während ich versuche, gelassen zu klingen, zieht er die Augenbrauen zusammen, als würde er mir nicht recht glauben. »Tja, das ist gelogen. Ich vermisse sie mehr, als ich dachte. Aber gleichzeitig freue ich mich für sie«, gebe ich zu.

»Das tut mir leid.« Unter Wasser legt er seine große Hand um mein Knie, und Adrenalin schießt durch meinen Körper.

Der drastische Hormonschub entlockt mir weitere Worte. »Ihr Freund Finn hat das Sorgerecht für seine Nichten. Deshalb haben sie jetzt ihre eigene kleine Familie. Ich bin oft bei ihnen, und ich liebe sie alle. Aber wenn ich zu Hause bin, fühle ich mich einsam.« Ich zucke die Schultern. »Und vielleicht ist es auch ein bisschen Eifersucht … keine Ahnung. Es ist wundervoll, sie so glücklich zu sehen, aber ich weiß, dass ich nicht der Typ für so eine Romanze bin. Ich bin dazu verdammt, für immer die Nebenfigur in den Liebesgeschichten meiner Freunde zu spielen, und das ist okay. Ich freue mich, dass sie glücklich sind.«

Nach diesem Wortschwall atme ich tief durch, verlegen, weil ich so aufgelöst klinge, wie ich mich innerlich fühle.

Er streicht mit dem Daumen über die Stelle, wo Wade und Oberschenkel sich berühren, und ich weiß nicht, ob ihm bewusst ist, was er da tut, aber das Herz schlägt mir bis zum Hals, und mein Knie fühlt sich an, als stünde es in Flammen.

»Eines Tages wirst du deine eigene Liebesgeschichte bekommen«, flüstert er, als wäre es eine Tatsache. Als wüsste er, dass es passiert. Und ich kann mich kaum auf seine Worte konzentrieren, weil er erneut mein Knie tätschelt. »Du bist vieles, Lena Santos, aber ganz sicher keine Nebenfigur.«

9. Kapitel

Gavin

Bevor ich ins Wasser gestiegen bin, habe ich mir selbst zwei Regeln auferlegt.

1. *Schau nicht tiefer als ihr Gesicht.*
2. *Berühre sie nicht. Gar nicht.*

Beide habe ich innerhalb weniger Minuten gebrochen.

Ich ließ den Blick über die dünnen Träger auf ihren Schultern schweifen, die kleinen Kuhlen oberhalb ihres Schlüsselbeins, den eleganten Hals, den ich so gern küssen würde.

Dann berührte ich die nackte Haut ihres Beines.

Offenbar bin ich lebensmüde.

Es kostet mich große Überwindung, aber schließlich schaffe ich es, meine Hand von ihrem Knie zu lösen und meinen Arm hinter ihren Rücken auf die Kante des Whirlpools zu legen.

Lena dreht sich zu mir um und zieht die Knie an ihre Brust. Ihre Stimme trieft vor Unsicherheit: »Ich bezweifle, dass ich je meine eigene Liebesgeschichte haben werde. In letzter Zeit hab ich das Gefühl, dass ich vielleicht irgendeinen Defekt habe. Abgesehen von meiner Familie und meinen engsten Freunden verlassen mich alle. Als würde ich ihnen nichts bedeuten.«

Zwei Fäuste quetschen mein Herz zusammen.

Ich weiß, wie sich das anfühlt.

Sie schnaubt verächtlich, dann fährt sie fort: »Angefangen bei meinem Samenspender von einem Vater, dann jeder, mit dem ich versucht habe, eine Beziehung aufzubauen. Und ich weiß, Millie hat mich nicht *verlassen*, aber wenn ich in meinem leeren Haus sitze, fühlt es sich trotzdem ein bisschen so an. Alle verlassen mich.«

Sogar du.

Sie spricht es nicht aus, aber die Worte schweben über mir.

Ich versuche, den Kloß in meinem Hals runterzuschlucken, als die Bilder aus meiner Vergangenheit aufblitzen.

Von meinen eigenen Leuten, die mich im Stich gelassen haben.

Lena schlägt sich die Hand vor den Mund. »Fuck. Tut mir leid.« Sie stellt die Beine ab und richtet sich auf. »O Gott, das war so unsensibel. Ich weiß nicht alles über deine Geschichte, aber meine ist nichts im Vergleich dazu. Tut mir echt leid.«

Ich schüttle den Kopf. »Schon gut. Ich weiß, du hast es nicht so gemeint.« Meine Stimme bebt, obwohl es die Wahrheit ist.

»Ich hätte es trotzdem nicht sagen sollen.« Sie presst die Lippen aufeinander.

Es fühlt sich an, als wäre ein Faden an meiner Brust befestigt, der mich zu ihr zieht.

Und eine unsichtbare Stimme sagt: *Los. Sag es ihr. Vertrau ihr.*

Ich hole tief Luft und folge meinem Instinkt, mein Herz ein klein wenig zu öffnen. »Mein Vater hat eine ähnliche Bedeutung in meinem Leben, und ich hab ihn auch nie kennengelernt.« Lena legt nickend die Stirn in Falten. »Meine letzte Erinnerung an meine Mutter sind ihre Rücklichter, nachdem sie mich auf der Veranda meiner Großmutter abgesetzt hat.«

Lenas Kehle entweicht ein erstickter Laut, und ich sehne mich danach, sie in den Arm zu nehmen. Sie zu halten. Zu trösten, obwohl ich es bin, der schmerzliche Erinnerungen teilt.

»Was ist mit deiner Großmutter passiert?«, flüstert sie leise.

»Sie hat mich ein paar Monate später bei einer Sozialarbeiterin abgegeben.« Mit einem mitfühlenden Stöhnen tastet sie unter Wasser nach meiner Hand und hält sie zärtlich, während sie darauf wartet, dass ich fortfahre. »Sie hat gesagt, ich sei zu viel für sie, und weil sie meine Mutter nirgends finden konnten, kam ich in eine Pflegefamilie.«

Mit dem Daumen streicht sie über meine Fingerknöchel. »Es tut mir so leid, Gav. Im Vergleich zu dir hab ich keinen Grund, mich über meinen beschissenen Vater zu beschweren.«

Ich drehe mich zu ihr um und streiche ihr vom Rand des Whirlpools aus eine verirrte Locke hinters Ohr. »Dein Trauma hat nicht weniger Berechtigung, nur weil du denkst, dass meines schlimmer ist. Dein Schmerz ist genauso legitim. Und du hast jedes Recht, darüber zu sprechen, auch mit mir.«

Ihre Lippen öffnen sich, und Stille füllt den Raum zwischen uns.

Mein ganzes Leben war eine Lektion darüber, wie unwürdig ich bin, geliebt zu werden. Es hat nie jemanden gegeben, der sich von ganzem Herzen für mich entschieden oder mich an erste Stelle gesetzt hat, und es fühlt sich nicht so an, als würde sich daran je etwas ändern.

Ich werde nie jemanden finden, der mich so akzeptiert, wie ich bin.

Aber es bricht mir das Herz, dass Lena ähnliche Gedanken hat.

Ich bin vielleicht nicht liebenswert, aber sie schon.

Sie zu lieben, war nie das Problem. Ehrlich gesagt, ist mir noch nie etwas so leichtgefallen.

Ich räuspere mich und gönne mir noch einen Moment ihrer Berührung, bevor ich meine Hand zurückziehe und mir stattdessen den verspannten Nacken reibe.

»Darf ich dich was fragen?«, murmelt sie und stützt ihr Kinn auf die Knie.

»Immer.«

»Bist du deshalb verschwunden?«, fragt sie und neigt den Kopf. »Hat es mit deinen Eltern zu tun?«

Mir stockt der Atem, als ich ihrem besorgten Blick begegne.

So gerne würde ich ihr alles erzählen, die Worte wie ein Lauffeuer zwischen uns, das alles reinigt und Raum für neues Wachstum schafft.

Aber ich kann nicht.

»Nein, das ist es nicht. Ich wünschte, ich könnte es dir sagen.«

Sie seufzt und verdreht die Augen. »Ich finde, du schuldest mir was, Gav. Du hast uns auf der Party einfach stehen lassen. Du hattest versprochen, mich zu fahren, und es war dir völlig egal, ob ich sicher nach Hause komme.« Bei den letzten Worten bricht ihre Stimme.

Die Atmosphäre ändert sich, als ich diese neue Version des Abends serviert bekomme.

»Ich hab Auggie gesagt, dass ich gehe. Er sollte dich nach Hause bringen.« Ein stechender Schmerz brennt in meiner Brust. »Ich hab ihm Bescheid gegeben, bevor ich gegangen bin, und er hat gesagt, er könne noch fahren.«

Sie schüttelt den Kopf. »Konnte er nicht.«

Ich balle die Hände zu Fäusten, während meine Stimme wie ein Peitschenhieb durch die Luft knallt. »Was?«

»Er konnte nichts dafür.« Sie zuckt halbherzig die Schultern. »Ich hab ihn angestachelt, noch was mit mir zu trinken, weil ich dachte, du wärst noch irgendwo.«

Ich knirsche mit den Zähnen. »Wie bist du nach Hause gekommen?«

»Ich hab Mama angerufen, damit sie uns abholt.«

Mein schlechtes Gewissen stößt mir sauer auf. Als ich in jener Nacht zur Hütte zurückgefahren bin, um meine Sachen zu packen, haben alle geschlafen. Das heißt, Lena musste sie wecken.

»Also bitte«, fleht sie, »sag mir die Wahrheit. Ich will jetzt nicht sauer auf dich sein. Nicht, nachdem du mir von deiner Vergangenheit erzählt und versprochen hast, dass wir Freunde sind. Aber ich hab das Gefühl, dass ein Teil fehlt, und ich will die Wahrheit. Ich will nicht, dass dieses große Geheimnis zwischen uns steht.«

Düstere Bilder jener Nacht flackern mir durch den Kopf wie ein Foltergerät, auf das mein Gehirn an meinen schlimmsten Tagen gespannt wird.

Gierige Hände an ihren Schenkeln, die langsam ihr Kleid hochschieben. Hüften, die sie gegen die Wand drücken, sich an ihr reiben. Leises Stöhnen, das durch den Flur hallt. Die Träger ihres Kleides, die ihr von den Schultern rutschen, als sie den Rücken wölbt.

Ich atme aus und versuche, die Erinnerungen zu verdrängen.

Die ganze Szenerie hat eine drogenähnliche Wirkung auf mich. Die Stille der Nacht, das warme Wasser, das schwache Licht unseres krummen Weihnachtsbaumes, das durchs Fenster fällt, die Art, wie sich Lenas Haar durch die Feuchtigkeit an ihren Schläfen kräuselt. Alles verschmilzt und übt einen Zauber aus, dem ich mich nicht entziehen kann.

»Glaubst du, wenn du weißt, warum ich gegangen bin, ist alles wieder gut?«, frage ich, und sie nickt.

Vielleicht bin ich es leid, alles in mich hineinzufressen. Vielleicht brenne ich darauf, ihr mein Herz auszuschütten.

Und so sickern die Worte aus mir heraus.

»Ich hab dich gesehen.« Ich räuspere mich. »Ich hab dich mit Brandon im Flur gesehen.«

Ihr weicht sämtliche Farbe aus dem Gesicht, doch ich rede weiter.

»Seine Hände unter deinem Rock und sein Gesicht an deinem Hals.« Scham brennt auf meinen Wangen, obwohl ich nur eine Kleinigkeit preisgegeben habe.

Nicht genug, um meine Eifersucht zu offenbaren.

»Ich wusste nicht, dass du es gesehen hast.« Sie beißt sich auf die Unterlippe und runzelt verwirrt die Stirn. »Ich weiß, du bist wie … mein großer Bruder, aber nicht mal *der* wird so sauer, wenn er sieht, dass ich jemanden küsse. Und definitiv nicht sauer genug, um Weihnachten jahrelang ausfallen zu lassen.«

Ich weiß, du bist wie mein großer Bruder.

Verdammt. Ich hasse jedes Wort in diesem Satz.

Ich will die Worte verbrennen, ihr sagen, dass ich überhaupt nicht wie ihr großer Bruder bin.

Ich bin das Gegenteil.

Ich denke ununterbrochen an dich. Wenn ich mit deinem Bruder in einem Meeting sitze. Wenn ich im Fitnessstudio bin und versuche, den Klang deiner Stimme in meinen Ohren zu übertönen. Wenn ich zu Abend esse und mir wünsche, du würdest mir gegenübersitzen. Wenn ich meinen Schwanz in der Hand halte und davon träume, dass du ihn umschließt. Wenn irgendwas Lustiges passiert und ich mit dir darüber lachen möchte.

Es. Hört. Nie. Auf.

Ich balanciere auf einem hauchdünnen Drahtseil. Auf der einen Seite würde ich auf sicheres Terrain fallen. Das Terrain des großen Bruders.

Auf der anderen Seite ist Neuland. Ich könnte ihr endlich sagen, was in mir vorgeht, wenn sie in meiner Nähe ist, und wie es sich angefühlt hat, als ein anderer sie an die Wand gedrückt und sie seinen Namen gestöhnt hat.

Aber es ist sicherer, auf dem Drahtseil zu bleiben, als auf die falsche Seite zu fallen.

Diese Worte auszusprechen, würde alles ändern. Ich würde die einzige Familie gefährden, die ich je hatte. Ich würde das Leben aufs Spiel setzen, das ich mir aufzubauen versuche, und meine einzige Freundschaft riskieren.

Die Wahrheit bedroht *alles*.

Also flüstere ich stattdessen: »Siehst du mich wirklich als Bruder?« In Erwartung der Antwort zieht sich alles in mir zusammen.

Ich weiß nicht genau, welche Reaktion ich mir erhoffe. Ich will ja, dass sie mich als Teil dieser Familie sieht. Dass sie sagt, ich gehöre dazu, weil ich noch nie in meinem Leben irgendwo hingehört habe.

Aber insgeheim, tief in meinem Herzen, möchte ich auf keinen Fall so etwas wie ein Bruder für sie sein.

Sie zögert kurz, ihre Schultern heben und senken sich mit ihren abgehackten Atemzügen. Dann nickt sie langsam und sagt: »Ja, du gehörst zur Familie.« Ihre Wimpern flattern ein paarmal, bevor sie mich schließlich ansieht. Ihre Augen sind klar, als würde sie alles daransetzen, dass ich ihren Worten glaube. »Du wirst immer mein Bruder sein, Gav.«

Der Riss, der sich durch meine Seele zieht, sorgt dafür, dass ich auf dem Drahtseil das Gleichgewicht verliere und kippe.

Ich schwanke, taumle, stürze in die ewige Bruderschaft, und sie hat keine Ahnung.

Sie verzieht die Lippen zu einem unbehaglichen Lächeln. »Ich bin müde. Ich geh mal schlafen.«

Ich nicke und versuche, meine Gesichtszüge zu kontrollieren. »Geh nach oben und nimm das Bett«, schlage ich vor, denn ich werde sowieso kein Auge zutun.

Sie nickt zur Bestätigung und bewegt sich an meinen Beinen vorbei durchs Wasser.

Als sie aus dem Whirlpool steigt, nehme ich mir einen Herzschlag Zeit, um ihren Körper zu betrachten. Ich gönne mir diese eine Sekunde, um mir jede Kurve ihres Hinterns und ihrer kräftigen Oberschenkel einzuprägen. Ihre wohlgeformten Waden bis hin zu den zarten Knöcheln.

Nur ein flüchtiger Eindruck, den ich für immer in meinem Herzen bewahren kann.

Das ist alles, was ich bekomme.

10. Kapitel

Lena

»Schhhh. Alles okay, Süßer.«

Eine sanfte Stimme weckt mich aus meinen Träumen, und ich öffne blinzelnd die Augen. Die Sonne scheint noch schwach durchs Fenster, aus der Küche dringt das Geräusch von fließendem Wasser, gefolgt von einem leisen Rauschen und dem Klicken der Kaffeekanne, die wieder in die Maschine gestellt wird.

Ein Lächeln umspielt meine Lippen. Ich weiß, ohne hinzusehen, dass Gavin für dieses beruhigende Medley verantwortlich ist, denn es ist ein vertrauter Soundtrack.

Gestern Abend, nachdem ich aus dem Whirlpool gestiegen war, habe ich meinen Pyjama wieder angezogen, doch statt auf sein Angebot einzugehen, mir das Bett zu überlassen, bin ich auf dem Sofa unter die Decke gekrochen und habe versucht, die berauschende Erinnerung an Gavins Körper, seine Stimme, seine Gegenwart auszublenden.

Wenig später kam er ins Wohnzimmer und flüsterte: »Lena. Nimm doch bitte das Bett. Lass mich hier unten schlafen.«

Natürlich war ich noch wach, weil ich nicht aufhören konnte, an ihn zu denken, aber ich tat, als würde ich ihn nicht hören. Denn auf gar keinen Fall wollte ich mich in ein Bett legen, das wahrscheinlich total nach ihm riecht.

An Schlaf wäre nicht zu denken gewesen, zu groß die Versuchung, die Finger zwischen meine Schenkel zu schieben.

Seufzend schlage ich die Decke zurück und schleiche auf Zehenspitzen ins Badezimmer im Erdgeschoss, um zu duschen. Während ich mir Shampoo in die Haare massiere, fällt mir das Gespräch von gestern Abend wieder ein, und ich halte inne.

Gavin hat mich mit Brandon gesehen.

Ich stelle mir vor, wie er in den schummrigen Flur späht, und bekomme Hitzewallungen. Aber das hat nichts mit seiner brüderlichen Sorge zu tun.

Nein, mein Puls rast aus einem anderen Grund.

Mein Kopf ist voller Fantasien, was stattdessen hätte passieren können.

Gavin stürmt auf uns zu, schubst Brandon weg und drückt mich gegen die Wand. Stöhnt an meinem Hals. Presst seine Lippen auf meine. Vergräbt seine Finger in meinen Haaren.

Ich halte mein Gesicht unter den Wasserstrahl und versuche, die Trugbilder zu vertreiben.

Erst gestern Abend habe ich ihm gesagt, dass er wie ein Bruder für mich ist.

Das war vielleicht die größte Lüge, die ich je erzählt habe.

Vielleicht habe ich ihn als Freund gesehen. Aber *nie* als Bruder.

Als ich kurz darauf aus dem Bad komme, in Leggings und meinem Lieblings-Weihnachtspulli mit Keksmotiv und der Aufschrift *Let's Get Baked*, bin ich nicht auf das vorbereitet, was ich durch die Küchentür sehe.

Beim Anblick von Gavin in schwarzer Pyjamahose zieht sich mein Magen zusammen. Seine Muskeln zeichnen sich unter dem schwarzen Langarmshirt ab, und er hat Noah auf dem Arm. Er gießt Milch in eine Kaffeetasse, während er diesen typischen Flummi-Tanz aufführt, mit dem man Babys ruhig hält.

Noah gurrt, und Gavin murmelt: »Ist das wahr?«

Er dreht sich in meine Richtung und kommt auf mich zu. Seine dunkelbraunen Haare stehen auf einer Seite ganz bezaubernd ab. Ein träges Lächeln umspielt seine Lippen, und ich schmelze dahin.

»Bitte sehr«, sagt er und reicht mir die Tasse. »Hat Noah für dich gemacht.«

Ich lasse mich seitlich aufs Sofa fallen und ziehe vorsichtig die Beine an, um nicht zu kleckern. Sofort steigt mir der Kaffeeduft in die Nase. »Ich wusste gar nicht, dass er Pfefferminz-Mokkas kann.«

Achselzuckend setzt er sich neben mich. »Offenbar weiß er schon, wie man googelt. Die Jugend von heute.« Er stopft sich ein Kissen in den Rücken und lehnt sich zurück, sodass Noah auf seiner Brust liegt, eine starke Hand auf seinem Rücken.

Plötzlich schießt mir eine neue Jobidee durch den Kopf.

8. Gavin beim Babysitten zusehen.

Mir tun die Eierstöcke weh bei diesem Anblick.

»Hat jemand deine Referenzen überprüft, bevor du den Job als Babysitter bekommen hast?«

Sein Gesicht verfinstert sich. »Ich hab ausgezeichnete Referenzen. Ich passe ständig auf den Kleinen auf. Wir sind Kumpel, oder?« Er betrachtet Noahs Gesicht, während er hinzufügt: »Zara hat noch halb geschlafen, als sie runterkam. Ich hab gesagt, sie soll sich wieder hinlegen.«

Ich muss meine Fingernägel in das Sofakissen krallen, um nicht zu einer Pfütze auf dem Boden zu zerfließen. »Du babysittest wirklich?«

Mir stockt der Atem, während ich auf seine Antwort warte. Vermutlich wird er mich damit schwängern.

»Ich mag Kinder. Manchmal passe ich auf sie auf, wenn Auggie und Zara essen gehen.« Als er Noah auf den Kopf küsst, breitet sich ein warmes Kribbeln in meiner Brust aus. »Noah und ich haben eine Abmachung. Er ist glücklich, solange ich ihn halte, also halte ich ihn die ganze Zeit.«

»Willst du irgendwann Kinder haben?« Die Worte überraschen mich, obwohl sie aus meinem Mund kommen. Schnell presse ich die Lippen zusammen, um zu verhindern, dass noch mehr heimliche Gedanken heraussprudeln.

»Ja.« Unsere Blicke begegnen sich. »Ich wäre gerne Vater.«

Meine Fantasie betrügt mich. Sie verspottet meinen Verstand, indem sie Bilder erzeugt, von deren potenzieller Existenz ich keine Ahnung hatte.

Gavin, wie er meinen dicken Bauch streichelt. Seine starken Hände, die ein Kinderbett zusammenbauen. Seine leise Stimme, die *unser* Neugeborenes beruhigt. Seine breiten Schultern, über die eine Babytrage geschnallt ist.

Und aus irgendeinem Grund schmerzt diese Vision, als sie sich in mein Herz gräbt.

»Und du?« Seine Stimme durchbricht den Tagtraum, und ich will ihn sofort zurück.

Es ist, als würde ich um etwas trauern, das es nie gegeben hat.

Die Antwort bleibt mir im Hals stecken, und ich bringe nur ein Krächzen hervor.

Aber er muss mich verstanden haben, denn er nickt und deutet auf die Tasse in meinen Händen. »Willst du mal probieren?«

Ich blinzle, dankbar für den Themenwechsel. »Wie viel hast du abgetrunken?«

»Null.« Ein Muskel in seinem Kiefer zuckt, als er versucht, ein Grinsen zu unterdrücken.

Kopfschüttelnd führe ich den Becher an meine Lippen. »Mmhmm. Klar.«

Seine dunklen Augen beobachten mich aufmerksam, während der schokoladige Pfefferminzgeschmack auf meine Zunge trifft und durch meine Kehle rinnt. Schon bei diesem ersten kleinen Schluck breitet sich eine wohlige Wärme in meinem ganzen Körper aus, und ich brumme genüsslich.

Ich weiß nicht, wie er das angestellt hat, aber der Kaffee schmeckt noch besser als der im Bear Creek.

Gavin räuspert sich und wendet sich wieder Noah zu. »Wie schmeckt er?«

»Perfekt.« Ich trinke noch einen Schluck, während ich die Beine anziehe und meine Knie umarme.

Er legt den Kopf in den Nacken und dreht sich zu mir um, sein dunkler, nachdenklicher Blick gleitet träge über mein

Gesicht. Seine Augen hatten schon immer diese fuchsartige Intensität.

Diese konzentrierte Aufmerksamkeit ist geradezu raubtierhaft, und mein ganzer Körper kribbelt.

Ich grinse in meinen Becher. »Weißt du noch, wie ich zu Weihnachten jedem ein Tier gemalt habe, an das er oder sie mich erinnert?«

Er nickt. »Natürlich.«

»Und dir habe ich einen Fuchs gemalt?«

Ein Mundwinkel zuckt. »Ich glaube, deine Worte waren *klug* und *listig*.«

Ich muss lachen. »Unter anderem, ja. Anpassungsfähig, unabhängig, aufmerksam.«

Er schluckt, und eine leichte Röte überzieht seine Wangen. »Ich erinnere mich«. Seine Whiskeyaugen beobachten, wie ich noch einen Schluck Kaffee trinke. »Und für dich selbst hast du den Tiger gewählt.«

Er erinnert sich.

»Ja. Willensstark und intuitiv.«

»Unberechenbar«, fügt er grinsend hinzu.

»Aber du«, ich pikse ihn in die Schulter, »meintest, ich sei eher ein Tiger*baby*.«

»Dazu stehe ich«, sagt er bestimmt. »Außen erbittert und grausam, innen sanft und verschmust.«

Er fixiert mich, als würde er direkt in meine Seele blicken.

Meine Lungen ziehen sich zusammen und schneiden mir die Luft ab.

Recht hat er. Ich kann grausam sein, wenn es darum geht, die Menschen zu beschützen, die ich liebe. Wenn nötig erbittert. Und meistens unberechenbar, auch für mich selbst.

Aber wenn der Rest der Welt nicht zuschaut, werde ich weich. Ich entspanne mich. Und Unsicherheit und Verletzlichkeit kommen zum Vorschein.

Werde ich je einen Job finden, den ich liebe?

Werde ich ewig so weitertreiben, auf der Suche nach etwas, wofür ich brenne?

Bin ich nicht liebenswert? Dazu verdammt, den Rest meines Lebens allein zu sein?

Ich schlucke diese Gedanken hinunter, versuche, sie zu verdrängen. Ich darf mich nicht so darin suhlen, sonst komme ich vielleicht nie wieder raus.

Also strahle ich ein wenig Zuversicht aus und trinke noch einen Schluck. »Möglicherweise ist das der beste Pfefferminz-Mokka meines Lebens. Probier mal.« Ich halte ihm den Becher hin. »Du willst es doch auch.«

Er hebt die Hand von Noahs Rücken. Ich versuche, den Stromschlag zu ignorieren, der durch meinen Arm fährt, als sich unsere Finger berühren. Aber das ist unmöglich, denn er trifft mich direkt ins Herz.

Als er den Becher an seine Lippen führt, kann ich den Blick nicht abwenden. Ihm entweicht ein leises Stöhnen, und ich möchte darin ertrinken. Für den Rest meines Lebens will ich nichts anderes hören als sein Lachen und *dieses* Stöhnen.

11. Kapitel

Gavin

Lena nimmt mir den Becher aus der Hand und führt ihn an den Mund. Stolz schwillt in meiner Brust, als ich sehe, wie sie genüsslich die Lider schließt.

Es hat heute Morgen etwas gedauert, den Schokoladen- und den Pfefferminzsirup zuzubereiten, aber ich weiß, dass es sich gelohnt hat, als sie die Tasse absetzt und ein friedliches Lächeln ihre Lippen umspielt.

Diese perfekten, vollen Lippen. Sie sind ungeschminkt, kein roter Lippenstift, aber ich finde sie so noch verführerischer. Ich bin neugierig, ob das satte Korallenrosa jetzt nach Pfefferminz schmeckt. Und ich möchte zu gern wissen, wie sie aussehen, wenn sie vom Küssen geschwollen sind.

Gestern Abend im Bett habe ich mich so angestrengt, nicht an die zarten Träger über ihrem Schlüsselbein zu denken, daran, wie leicht ich sie hätte abstreifen können. Ich habe versucht, mir nicht vorzustellen, wie es sich anfühlen würde, meine Hand weiter ihren Schenkel hinaufgleiten zu lassen. Und vor allem habe ich versucht, nicht davon zu träumen, sie auf meinen Schoß zu ziehen, um zu sehen, wie perfekt wir zueinander passen.

Doch ich habe gründlich versagt.

»Gavin?« Da meine ganze Aufmerksamkeit auf ihre Lippen gerichtet ist, sehe ich, wie sie sich bewegen, als sie meinen Namen flüstert. Wie ihre Zungenspitze dabei hervorlugt.

Meine Kehle ist trocken, als ich »Lena« seufze.

Als sie den Kopf neigt, um noch einen Schluck zu trinken, glänzen ihre pechschwarzen Locken im Sonnenlicht, das durchs Fenster fällt. »Das hat mir gefehlt. Frühmorgens mit dir Kaffee zu trinken, wenn das Haus noch still ist.«

»Mir auch. Letztes Weihnachten hat mich niemand damit genervt, wann die Zimtschnecken endlich fertig sind.« Ich versuche, mein Grinsen zu verbergen, aber es schleicht sich um die Worte herum.

Ihr Blick wandert an die Decke, und sie stöhnt. »Das ganze Haus riecht einfach *so gut*, dass man es kaum erwarten kann. Ohne unseren Gavin mussten wir auf Fertig-Zimtschnecken zurückgreifen.«

Erneut meldet sich mein schlechtes Gewissen. Auch Penelope liebt meine Zimtschnecken, und ich hasse es, dass ich nicht hier war, um sie zu backen.

Noah regt sich auf meiner Brust, sein Arm fliegt kurz hoch, bevor er weiterschläft. Während ich mit der Hand über seinen Rücken streiche, betrachte ich die Strümpfe am Kaminsims.

Meiner ist ganz am Ende, mit einem Bommel, der Rudolphs rote Nase darstellt. Bea hat mir diesen Strumpf mit meinem Namen drauf geschenkt, als ich zum zweiten Mal

Weihnachten hier war. Da war ich dreißig, und es war mein erster.

In dieser Nacht weinte ich so leise wie möglich in mein Kissen.

Neunundzwanzig Weihnachten hatte ich ohne die Art von Erinnerungen und Familie überlebt, die ich aus Filmen kannte. Neunundzwanzig Jahre lang hatte ich mir das gewünscht, was Ralphie in *Fröhliche Weihnachten* hat. Ach was, ich wäre schon mit Eltern zufrieden gewesen, die um meine Aufmerksamkeit kämpfen, wie Charlie in *Santa Clause*.

Stattdessen hatte ich Eltern, die nichts von mir wissen wollten, und Pflegeeltern, denen ich völlig egal war.

»Wir haben ihn auch aufgehängt, als du nicht da warst«, flüstert Lena, als könnte sie meine Gedanken lesen.

Der Druck hinter meinen Augen steigt und brennt mir in der Kehle, als diese Information in mein Herz einzieht.

Sie haben an mich gedacht, obwohl ich nicht da war. Obwohl ich es nicht verdient habe.

»Weißt du, dass das mein erster Strumpf ist?« Ich kann den Blick nicht von der weißen Schrift meines Namens abwenden.

»Wirklich? Dein allererster?«

»Ja. Bevor ich hergekommen bin, war jedes Weihnachten einsam, bis auf eins.« Ich schlucke schwer und küsse Noah auf den Kopf. »In dem Jahr, als ich zehn geworden bin, war ich erst seit ein paar Wochen bei den Lornells. Es gab noch drei andere Pflegekinder im Haus, die sich schon kannten. Wenn ich nicht in der Schule war, verbrachte ich die meiste Zeit damit, in meinem Bett zu lesen.«

Als ich zögere, bietet mir Lena wortlos ihre Tasse an. Ohne

nachzudenken, trinke ich einen Schluck und gebe ihr die Tasse zurück. »Aber an diesem Weihnachtsabend hat mich meine Pflegeschwester aus dem Bett geholt. Sie hat mich überredet, mit in ihr Zimmer zu kommen, wo sie uns allen aus einem Buch vorlesen wollte. Keine Ahnung, was die Lornells taten, aber dieses sechzehnjährige Mädchen las uns jede Seite aus einem vergoldeten Buch namens *Weihnachtsgeschichten für Kinder* vor, das sie aus der Bibliothek hatte.« Ich lache leise, aber es klingt brüchig. »Das war mein schönstes Weihnachten, bis ich hierherkam.«

Lena stellt die Tasse auf den Couchtisch, und das Polster gibt nach, als sie neben mich rückt. Sie legt den Kopf auf meine Schulter, schiebt die Hand in meine und verschränkt unsere Finger.

Ihre Berührung entspannt mich sofort. Ich atme erleichtert auf und halte ihre Hand ganz fest, als könnte sie mich vor allem beschützen.

»Wir möchten, dass du von jetzt an jedes Weihnachten bei uns bist«, sagt sie seufzend und schmiegt sich enger an meine Schulter.

Mir fallen langsam die Augen zu. »Das möchte ich auch.«

12. Kapitel

Lena

Mir stellen sich die Nackenhaare auf, als ich das Bild sehe, das mir Zara per AirDrop auf mein Handy geschickt hat.

Gavins Kopf ist zurückgekippt, die Lippen geöffnet, Noah auf seiner Brust. Seine eine Hand liegt auf Noahs Rücken, die andere auf dem Sofa zwischen unseren Beinen. Ich kuschle mich an ihn, das schlafende Gesicht an seinen Bizeps gedrückt, der mir als Kissen dient.

Auf dem Foto ist meine Hand nicht gut zu erkennen, aber sie lag in Gavins, bis Noah kurz darauf quengelnd aufgewacht ist, weil er Hunger hatte.

Wir sehen viel zu harmonisch aus. Wie eine kleine Familie.

Verdammt. Das ist gar nicht gut.

Ich tippe auf den kleinen Pfeil am unteren Rand des Displays und schicke das Bild an meine Freunde.

Sieger von Catan

Lena: Das Foto hat Zara vorhin gemacht.

Lena: Houston, wir haben ein Problem.

Lena: Ich glaube, davon werde ich mich nie erholen.

Emil: O Scheiße. Das ist das Süßeste, was ich je gesehen hab.

Lena: Ich weiß.

Micah: Und diese Unterarme.

Lena: Ich weiß.

Millie: Das sieht so gemütlich aus!

Lena: Ich weiß.

Lena: Ihr sagt alle nur Gutes, aber ihr sollt was Negatives sagen.

Millie: Okay.

Millie: Ich hasse es, wie friedlich ihr ausseht.

Micah: Haltet ihr Händchen? Igitt.

Emil: Heiße Typen mit Babys im Arm. Ekelhaft.

Lena: Ich brauche neue beste Freunde.

»Wie viel Pfund Butter brauchen wir?« Als Zaras gedämpfte Stimme zu mir durchdringt, drehe ich mich um und sehe, dass sie mit dem ganzen Oberkörper im Kühlschrank verschwunden ist, um nach Zutaten zu suchen.

Mama, Zara, Luci, Pen und ich haben uns vorgenommen, vor der Weihnachtsfeier im Bear Creek heute Nachmittag noch Unmengen von Plätzchen zu backen.

Ich stecke mein Handy ein und blättere durch die fleckigen und zerfledderten Seiten von Mamas selbst gemachtem Kochbuch. Diese Plätzchenrezepte sind ihr ganzer Stolz. Gut möglich, dass sie sie mehr liebt als mich und Auggie.

»Mindestens drei?«, rufe ich Zara zu, während ich die Rezepte überfliege.

Zara lässt drei Packungen Butter auf die Arbeitsplatte fallen und murmelt: »Das scheint mir übertrieben.«

Ich gehe zur Spüle, um mir die Hände zu waschen. Durchs Fenster sehe ich Gavin und Auggie auf dem großen, leeren Grundstück nebenan. Sie gehen im Schnee auf und ab, während ich mir die Hände einseife.

»Was machen die beiden da?«, fragt Mama und legt mir eine Hand auf den unteren Rücken.

Ein seltsames Gefühl beschleicht mich.

»Wahrscheinlich was Langweiliges«, meint Penelope, die sich zwischen uns schiebt, um aus dem Fenster zu schauen.

Gavins Gesicht ist ernst, als er stehen bleibt und nickt. Er trägt keine Mütze, sodass der Winterwind sein dunkles Haar zerzaust, und selbst von hier aus kann ich sehen, dass seine Nase und seine Wangen von der Kälte gerötet sind.

Auggie dagegen springt wie ein Welpe durch den Schnee und zeigt mit einem breiten Lächeln in alle Richtungen.

»Zara.« Ich drehe mich um und sehe, wie sie ein Stück Butter auspackt. »Weißt du, was –«

»Hilfst du mir mal?«, unterbricht sie mich mit einem zu fröhlichen Lächeln und drückt mir eine Packung in die Hand.

Ich mustere sie mit zusammengekniffenen Augen, bevor ich mich mit einem Blick über die Schulter vergewissere, dass die beiden Männer zurückkommen. Mir fehlen hier definitiv einige Informationen, aber kurz vor Weihnachten ist kein guter Zeitpunkt, um neugierige Fragen zu stellen. Wahrscheinlich irgendeine Überraschung für die Kinder.

Als ich die Messlöffel aus einer Schublade hole, kommen Gavin und Auggie durch die Hintertür und füllen die Küche mit ihren tiefen Stimmen.

Mama greift an mir vorbei und klappt ihr Rezeptbuch zu. Dann geht sie in die Ecke der Küche, in der sich gerne Gerümpel ansammelt, zaubert ein nagelneues Hardcover-Buch hervor und legt es vor mich hin.

Glutenfreie Weihnachtsbäckerei.

Meine Augenbrauen sind bis zum Haaransatz hochgezogen, während ich fassungslos zwischen dem Buch und der sich entfernenden Gestalt meiner Mutter hin und her sehe.

Ich bin immer davon ausgegangen, dass sie gemeinsam mit ihrem Rezeptbuch begraben werden will. Sie lässt mich nicht mal eine Kopie für Millie machen.

Aber für Gavin wirft sie alle Prinzipien über den Haufen.

Ich beobachte, wie sie Penelope hilft, Eier in eine Schüssel zu schlagen, während Gavin mit einer roten Schürze um den Hals neben ihr steht.

»Das Buch liegt neben Lena«, sagt Mama und tätschelt seinen Arm.

Als Gavin sich neben mich stellt, um in dem Buch zu blättern, hüllt mich sein männlicher Kiefernduft ein. Ich bin wie hypnotisiert, als er sich mit den Fingerspitzen über die Lippen streicht, während er ein Plätzchenrezept überfliegt. Dann legt er das Buch mit einem Nicken beiseite und schiebt die Ärmel seines schwarzen Pullovers hoch.

In Zeitlupe folgt mein Blick der Bewegung, die den Blick auf seine starken, tätowierten Unterarme freigibt. Die Schlange auf seiner Haut windet sich um seine Muskeln, und ich wünschte, meine Hände könnten dasselbe tun.

»Erst Spritzgebäck oder erst Schokoplätzchen?«, fragt er aufgekratzt.

»Ja. Ja«, stottere ich.

Seine Lippen verziehen sich zu einem Grinsen. »Okay. Also beides.«

***

»Wir brauchen jemanden an der Plätzchendekorationsstation, jemanden, der Rosie hilft, die Getränke zuzubereiten, und dann sollte wahrscheinlich einer von euch den Malbereich betreuen.« Joe führt uns durchs Café und zeigt Gavin, Auggie und mir alles. »Die Kids kommen in etwa« – er dreht sein Handgelenk, um auf die Uhr zu schauen – »zwanzig Minuten.«

»Ich nehme die Plätzchen«, ruft Auggie und rennt zum Tisch mit Zuckerguss und Streuseln.

Als Joe von einem aufgebrachten Freiwilligen gerufen wird, zuckt Gavin die Schultern und schiebt die Hände in seine dunkle Jeans. »Ich denke, die Entscheidung liegt auf der Hand. Du kümmerst dich ums Malen und ich um die Getränke?«

»Willst du damit sagen, dass ich keine Getränke kann?« Ich verschränke die Arme vor der Brust.

Er neigt den Kopf. »Ich traue mir durchaus zu, Rosie zu assistieren, und du bist zweifellos besser an der Malstation aufgehoben.«

»Allein für den Spruch«, er senkt den Blick auf meinen roten Fingernagel, der sich in seinen schwarzen Pullover bohrt, »hast du Maldienst. Verdienst du damit nicht sowieso deinen Lebensunterhalt?«

Der Anflug eines Lächelns huscht über seine Lippen. »Ja, eigentlich male ich alle meine Pläne und Entwürfe mit Buntstiften.« Er beugt sich vor, sodass wir auf Augenhöhe sind. »Viel Spaß an der Getränkestation, Lena.«

Seine Stimme klingt herausfordernd, und das spornt mich nur noch mehr an, es ihm zu beweisen.

Doch eine Stunde später beschließe ich feierlich, dass Jobs

in der Gastronomie nichts für mich sind. Bei einem Missgeschick mit der Espressomaschine habe ich mir eine kirschgroße Brandwunde an der Handfläche zugezogen, vor ein paar Minuten bin ich auf dem Teppich hinter der Theke ausgerutscht und wäre fast im Mülleimer gelandet, und ein süßer kleiner Junge hat sich mit Kakao bekleckert, weil ich den Deckel nicht richtig angedrückt habe, bevor ich ihm seinen Becher gegeben habe.

Das *einzig* Gute an diesem Job ist die Aussicht. Von der Espressomaschine aus habe ich den perfekten Blick auf Gavin, dessen große, kräftige Gestalt wie ein Bodyguard über den Kindern aufragt, die ihn umringen. Lachend greifen sie sich Buntstifte aus der Kiste in der Mitte, während Gavin ein Bild ausmalt, die Buntstifte winzig in seiner großen Hand.

Ich habe ihn mit einem Kind auf dem Schoß gesehen, wie er einem weinenden Kind half, die Farbe zu finden, die es suchte, wie er ein kleines Mädchen sein Bild ausmalen ließ und wie er ein Ausmalbild mit einem Stück Klebeband an die Wand hängte.

Warum ist das alles so verdammt *hot*?

»Lena, hast du den doppelten Espresso?«, ruft Rosie mit einem warmen Lächeln über die Schulter.

Ganz ehrlich, diese Frau ist eine Heilige. Wie kann es sein, dass sie mich noch nicht rausgeschmissen hat?

»Ja, ja, schon unterwegs.« Ich schlurfe zur Kasse und stelle die warme Tasse ab.

Während ich den Kaffeesatz abklopfe, um wieder von vorne anzufangen, kommt Gary reingestürmt, begleitet von einer kalten Brise. Er sieht sich hektisch um, bis sein Blick auf Gavin fällt, und stapft mit seinen schweren Schneestiefeln über den Holzboden auf ihn zu. Sobald er die Malstation erreicht, deutet Gary mit einem Kopfnicken zum Gang. Gavin flüstert dem Jungen neben sich etwas zu, streicht ihm übers Haar und folgt Gary in den hinteren Teil des Cafés.

Als unverbesserliche Schnüfflerin beuge ich mich über die Theke, um herauszufinden, was los ist, doch sie sind nirgends zu sehen.

Einen Moment später taucht Gary wieder auf, sein graues Haar zerzaust, als hätte er es sich gerauft. »Rosie. Kannst du mal kurz herkommen?«

Sie zuckt die Schultern und folgt Gary.

Was ist hier los?

Nachdem ich für einen Kunden einen Blaubeer-Muffin aufgewärmt und eine heiße Schokolade zubereitet habe, eilt Gary wieder nach draußen.

»Lena«, zischt Rosie. »Komm mal mit.«

Neugierig folge ich ihren langen blonden Haaren den Gang entlang.

Gavin ist nirgends zu sehen. Der Raum ist leer, es gibt nur eine Hintertür und eine Abstellkammer auf der linken Seite.

»Hör zu«, sagt Rosie und packt mich an den Schultern. »Ich brauche eine Weihnachtsfrau. Kannst du das machen?«

Ich bin verwirrt. »Ich?« Ich schaue auf meine schwarzen Leggings und mein grünes Strickkleid, die so gar nicht nach Weihnachtsfrau aussehen. »Jetzt gleich?«

»Ja und ja.« Sie drückt mir eine Tasche mit Reißverschluss in die Hand. »Zieh das einfach an.«

Ich nicke, während ich versuche, die Puzzleteile dieser Situation zusammenzusetzen. Sie schiebt mich Richtung Abstellkammer. »Wenn du umgezogen bist, geh durch die Hintertür«, sagt sie und zeigt über ihre Schulter. Ich glaube, sie versucht, beruhigend zu lächeln, aber ihre aufgerissenen Augen sehen ziemlich panisch aus.

Sie greift um mich herum nach dem Türgriff, und bevor ich noch eine Frage stellen kann, schubst sie mich in die Abstellkammer. Als ich rückwärts stolpere, packen mich zwei große Hände, und ein männlicher Pinienduft steigt mir in die Nase.

»Ihr habt fünf Minuten«, flüstert Rosie und knallt die Tür zu.

13. Kapitel

Lena

»Was ist hier los?« Ich wirble herum.

Gavin greift hinter mich, um das Licht anzuknipsen, und taucht uns in einen schwachen Schein. Er hat ein wissendes Glitzern in den Augen, als fände er die ganze Situation wahnsinnig komisch, und das ist verwirrend.

»Wir spielen Verkleiden.« Er zuckt die Schultern, als wäre das ganz normal.

Es ist, als würde ein Fehlercode vor meinem Gesicht blinken, den ich nicht verstehe. Was äußerst frustrierend ist, denn ich habe gern alles im Griff.

Stattdessen stehe ich in einer dämmrigen Abstellkammer und soll *Verkleiden* spielen?

Gavin bückt sich, um einen Sack vom Boden aufzuheben. »Ich bin der Weihnachtsmann, und du spielst meine Weihnachtsfrau.«

Meine Weihnachtsfrau. Die Worte kribbeln auf meiner Haut, und irgendwie wird mir warm ums Herz.

»Was ist aus dem ursprünglichen Weihnachtsmann und seiner Frau geworden?«

»Magen-Darm-Grippe«, sagt Gavin und zieht seine Schuhe aus.

»Oh, Scheiße.«

»Im wahrsten Sinne des Wortes«, erwidert er mit ausdrucksloser Miene, woraufhin ich aufgekratzt kichere.

Mein Blick fällt auf Gavins Zehen, nur wenige Zentimeter von meinen lila Stiefeln entfernt. »Wir haben noch ungefähr vier Minuten.« Der Reißverschluss seiner Tasche surrt, als er sie öffnet und darin kramt. »Ich drehe mich um«, sagt er und wendet sich ab.

Mein Gehirn fühlt sich an, als würde es durch Schlamm waten.

Ich soll mich in dieser Abstellkammer mit Gavin zusammen umziehen.

Mein Puls pocht in meinem Schädel, und ich kann mich nicht entscheiden, ob ich das gut oder schlecht finde.

Einen Moment steht er völlig still, dann greift er nach dem Bund seines Pullovers, holt tief Luft und zieht ihn sich mit einer flinken Bewegung über den Kopf.

Der Raum verwandelt sich augenblicklich in eine Sauna, die Luft so heiß, dass ich kaum atmen kann. Vielleicht hätten wir dafür das Licht ausschalten sollen, denn nur Zentimeter von seinem Rücken, seinen Schultern, seinen Muskeln entfernt, kann ich nicht mehr klar denken.

Dunkle Linien überziehen seinen Rücken, und ich nehme so viele Details wie möglich in mich auf. Ich schlucke schwer, während ich den Raben betrachte, der ein Schulterblatt ziert, und wünschte, ich könnte die Federn unter meinen Fingern spüren.

Doch dann hallt ein metallisches Klirren durch die winzige Kammer, als er seinen Gürtel öffnet. Ich erstarre, denn das sanfte Geräusch seiner Hände auf dem Leder schickt eine Welle der Erregung durch meinen Körper.

Ich schnappe nach Luft und drehe mich ruckartig zur Tür. Leder schabt an Gürtelschlaufen, und ich kneife die Augen zusammen, während mir verbotene Bilder durch den Kopf schießen.

Als ich den Reißverschluss höre, bleibt mir das Herz stehen. Das metallische *Ratsch* lässt mich vor Verlangen dahinschmelzen.

Scheiße. Das ist Gavin.

Ich sollte nicht so über ihn denken. Draußen warten Kinder auf den Weihnachtsmann und seine Frau. Ich sollte nicht hier sein und mir genüsslich anhören, wie er sich auszieht, als würde er es für mich tun.

Der Gedanke trifft mich wie ein Schneeball ins Gesicht.

Macht er das mit Absicht? Versucht er, mich mit seinem akustischen Striptease um den Verstand zu bringen?

Vielleicht ist es die Rache für das Hörbuch.

Ich presse die Lippen zusammen, um ein dreckiges Lachen zu unterdrücken.

O Gavin, unterschätze nie deinen Gegner.

Wenn er will, dass meine Wangen brennen und mein Puls in meinen Ohren pocht, hat er schon gewonnen.

Aber ich wette, ich kann es ihm mit gleicher Münze heimzahlen. Ich will sehen, was es braucht, damit seine Fassade der Gelassenheit bröckelt. Im Grunde spiele ich dieses Spiel schon seit unserer allerersten Begegnung, wenn auch eher halbherzig. Mal sehen, was passiert, wenn ich mich so richtig reinhänge.

Ich werde ihn so lange triezen, bis er freiwillig zugibt, dass ich gewonnen habe.

Und das Spiel heißt: Wie weit kann ich gehen, bevor Gavin ausrastet?

Mit einem Rascheln fällt seine Hose zu Boden. Ich schmecke Metall, als ich mir auf die Wange beiße, um mir den Blick über die Schulter zu verkneifen. Stattdessen stelle ich mir vor, wie er da steht, nur mit Briefs über seinem umwerfenden Hintern.

Konzentrier dich, Lena.

Als ich die Schuhe ausziehe und die Leggings runterziehe, beschleunigt sich mein Atem. Dann nehme ich die knallrote flauschige Strumpfhose aus der Tasche und ziehe sie hüpfend über meine Beine.

Sobald mir auffällt, dass Gavin keinen Mucks mehr von sich gibt, halte ich inne. Ich blicke über meine Schulter und sehe, dass er in seinem Weihnachtsmannkostüm immer noch in die andere Richtung schaut, während sich seine Schultern mit schnellen Atemzügen heben und senken.

Das ist gut. Vielleicht wirkt es schon.

Mit einem selbstgefälligen Grinsen auf den Lippen ziehe ich mir das Strickkleid über den Kopf und werfe es hinter mich. Gavins ersticktes Husten deutet darauf hin, dass ich mein Ziel getroffen habe.

»Tut mir leid«, hauche ich und versuche, so unschuldig wie möglich zu klingen.

»Kein Problem«, murmelt er mit seiner tiefen Reibeisenstimme, die auf meiner nackten Haut kribbelt.

Ich ziehe das rote Kleid mit dem weißen Kunstpelzbesatz an. Es sitzt ein wenig eng um Brust und Taille und reicht mir bis zur Mitte der Oberschenkel.

Mein Gott, wie winzig ist denn die reguläre Weihnachtsfrau? Das Kleid würde eher Luci passen als mir mit meinen Kurven.

Erneut schaue ich über meine Schulter, und natürlich steht er immer noch mit dem Rücken zu mir, denn er ist ein echter Gentleman. Abgesehen vom abgehackten Atem wirkt er ruhig.

Ich beiße mir auf die Unterlippe und wappne mich für den nächsten Schritt. Dann drehe ich mich um und flüstere: »Gav?« Seine Schultern erstarren beim Klang meiner Stimme. »Ich brauche deine Hilfe.«

»Meine Hilfe?« Seine Stimme bricht mitten im Satz.

»Mit dem Reißverschluss.« Meine gehauchten Worte sind in diesem Moment nicht mal gespielt. Zwar versuche ich, ihn um den Verstand zu bringen, aber ich bin selbst nicht immun gegen meine Methoden.

Er fährt sich mit der Hand durchs Haar und zieht an den Haarwurzeln. Dann hebt er das Gesicht zur Decke und seufzt tief.

O ja. Es funktioniert.

Als er sich umdreht, versinke ich in seinen dunklen, unergründlichen Augen. Sie sind wie ein Abgrund, der mich magisch anzieht, bis ich für immer in seinen Tiefen verloren bin.

Sein Blick bleibt an meinem haften, und so sieht er nicht, wie meine Brüste aus dem klaffenden Ausschnitt quellen.

Aber ich will, dass er den Blick senkt. Ich will, dass er hinsieht. Ich will, dass er die Contenance verliert.

Also lasse ich ein kokettes Lächeln aufblitzen. »Gefällt dir deine Weihnachtsfrau?«, frage ich und fächle mit dem Rock.

Schließlich gibt er nach. Seine Whiskeyaugen wandern langsam an meinem Körper hinab, brennen sich geradezu in den Stoff. Ich beobachte jedes Muskelzucken in seinem Gesicht, bis er meine Füße erreicht und den Blick wieder hebt.

Seine Augen sind fast schwarz, seine Lippen aufeinandergepresst, doch zu meiner Enttäuschung ignoriert er meine Frage. »Dreh dich um«, befiehlt er leise.

Mein Körper gehorcht, ohne zu zögern, und ich wende ihm den entblößten Rücken zu. Ich höre, wie er nach Luft schnappt, als seine Fingerspitzen meine Haut streifen. Mit der einen Hand zieht er den Reißverschluss hoch, mit der anderen den Stoff nach unten. Auf Höhe meiner Brust stößt er auf leichten Widerstand.

Fast oben angekommen, streicht er sanft mein Haar über die linke Schulter und hinterlässt eine Gänsehaut.

Sein warmer Atem kitzelt über meinen Nacken, als er den Reißverschluss das letzte Stück nach oben zieht, doch seine Finger bleiben genau dort, wo sie sind. Keiner von uns bewegt sich, und ich habe das Gefühl, das Blut in meinen Adern wird zu Lava.

Irgendwann in den letzten Sekunden habe ich vergessen, dass ich ihn nur provozieren wollte. Ich habe versucht, ihn über die Klippe zu schubsen, und bin direkt hinterhergesprungen.

Ich würde *alles* dafür geben, jetzt sein Gesicht zu sehen.

Er atmet hörbar aus und tritt einen Schritt zurück.

Mit bebender Brust sauge ich Sauerstoff ein, um wieder klarzukommen.

Dann drehe ich mich zu ihm um und flüstere: »Danke, dass …«

Doch die Worte bleiben mir im Hals stecken, als ich sein gequältes Gesicht sehe. Seine dunklen Augen sind weit aufgerissen, seine Wangen haben die gleiche Farbe wie sein Kostüm.

Oh, ich habe gewonnen. Und wie ich gewonnen habe.

Seine Fassade ist genug gebröckelt, um das *Verlangen* zu sehen, das in ihm brennt.

Er fährt sich mit der Zunge über die Lippen, und sein Blick fällt auf meinen Mund.

Ich schlucke meine Nervosität runter und mache einen Schritt auf ihn zu, sodass sich unsere Zehen berühren. Sein Whiskeyblick verharrt auf meinen Lippen, als könnte er sich nicht davon losreißen.

Scheiß drauf, wir sind schon über die Klippe gesprungen. Jetzt können wir auch in den Armen des anderen zerschellen.

Ich hebe mein Kinn und lege so viel Entschlossenheit wie möglich in meinen Gesichtsausdruck.

Wenn ich jetzt einen Wunsch frei hätte, dann dass Gavin seine Lippen auf meine senkt. Ein kleiner Vorgeschmack.

Seine Hände landen auf meiner Taille, und statt mich aufs Atmen zu konzentrieren, richtet mein Gehirn alle Aufmerksamkeit auf die Körperstellen, an denen wir uns berühren.

Eine magnetische Kraft zieht uns zueinander. Nur wenige Zentimeter trennen uns, der Zusammenstoß scheint unvermeidlich.

Sein Griff wird fester, er senkt die Lider. »Du bist eine echte Plage«, haucht er, aber es klingt wie ein Kompliment.

Mein Herz rast, als ich die Hand an seine Brust lege und …

Klopf, klopf, klopf.

Die Tür hinter mir erzittert, wir zucken zurück, schwer atmend. »Seid ihr fertig?«, ertönt Rosies Stimme.

14. Kapitel

Gavin

»Meine Mom will nicht, dass ich eine Luftpistole bekomme. Kannst *du* mir eine besorgen?«

Das Kind auf meinem Schoß – vielleicht heißt es Felix, ich kann mich nicht erinnern – versucht, den Weihnachtsmann mit einem niedlichen Augenaufschlag zu überzeugen.

Ich fahre mir mit der Hand über den falschen weißen Bart und frage mit tiefer Stimme: »Wie alt bist du?« *Heißt er Felix? Scheiße. Ich hab keine Ahnung.*

Er zählt die Finger ab und hält mir stolz alle fünf vor die Nase. »Fünf. Aber bald hab ich Geburtstag.«

Ich werfe der Weihnachtsfrau, die neben dem riesigen Schlitten steht, auf dem ich sitze, einen fragenden Blick zu. Von hier oben muss ich mich zusammenreißen, ihr nicht in den Ausschnitt zu gaffen. Man sieht nur zwei Zentimeter von ihrem Brustansatz, aber das reicht, um mich jedes Mal abzulenken, wenn ich in ihre Richtung blicke.

Lena schüttelt unauffällig den Kopf.

»Tja, manchmal muss auch der Weihnachtsmann Mom und Dad das letzte Wort überlassen. Mit etwas Glück kannst du es nächstes Jahr noch mal versuchen«, sage ich zu Vielleicht-Felix. Ich mache mich auf einen Wutanfall gefasst, vielleicht sogar auf Tränen, aber er nickt nur und klettert von meinem Schoß. Lena hilft ihm die Stufen vom Schlitten runter, dann hebt sie ein kleines Mädchen hoch.

»Weihnachtsmann, das ist Julia.« Ein verstohlenes Lächeln huscht über Lenas Lippen.

Julias langes blondes Haar verdeckt ihr Gesicht, als sie langsam die Stufen heraufsteigt.

»Hallo, Julia.« Ich beuge mich vor, strecke die Hand aus und stelle mich vor. »Ich bin der Weihnachtsmann. Wie geht es dir?«

Zögerlich legt sie ihre Hand in meine und schüttelt den Kopf. »Du bist nicht der echte Weihnachtsmann.«

Kurz verschlägt es mir die Sprache, während ich überlege, wie ich reagieren soll.

Sie mustert mich, als wäre ich nur ein weiterer Erwachsener, der versucht, sie anzulügen. Sie wirkt blitzgescheit. Als könnte ich ihr mit meinem falschen Bart nichts vormachen.

Sie erinnert mich an mich selbst, als ich ein Kind war.

Ich sehe mich um, und mein Blick bleibt an der einzigen anderen Erwachsenen außer Lena hängen. Shannon steht vor dem Schlitten und winkt mir zu.

Gary und Joe haben uns vor ein paar Jahren miteinander bekannt gemacht, und seitdem stehen wir in engem Kontakt. Ich habe sie seit ein paar Monaten nicht mehr gesehen, aber die Art, wie sie Julia im Auge behält, sagt mir zwei Dinge.

Erstens: Julia ist Shannons Pflegekind.

Zweitens: Julia ist wie ich. Ein bisschen verloren, ein bisschen zu erwachsen für ihr Alter und ein bisschen misstrauisch gegenüber Erwachsenen.

Sie entzieht mir ihre Hand und steckt sie in die Jackentasche.

»Hat mich der Bart verraten?«, flüstere ich und zupfe ihn zurecht.

Sie legt den Kopf schief und mustert mich. »Ja, sieht aus wie ein Ziegenbart.«

Ich beuge mich zu ihr und flüstere hinter vorgehaltener Hand: »Riecht auch so.«

Sie grinst, dreht sich um und schaut in alle Richtungen, bis sie eine Gruppe Kinder entdeckt, die zwischen den Bäumen am Rand der Lichtung spielen. »Noch kannst du ihn nicht abnehmen, sonst kriegen die es mit.« Sie klettert neben mich auf die Sitzbank des Schlittens.

Aus dem Augenwinkel sehe ich Lena auf Shannon zugehen, vielleicht um uns etwas Privatsphäre zu gönnen.

»Wie alt bist du?«, frage ich und beobachte, wie sich Julias Hände in ihrem Schoß verschränken.

»Sechs. Wie alt bist *du*?«

»Neununddreißig.«

Sie zieht die Augenbrauen hoch. »Das ist alt.«

»Ja. Bald ist dieser weiße Bart echt.«

Ihr leises Lachen erfüllt mich mit einem wohligen Gefühl.

»Wünschst du dir was zu Weihnachten?«, frage ich.

Sie zuckt die Schultern. »Ich wollte meine Mom sehen, aber Shannon hat gesagt, dass klappt vielleicht nicht. Aber sie hat gesagt, wir können am ersten Weihnachtstag Pizza zu Mittag essen, so wie ich es immer mit Mommy gemacht hab.«

Mir schnürt sich die Kehle zu, als mein Beschützerinstinkt erwacht. Ich kenne den Schmerz, den sie in ihrem Herzen spürt, schon mein ganzes Leben. Ich wünschte, ich könnte all ihren Kummer in mich aufsaugen, um sie davor zu bewahren.

»Klingt perfekt. Habt ihr auch schon einen Plan fürs Frühstück? Ich backe nämlich wirklich leckere Zimtschnecken.«

Ihre blauen Augen strahlen. »Ich liebe Zimtschnecken.«

»Dann backe ich dir welche und bringe sie Shannon Heiligabend vorbei.«

Sie nickt und lässt die Füße baumeln. »Wenn du mit dem echten Weihnachtsmann sprichst, könntest du ihm sagen, dass ich Malsachen haben möchte.«

»Auf jeden Fall. Ich richte es ihm aus.«

Bedächtig legt sie eine Hand in meine, und ihre Wangen zittern, als sie sagt: »Und falls er meine Mutter sieht, soll er ihr sagen, dass sie schnell gesund werden soll, damit ich sie sehen kann.«

Mein Brustkorb zieht sich zusammen, und alle Luft entweicht aus meinen Lungen, doch bevor ich antworten kann, springt sie vom Schlitten und stellt sich neben Shannon, den Blick auf den Boden unter ihren kleinen Füßen gerichtet.

***

Das Kostüm erstickt mich, und ich kann es kaum erwarten, es auszuziehen. Mit jedem Schritt in Richtung Café spreche ich ein stilles Gebet, dass niemand dort noch etwas von mir erwartet.

Nach dem Gespräch mit Julia hatte ich Gelegenheit, mich

mit Shannon zu unterhalten, und konnte sie fragen, wie es zu Hause läuft und ob sie etwas braucht, jetzt wo ich wieder in der Stadt bin.

Shannon zu helfen, ist neben dem neuen Job mit Auggie ein weiterer Anreiz, nach Juniper zu ziehen. Seit dem Tod ihres Mannes ist es schwer für sie, und ich weiß, dass meine finanzielle Hilfe ihren Verlust nicht ersetzen kann, aber wenigstens kann ich ihr einen Teil der Last abnehmen.

Als ich die Stufen zum Café erreiche, werden meine Hoffnungen sofort zunichte gemacht. Joe winkt mich zu einer Hollywoodschaukel, neben der ein Fotograf steht.

Ich unterdrücke ein Stöhnen. Ich hatte heute mindestens vierzig Kinder auf dem Schoß, und obwohl die meisten wundervoll waren, halte ich es keine Minute länger in diesem Kostüm aus.

Doch die Veranda ist voller Kinder, also setze ich mein bestes Weihnachtsmannlächeln auf und winke ihnen im Vorbeigehen zu.

Joe legt eine Hand auf meinen Arm und flüstert mir ins Ohr: »Ich sehe dir an, dass du die Nase voll hast. Aber ich brauche ein Foto von dir und der Weihnachtsfrau für die Zeitung.« Er lächelt gequält. »Bitte! Ich backe dir auch die glutenfreie Tarte, die du so magst.«

Scheiße, die Tarte war lecker. Ich lege den Kopf schief, als würde ich darüber nachdenken, aber Joe durchschaut meinen Blödsinn wie immer und schiebt mich lachend zur Bank.

Als ich auf dem mir zugewiesenen Platz vor der Kamera sitze, fängt Lena meinen Blick auf. Während sie auf mich zukommt und den Kindern im Vorbeigehen über den Kopf streicht, lächelt sie so breit, dass sie Apfelbäckchen hat.

Alle sonnen sich in ihrer Aufmerksamkeit.

Wie ein Magnet zieht sie Menschen in ihren Bann, und manchmal möchte ich mich ihrem Sog einfach hingeben. Ich möchte aufhören, mich zu wehren, und mich von ihr mitreißen lassen.

Vor ein paar Stunden in der Abstellkammer hatte sie mich fast. Die Spannung zwischen uns war unerträglich, und ich war *so kurz davor*, ihr nachzugeben.

»Können Sie sich zu Ihrem Mann setzen?« Joe zwinkert Lena zu, und sie wird knallrot.

Ich klopfe auf den Platz neben mir. »Da kommt ja meine Frau.«

Ihre Zähne graben sich in die kirschrote Unterlippe, als sie sich neben mich setzt und eine Hand auf meinen Oberschenkel legt. »Da ist ja mein Mann.«

Es erfordert jedes Quäntchen Selbstbeherrschung, um nicht daran zu denken, dass diese Hand nur wenige Zentimeter von meinem Schwanz entfernt ist. Wir sitzen *buchstäblich* vor einer Kamera und einem Haufen Zeugen, aber dem wachsenden Druck in dieser blöden roten Hose scheint das völlig egal zu sein.

Lena dreht den Kopf und blinzelt unschuldig, während ihre Finger sich in meinen Oberschenkel graben.

Das Herz rutscht mir in die Hose, als ich ihr Gesicht sehe.

Sie macht das mit Absicht. Die kleine Plage spielt mit mir.

Ich halte ihren Blick fest, während wir beide ein Lächeln aufsetzen, meins ein wenig drohend. Eine Warnung, mich vor diesen ganzen Leuten nicht zu blamieren.

Doch ihr Lächeln wird nur noch breiter. Noch hinterhältiger.

»Wenn Sie beide bitte in die Kamera schauen könnten«, ruft der Fotograf.

Während ich lächle und er auf den Auslöser drückt, spreche ich in Gedanken ein Mantra.

Ignorier ihre Hand. Nicht hart werden.

Der Fotograf schaut hinter dem Objektiv hervor. »Könnten Sie den Arm um Ihre Frau legen?«

Mit einem steifen Nicken lege ich den Arm um ihre Schultern, und sie rutscht näher. Und höher …

Ignorier ihre Hand. Nicht hart werden. Ignorier ihre Hand.

Es funktioniert nicht. Verdammt, es funktioniert nicht.

Mein Herzschlag dröhnt mir in den Ohren, als sie mich von unten angrinst, und wieder fällt mein Blick auf die zarte Haut ihres Dekolletés. Ich will einen Finger in ihren Ausschnitt stecken. Ich will meine Zunge …

»Alles okay, Weihnachtsmann?«, flüstert sie, und ihre tiefe, raue Stimme macht es nur noch schlimmer.

Sobald ich den Konturen ihrer sinnlichen Lippen folge, ist der Fotograf vergessen. Mit der Zunge fährt sie darüber, und ich muss ein Stöhnen unterdrücken.

Sie will mich umbringen. Darum geht es hier. Sie versucht, mich vor all den Leuten in ihren karamellfarbenen Augen zu ertränken, und ich falle hilflos hinein.

»Du bist eine echte Plage«, flüstere ich kopfschüttelnd.

»Das ist perfekt«, ruft der Fotograf. »Jetzt beide hersehen.«

Widerwillig löse ich meinen Blick von ihrem, richte ihn auf das Objektiv und setze mein schönstes Lächeln auf, obwohl ich wünschte, wir wären allein. Ich will mich darauf konzentrieren, wie perfekt Lena in meinen Arm passt, fast wie ein fehlendes Puzzleteil.

»Wie wär's mit einem Kuss für den Weihnachtsmann?«

Als mein Blick zu Joe huscht, schlägt er die Hände vor den Mund, um ein Lachen zu unterdrücken.

Ich werfe ihm einen vernichtenden Blick zu, doch Lena zögert keine Sekunde. Sie beugt sich zu mir, und ihr süßer Zitrusduft flutet meine Sinne. Ich halte ganz still, als sie ihre vollen Lippen auf meiner Wange platziert, über dem falschen Bart.

Ich wünschte, ich könnte sie sehen. Ich wünschte, ich könnte jetzt eine außerkörperliche Erfahrung haben und uns beide beobachten. Hat sie die Augen geschlossen? Sieht sie genervt aus, weil sie das tun muss?

Aber ich kann sie nicht sehen, und auf der Suche nach etwas, worauf ich mich konzentrieren kann, um nicht wegzuschweben, fällt mein Blick auf Bea und Luci. Sie stehen hinter den Leuten, die uns zusehen, und beide … *lächeln*.

Versuchen nicht, Lena davon abzuhalten, mich zu küssen. Schütteln nicht entsetzt den Kopf. Nein, sie lächeln, als wäre es das Bezauberndste, was sie je gesehen haben.

Lena klebt ein paar Augenblicke an meiner Wange, damit der Fotograf mehrere Fotos schießen kann, bevor sie aufsteht und zu ihrer Mutter schlendert.

Joe macht ein Foto mit seinem Handy, dann kommt er näher und versperrt mir den Blick auf Lenas schwingende Hüften. Mit einem wissenden Grinsen hält er es hoch, damit ich das Display sehen kann.

Da bin ich, mit meinem verstörten Gesicht, samt weißem Zottelbart und einem perfekten Abdruck von Lenas roten Lippen auf der Wange.

15. Kapitel

Gavin

Mein Rollkoffer rumst im ansonsten stillen Haus gegen das Treppengeländer, sodass Lena von der Couch aufblickt, die sie für die Nacht herrichtet. Als ich die Treppe runterkomme, verschränkt sie die Arme und stellt die Hüfte aus. Ihre Schlafshorts sind so kurz, dass sie unter dem weiten Langarmshirt verschwinden, und ich bin derart fasziniert vom Anblick ihrer nackten Beine im Schein der Lampe, dass ich fast über die letzte Stufe stolpere.

»Wieder auf der Flucht?« Sie legt den Kopf schief, sodass ihr wirrer Dutt zur Seite fällt.

»Ich schlafe heute Nacht auf der anderen Couch.« Grinsend lasse ich meine Taschen fallen und setze mich.

Als ich vor ein paar Minuten nach oben ging und hörte, wie sie das Sofa für die Nacht herrichtet, wusste ich, dass es so nicht weitergehen kann.

Ich muss das Zimmer aufgeben, auch wenn Bea deshalb morgen mit mir schimpft.

»Nein, wirst du nicht.« Lena beugt sich vor, um ihre Decke auszubreiten, und mein Blick wandert über ihre Schenkel.

Ich muss mich zwingen, stattdessen die Kerze auf dem Couchtisch anzustarren. »Doch, das werde ich. Das Bett ist nicht gut für meinen Rücken«, lüge ich.

»Es ist das bequemste Bett, in dem ich je geschlafen habe.«

»Dann musst du in besseren Betten schlafen.«

Ich schlucke schwer, als ich meine eigenen Worte höre. *Verdammt.*

»Bietest du mir deins an?«, fragt sie und dreht sich mit einem sexy Lächeln zu mir um, und fuck. Sie trägt keinen BH.

Ihre Nippel zeichnen sich unter dem Shirt ab, und ich habe das Gefühl, gleich zu kollabieren.

Knappe Shorts. Lange Beine. Kein BH.

Ich glaube, ich sterbe.

Meine Selbstbeherrschung ist mir in den letzten Tagen entglitten. Jedes Versprechen, das ich gegeben habe, jede Regel, die ich mir selbst auferlegt habe, wurde bis zur Unkenntlichkeit gebeugt und gebrochen.

Ich kann das Spiel, das sie mit mir treibt, nicht mitspielen. Sosehr ich auch mit ihr flirten möchte. Ich muss mich an diesen letzten Fetzen Selbstbeherrschung klammern, auch wenn es mich umbringt.

»Nein«, krächze ich und räuspere mich. »Nein, tu ich nicht«, wiederhole ich entschlossen, falls noch jemand wach ist und dieses Gespräch mithört.

Mit einem kaum verhohlenen Grinsen fragt sie: »Mach ich dich nervös?«

Ich beiße die Zähne so fest aufeinander, dass mir fast einer abbricht.

»Schon gut, Gav. Ich kenne die Antwort.« Sie zuckt beiläufig die Schultern. »Aber ich gehe nicht nach oben.« Mit einem Augenzwinkern dreht sie sich um und widmet sich wieder ihrer Bettdecke.

Sie bückt sich so weit über die Couch, dass die Rundung ihres perfekten Hinterns unter den Shorts zum Vorschein kommt.

Heilige Scheiße.

Es juckt mich in den Fingern, ihre Pobacken zu packen, sie an meinen bereits harten Schwanz zu ziehen und zu sehen, wie schnell sich ihre Aufsässigkeit in ein lustvolles Stöhnen verwandelt.

Ich will ihr zeigen, wie verdammt nervös ich *sie* machen kann.

Es gibt Grenzen dessen, was ein Mann ertragen kann, und mein Nervenkostüm ist heute Abend hauchdünn.

Während ich mein Sofa beziehe, vermeide ich es geflissentlich, Lena anzusehen, und ignoriere ihren genüsslichen Seufzer, als sie unter ihre Decke kriecht. Dann lege ich mich ebenfalls hin und versuche, alles andere auszublenden.

Um mich abzulenken, entwerfe ich in Gedanken das Haus, das ich eines Tages bauen möchte.

Eine Hütte, umgeben von Bäumen. Eine riesige Veranda. Ein Whirlpool. Hohe Decken und große Fenster.

»Ich kann nicht einschlafen, wenn du so schnaufst«, zischt Lena durchs Wohnzimmer, in das der Mondschein fällt.

»Ich atme wie ein normaler Mensch, der versucht, einzuschlafen«, flüstere ich zurück. »Vielleicht versuchst du mal, dich nicht alle zwei Sekunden auf die andere Seite zu wälzen.«

Ehrlich gesagt, komme ich genauso wenig zur Ruhe. Mir ist heiß, meine Handflächen sind feucht, und meine Wangen glühen, weil Lena in diesen hauchdünnen Shorts neben mir liegt.

Die ich so leicht zur Seite schieben könnte, um meine Finger in …

Fuck.

Ich werde heute Nacht kein Auge zutun.

»Oben wartet ein leeres Bett auf dich«, brummt sie und wirft die Decke zurück. Sie durchquert das Zimmer und beugt sich hinter den Baum, um die Weihnachtsbeleuchtung wieder einzuschalten.

Ich starre an die Decke und versuche, an etwas anderes zu denken als an die perfekten Pobacken, die sie dabei erneut entblößt.

Baupläne. Nachhaltigkeit. Grundrisse. Raumaufteilung. Klare Linien.

Die klaren Linien von Lenas Bikinioberteil über ihrem Schlüsselbein letzte Nacht. Der Knoten in ihrem Nacken, der sich mühelos hätte lösen lassen.

Ich halte mir die Hand vors Gesicht.

Es funktioniert nicht.

16. Kapitel

Lena

Nachdem ich die bunten Lichter des schiefen Weihnachtsbaums angeschaltet habe, drehe ich mich um und sehe, dass Gavin sich die Hände vors Gesicht hält. Ich muss lachen. »Das ist ein bisschen übertrieben. So hell ist es auch wieder nicht.«

Seufzend setzt er sich auf und stellt die Füße auf den Boden, als hätte er die Hoffnung aufgegeben, je einzuschlafen.

»Ich kann nicht schlafen«, gestehe ich und setze mich im Schneidersitz neben ihn.

Ich schlafe schon seit Wochen schlecht, weil meine Gedanken kreisen, um das Leben, die Arbeit, meine Zukunft, und ich nachts nicht abschalten kann.

Aber das ist heute nicht das Problem.

Es ist der Mann neben mir.

Der Mann, mit dem ich den ganzen Tag auf Teufel komm raus geflirtet habe. Aber während ich versucht habe, ihn zu quälen, habe ich auch mich selbst gequält.

Er fährt sich mit der Hand durchs Haar. »Ich bin mir ziemlich sicher, erwähnt zu haben, dass es oben ein geräumiges Bett gibt. Es steht dir zur freien Verfügung.«

»Ich will keine rätselhaften Rückenprobleme riskieren. Außerdem bin ich irgendwie … hellwach.«

»Vielleicht hättest du nicht so spät noch einen Pfefferminz-Mokka trinken sollen.«

Vielleicht hat er recht. Ich drehe mich um neunzig Grad in seine Richtung und lächle freundlich. »Aber da war dieser süße Typ, der mir unbedingt einen machen wollte.«

Seine Mundwinkel zucken. »Ein süßer Typ, der seine Entscheidung jetzt bitter bereut.«

Ich kneife die Augen zusammen. »Der Weihnachtsmann liest der Weihnachtsfrau jeden Wunsch von den Augen ab. Du wolltest in deiner Rolle als Weihnachtsmann eben glaubwürdig rüberkommen.«

Er lacht verächtlich. »Vor allem als ich Brandons Tochter fast fallen gelassen habe.«

»Sie hat gezappelt.« Ich zucke die Schultern. »Das kann man dem Weihnachtsmann nicht vorwerfen.«

»Stimmt. Es ist sowieso befremdlich, Kinder zu zwingen, sich auf den Schoß eines Fremden zu setzen. Sie wollte nur zu ihrer Mama, äh …« Er sieht mich fragend an, als ihm ihr Name nicht einfällt.

»Josie.« Unbeeindruckt erwidere ich seinen Blick.

Er nickt. »Genau. Josie. Sie wirkt nett.«

»Ist sie auch. Ich glaube, sie sind kurz nach unserem Flurmoment auf der Weihnachtsparty damals zusammengekommen.«

Ich lache verbittert auf. »So läuft das immer, wenn ich jemanden kennenlerne.« Ich hebe eine Hand, als würde ich einer imaginären Person zuwinken. »Hi, ich bin Lena. Die Frau vor dem Partner fürs Leben.«

Gavins zieht die Augenbrauen zusammen. »Das stimmt doch gar nicht.«

»Doch. Erinnerst du dich an Rachel? Meine Freundin, die ich vor ein paar Jahren zu Weihnachten mitgebracht hab?« Als ich fortfahre, zuckt ein Muskel in seinem Kinn. »*Sechs Monate* später hat sie geheiratet.« Ich löse den Haargummi und schüttle meine Locken aus. »Schon okay. Ich hab mich dran gewöhnt. Ich versuche, es so zu sehen, dass ich ihnen helfe, zu verstehen, was sie *nicht* wollen, bevor sie das finden, was sie wollen.«

Hinter Gavins Augen scheint es zu arbeiten, während er mich stirnrunzelnd betrachtet. »Sie waren einfach nicht die Richtigen für dich.«

Er sagt es so nüchtern, als gäbe es daran keinen Zweifel.

Ich wünschte, ich könnte näher rutschen und mir diese Worte direkt ins Ohr flüstern lassen. Vielleicht würde ich sie dann für immer in meinem Gedächtnis speichern, um mich damit zu trösten, wenn ich mich wie der einzige einsame Mensch auf der Welt fühle.

Mein Herz klopft wie wild, als mir eine Frage rausrutscht. »Woher weiß ich, wer der Richtige ist?«

Als er sich mit den Fingern über die Lippen streicht, läuft mir ein Schauer über den Rücken.

Endlich, nachdem ich eine gefühlte Ewigkeit auf seine Antwort gewartet habe, suchen seine Whiskeyaugen meinen Blick, und mir rutscht das Herz in die Hose, als ich sehe, wie ernst es ihm ist.

»Der oder die Richtige ist ein Fels in der Brandung. Ein Partner, der dich so sieht, wie du bist, und alles an dir liebt. Ein Leuchtturm, zu dem du zurückkehren kannst, nachdem du den Stürmen auf dem Meer getrotzt hast.« Seine Stimme streichelt meine Haut wie Samt. »Und er sollte dich beschützen. Du bist so damit beschäftigt, alle anderen um dich herum zu beschützen, dass du jemanden brauchst, der *dir* den Rücken freihält.«

Ich habe einen Kloß im Hals, denn seine Worte drücken genau das aus, was ich fühle.

Seit Monaten treibe ich hoffnungslos auf dem Meer.

Halte Ausschau nach einem Leuchtturm, der mich nach Hause führt.

»Derjenige sollte wissen, dass du manchmal gern provozierst«, fährt er mit einem kleinen Lächeln fort. »Damit sollte er sich am besten abfinden.« Ich lache leise, und sein Blick huscht zu meinem Mund. »Außerdem sollte derjenige den Tiger in dir lieben, deine Sturheit und deine Unberechenbarkeit«, neckt er mich mit einem schiefen Grinsen.

»Und den Tiger zähmen«, füge ich hinzu.

Sein Gesicht wird ernst: »Nein, Lena. Du brauchst nicht gezähmt zu werden.« Mein Herz rast, als er mir eine lose Haarsträhne hinters Ohr streicht. »Du bist perfekt, so wie du bist. Wild, frei, leidenschaftlich, warmherzig.«

Jedes Wort klingt wie ein Versprechen.

Wie ein Schwur, den er auf sein Leben schwört.

Du bist perfekt, so wie du bist.

Tränen steigen mir in die Augen, und ich bemühe mich, sie wegzublinzeln. Doch eine rinnt über meine Wange.

Er hat durchschaut, wer ich bin und was ich brauche, hat die fünfundsiebzig Schichten Luftpolsterfolie, die mein Herz schützen, einfach durchschnitten.

Er hat erkannt, wer ich darunter bin, hat mich befreit, und ich schnappe nach Luft.

Zum ersten Mal sehe ich die Dinge klar.

Ich will nicht allein sein. Ich will nicht einsam sein.

Ich sehne mich nach der Person, die mich genau so sieht, wie ich bin.

Gavin.

Ein Schauer läuft mir über den Rücken, dann frage ich: »Weißt du, warum ich vor drei Jahren mit Brandon geknutscht hab?«

Er wendet den Blick ab und lässt die Hand auf seinen Oberschenkel sinken. »Nein. Warum?«

Mein Hals fühlt sich staubtrocken an, aber ich zwinge mich, zu antworten. »Weil *Have Yourself a Merry Little Christmas* lief.«

Eine Ahnung flackert über sein Gesicht, als er sich mir wieder zuwendet.

»Und ich hab dich zum Tanzen aufgefordert, aber du hast Nein gesagt.« Die Erinnerung schmerzt in meiner Brust. »Und das nicht gerade höflich.«

Der Klang seiner schroffen Worte hallt in meinen Ohren wider, als wäre es gestern gewesen.

»Das ist eine schreckliche Idee, Lena. Nein«, hatte er über Frank Sinatras Stimme hinweg gebrüllt, sein Gesichtsausdruck gequält.

Er schüttelt den Kopf und atmet seufzend aus.

»Es hat mir das Herz gebrochen«, sage ich. »Es hat *mich* irgendwie gebrochen, glaube ich, und ich wollte es dir heimzahlen. Oder dich vergessen. Ich weiß nicht, was von beidem. Also hab ich Brandon geküsst.«

Das Sofa gibt unter uns nach, als er seinen Körper in meine Richtung dreht und eine Schulter anlehnt. »Aber weißt du, warum ich Nein gesagt habe?«

Ich starre zu den Strümpfen am Kaminsims – Penelopes neben seinem, weil sie darauf bestanden hat –, damit er meinen Schmerz nicht sieht.

»Es war nur ein Tanz. Ich wollte dich nicht …« Ich verstumme und lasse den unbeendeten Satz zwischen uns stehen, bevor ich hinzufüge: »Ich hab an diesem Abend mit vielen Menschen getanzt und viele schöne Erinnerungen gesammelt. Aber nichts sticht so heraus wie deine Zurückweisung.«

Er holt tief Luft, beugt sich vor und stützt die Ellbogen auf die Knie. Mit beiden Händen fährt er sich durchs Haar und blickt auf den Teppich. Die grauen Strähnen um seine Ohren glänzen im Licht des Baumes, und ich möchte sie berühren. Die Spuren der Jahre, die vergangen sind, seit ich ihn zuletzt gesehen habe. Jahre, in denen ich nach jemandem gesucht habe, der Gavins Platz in meinem Herzen einnehmen könnte.

Meine Nerven spielen verrückt, als er aufsteht und sein Handy vom Couchtisch nimmt. Er scrollt, während er sich dem Kaminsims nähert, und als die ersten Töne von *Have Yourself a Merry Little Christmas* erklingen, legt er es neben den Nussknacker über seinem Strumpf.

Dann streckt er mir eine Hand entgegen, mit der Handfläche nach oben. »Lass uns diese Erinnerung korrigieren.« Er grinst. »Willst du mit mir tanzen?«

Mein Herz möchte Ja sagen, sehnt sich nach seiner Nähe. Aber mein Verstand hält mich auf dem Sofa.

Skeptisch sehe ich ihn an, während er mir ungerührt weiter die Hand entgegenstreckt. Unbeirrbar.

»Bitte«, flüstert er.

Dieses einfache Wort sprengt alle Ketten, die mich festhalten, und ich habe das Gefühl, auf ihn zuzuschweben.

Auf meinen Leuchtturm.

Als ich meine Handfläche in seine lege, steigt Wärme meinen Arm hinauf bis in meine Brust. Er hebt unsere ineinander verschlungenen Hände und legt seine andere um meine Taille, lässt jedoch etwas Abstand zwischen unseren Körpern.

Während Frank Sinatras Stimme aus dem Handy erklingt, versuche ich, das Atmen nicht zu vergessen, aber es scheint nicht sonderlich gut zu funktionieren, denn vor meinen Augen tanzen Sterne.

Sein warmer Atem streift meine Wange, als ich meine Hand auf seine breite Schulter lege. Ich neige den Kopf zurück und blicke in seine Augen, die im Licht des Weihnachtsbaums funkeln.

»Das kannst du gut.« Meine Worte enden mit einem Seufzer, als sein Daumen sanft über meine Rippen streicht.

»Ja. Meine Tanzkarte ist immer ziemlich voll«, sagt er trocken und zieht mich an sich, bis unsere Hüften zusammenstoßen.

»Ich hab dich noch nie mit jemandem tanzen sehen.«

Er schluckt, und ich beobachte fasziniert, wie sein Adamsapfel hüpft. »Tu ich normalerweise auch nicht.«

»Dann bin ich die Ausnahme?«, flüstere ich und lasse die Finger zu seinem Hals gleiten.

Seine Handfläche wandert meinen Rücken hinauf und

zieht mich noch näher an sich, bis meine Brust gegen seine drückt und sein männlicher Kieferndufft meine Lungen füllt.

»Ich wünschte, das wärst du«, seufzt er und legt seine Wange an meinen Kopf. »Ich wünschte wirklich, das wärst du.«

Mir stockt der Atem, aber keiner von uns sagt noch etwas, während wir uns für den Rest des Liedes im Takt wiegen und er meinen Rücken streichelt.

Vor meinem inneren Auge blitzen lebhafte Bilder auf, als ich mir vorstelle, wie es wäre, die Ausnahme von der Regel zu sein. Ihm in die dunklen Augen zu sehen, während er sich meinen Lippen nähert. Seine Zunge an meiner. Seine Hand unter meinem Shirt.

Franks Stimme wird leiser, und die Musik verklingt. Doch bevor wir aufhören können, uns zu bewegen, füllt Gavins Stimme die Stille und summt den Song weiter, dicht an meinem Ohr.

Meine Haut prickelt vor Lust, als er uns langsam im Kreis führt. Ich lasse seine Hand los, um die Arme um seine Schultern zu lege, und atme ihn ein, als wäre ich süchtig nach ihm.

Vielleicht bin ich das auch, denn von diesem Moment an weiß ich nicht, wie ich weiterleben soll, ohne Gavin so zu berühren. Ich werde mich immer danach sehnen.

»Lena«, seufzt er und zieht die letzte Silbe in die Länge, bis es wie ein Stöhnen klingt.

»Gavin«, hauche ich an seinem Hals.

Er greift in meine Locken, und als seine Finger meine Kopfhaut berühren, entweicht meiner Kehle ein leises Wimmern, und ich lasse den Kopf in seine Hand zurücksinken.

Sein Blick ist so intensiv, als würde außer uns nichts anderes auf der Welt existieren.

Unser synchroner, langsamer, gleichmäßiger Atem ist das einzige Geräusch zwischen uns, da fällt sein Blick auf meinen Mund.

Meine Lippen kribbeln in Erwartung.

Scheiß auf die Regeln.

Vergiss sie.

Ich will ihn.

17. Kapitel

Gavin

»Gavin«, haucht sie, und mein Schwanz zuckt beim Klang ihrer leisen, flehenden Stimme. »Bitte küss mich.«

Ich bleibe stehen. Sämtliche Luft weicht aus meinen Lungen.

Ich schüttle den Kopf, obwohl mein Blick auf ihren feuchten Lippen verweilt. Kein quälend roter Lippenstift. Nur dieser perfekte rosa Mund, von dem ich seit zehn Jahren träume.

Aber ich kann nicht.

Ich kann nicht.

»Warum?« Mit den Fingernägeln streicht sie über meinen Nacken, und ich unterdrücke ein Stöhnen.

Es ist die reinste Folter. Ihre Shorts, ihre üppigen Brüste, ihr flehender Mund.

Ich weiß nicht, was ich verbrochen habe, um diese Qualen zu verdienen, aber ich möchte auf die Knie sinken und um Vergebung bitten.

»Du weißt, warum ich dich nicht küssen kann.« Ich lasse meine Stirn an ihre sinken und atme ihren Duft ein.

»Hast du etwa Angst vor Tigern?«, neckt sie mich.

»Nein, du kleine Plage«, stöhne ich, die Finger in ihrem Haar.

Sie neigt den Kopf zurück und lenkt meine Aufmerksamkeit auf ihren unwiderstehlichen Hals. Stöhnend presse ich die Nase auf die seidenweiche Haut, schließe die Augen, als ich ihren Puls unter meinen Lippen spüre. Lust durchströmt meine Adern, und ihr leises Stöhnen dringt an mein Ohr.

Ich habe davon geträumt, wie sich ihr Stöhnen mit dieser süßen, rauen Stimme anhört, aber in Wirklichkeit ist es noch viel besser.

Ich spüre ihren Atem heiß an meinem Hals, während sie in meinen Armen schmilzt. »Gav, bitte.«

Das Verlangen, das in ihrer Stimme brennt, ist kurz davor, ein Feuer zu entfachen.

Und ich kann es nicht verhindern. Es ist unausweichlich. Sie liegt in meinen Armen und fleht mich an. Diese starke, wilde, wundervolle Frau fleht *mich* an. Und alles, was ich denken kann, ist *endlich*.

»Scheiß drauf«, murmle ich und hebe meinen Kopf, um unsere Münder in einem sanften Kuss zu vereinen.

Das Gefühl ist so überwältigend, dass ich weiche Knie bekomme. Ihre Lippen sind weich, geschmeidig, verführerisch, und ich spüre den kleinen Lufthauch, der durch sie entweicht.

Widerstrebend löse ich den Kuss, um mich zu vergewissern, dass es ihr gut geht. Obwohl sie mir längst kräftig in die Eier getreten hätte, wenn dem nicht so wäre. Aber ich muss mich trotzdem vergewissern.

»Mehr«, haucht sie und zieht mich gierig an sich.

Mir entweicht ein Lachen, als wir uns erneut küssen, und dieser Augenblick ist so zärtlich, dass es unmöglich ist, ihn als verboten zu empfinden.

Es fühlt sich *richtiger* an als alles andere, was ich je getan habe.

Als wäre ich nach Jahren der Suche, nach einem Leben voller Fragen, endlich angekommen.

Ihre Lippen sind wie ein Zuhause.

Sie öffnet sie, gewährt mir Einlass, und als unsere Zungen sich berühren, stöhne ich in ihren Mund, entlade den angestauten Frust. Während sie die Arme fester um meinen Hals schlingt, grabe ich die Finger in ihr Haar, als könnte sie sonst weglaufen.

Sie schmeckt nach Pfefferminz und so nach *Lena*.

»Fuck«, flüstere ich an ihren Lippen. »Du schmeckst so gut. Du fühlst dich so gut an.«

Ihre Fingernägel kratzen über meine Kopfhaut, und der prickelnde Schmerz befeuert den Sturm, der durch mich hindurchfegt.

Ich packe ihr Haar und ziehe ihren Kopf nach hinten.

Dieser Kuss ist pures Verlangen, und ich bin berauscht davon.

Nichts auf der Welt zählt mehr, außer Lena und ihr Stöhnen.

Sie packt mein Gesicht und zieht unsere Münder auseinander. Unser keuchender Atem durchbricht die Stille, während ich ihren Anblick in mich aufnehme.

Dunkle Augen mit schweren Lidern. Feuchte, geschwollene Lippen. Wilde, zerzauste Locken.

Ich bin dafür verantwortlich, und durch meine Adern strömt eine Art Urinstinkt, es noch einmal zu tun.

Mein Herz pocht gegen meine Rippen, als ich ihre warmen, glatten Schenkel packe und Lena hochhebe, damit sie ihre Beine um meine Mitte schlingen kann.

»Halt dich fest«, befehle ich. Mit einem Arm um ihren unteren Rücken streiche ich mit der anderen Hand federleicht über ihren Hals. »Du bist so verdammt schön, Lena.«

Wimmernd neigt sie den Kopf zurück, und ich küsse ihren seidigen Hals, ziehe ihre Haut zwischen die Zähne und sauge an ihrem Puls.

Ihre Fingernägel graben sich in meine Schultern, als sie sich mit einem bezaubernden Stöhnen an mir reibt. Verzweifelt drehe ich mich um und drücke sie zwischen Kamin und Weihnachtsbaum an die Wand.

»Gav, ich brauche mehr«, drängt sie und zieht mich an ihren Mund.

»Ich weiß. Ich auch.« Mit der Hüfte presse ich sie gegen die Wand und richte mich so weit auf, dass ich sehen kann, wie meine Hände an den Außenseiten ihrer glatten Oberschenkel entlangstreichen. »Diese verdammten Shorts«, stöhne ich und zupfe am Saum. »Wolltest du mich absichtlich damit quälen?«

»Ja«, seufzt sie und schlingt die Beine noch enger um meine Taille.

Als ich meine Finger unter den Stoff schiebe, um ihre Pobacken zu umfassen, stöhne ich auf. »Du hast nichts drunter?«

»Mm-mm«, murmelte sie, und ich würde ihr am liebsten den Hintern versohlen für all die Folterqualen, die sie mir zufügt. All das brennende Verlangen, sobald ich in ihrer Nähe bin.

Ich hebe eine Hand, um ihren Hals zu streicheln, und sie flüstert: »Bitte. Gavin.« Ich genieße es, wie sie mich anfleht. Wie ihre karamellfarbenen Augen vor Verlangen funkeln.

Scheiße. Ich bin verrückt nach ihr. Ich würde meine ganze Zukunft aufs Spiel setzen, um mit ihr durchzubrennen.

Mein Körper und meine Seele sehnen sich danach, sie zu besitzen. Sie zu lieben. Sie zu verehren. Ihr jeden Tag zu sagen, wie perfekt sie ist.

»Du bist schrecklich süß, wenn du etwas willst, kleine Plage«, flüstere ich und streiche mit dem Daumen über ihren Puls.

Sie beißt sich auf die Unterlippe. »Du bist schrecklich herrisch, wenn *du* etwas willst.«

Mit einem verruchten Lächeln beuge ich mich zu ihr hinunter. »Verdammt richtig, Baby.«

Sie presst ihren Mund auf meinen und stößt dabei mit dem Fuß gegen den Weihnachtsbaum. Hinter mir rascheln die Nadeln.

»Vorsicht«, murmle ich.

»Okay.« Sie fährt mit den Fingern in mein Haar, während meine Zunge in ihren Mund eintaucht, um so viel wie möglich von ihr zu schmecken.

Ich bin dabei, jegliche Kontrolle zu verlieren, und es ist mir egal. Das ist alles, wovon ich je geträumt habe, ein perfekter Moment, der niemals enden soll.

Der Teppich ist weich unter meinen Füßen, als ich meine Fersen in den Boden drücke, um mich an sie zu pressen, und Stöhnen durchdringt unsere Küsse.

Am liebsten würde ich die dünnen Shorts zur Seite schieben und in ihr versinken. Mit meinen Fingern, meiner Zunge, meinem Schwanz spüren, wie sie kommt, so verzweifelt sehne ich mich danach.

»Du musst leise sein«, flüstere ich an ihren Lippen. »Ich will dich verwöhnen, aber wenn du nicht still sein kannst, muss ich dir den Mund zuhalten. Du willst doch niemanden aufwecken.« Sobald ich mich erneut an sie drücke, schlägt ihr Kopf mit einem dumpfen Knall gegen die Wand.

Wir erstarren und halten kurz den Atem an, um zu sehen, ob jemand aufgewacht ist.

Als im Haus keine Geräusche zu hören sind, kichern wir beide und versuchen, unser Lachen zu unterdrücken.

»Ich hab doch gesagt, du sollst still sein«, ermahne ich sie und ziehe ihre Hüften fest an mich.

»Bin ich. Versprochen«, sagt sie. »Fass mich einfach an. Bitte …« Ihre Stimme versagt, als ich an ihrem Hals sauge und mit den Fingern am Saum ihrer Shorts entlang bis zur Innenseite ihrer Oberschenkel fahre.

»Ja«, stöhnt sie, streckt ihr Bein aus und –

Hinter mir raschelt es, und mit einem Knacken aus der Steckdose wird der Raum in Dunkelheit gehüllt. Wir verharren in absoluter Stille, als der drei Meter hohe Weihnachtsbaum samt Christbaumschmuck und Lichterketten hinter mir zu Boden kracht.

Keiner von uns wagt zu atmen, und ich bin starr vor Schock und Angst.

Lena kichert schließlich, doch mir gefriert das Blut, und der Nebel der Lust verpufft.

»Scheiße«, fluche ich und stelle sie sicher auf die Füße.

Sofort stürze ich mich auf den Baum. Schuldgefühle durchströmen mich, während ich lausche, ob sich etwas im Haus bewegt.

Lena hockt sich neben mich und streift meinen Arm.

Sie darf nicht hier sein. Wenn jemand runterkommt, muss sie möglichst weit weg sein.

Am besten auf einem anderen Kontinent.

»Geh nach oben«, platze ich heraus. »Ich kümmere mich darum.«

»Ich kann dir doch helfen«, sagt sie lachend und greift nach einer Kugel neben dem Couchtisch.

»Geh. Nach. Oben.« Die Schärfe meiner Stimme brennt mir in der Kehle, aber damit kann ich mich gerade nicht befassen. Eben noch hätte uns jemand dabei erwischen können, wie wir wie notgeile Teenager ohne voll entwickelten Frontallappen rummachen.

In der Dunkelheit erstarrt Lena neben mir. »Es macht mir nichts aus –«

»Nein. Tu einfach, was ich sage.«

Sie steht auf und wirft mir einen langen Blick zu, bevor sie sich umdreht und die Treppe hinaufjoggt.

Und es ist gut, dass sie das tut, denn einen Moment später höre ich Beas Stimme um die Ecke. »Was ist denn hier los?«

»Alles okay.« Meine Stimme bebt, aber ich gebe mein Bestes, ruhig zu klingen. »Ich wollte das Licht ausmachen und hab das Gleichgewicht verloren.« Die Scham frisst sich in meine Eingeweide.

»Ich helfe dir beim Aufräumen«, murmelt sie und geht in Richtung Waschküche.

Während ich das wacklige Gebilde von einem Baum aufrichte, überlege ich kurz, ob ich wieder verschwinden soll.

Denn was gerade zwischen Lena und mir passiert ist, hat das Potenzial, den einzigen Ort zu zerstören, an dem ich mich jemals wirklich willkommen gefühlt habe.

18. Kapitel

Lena

»Macht es dir was aus, wenn wir noch schnell was erledigen?«, fragt Gavin nervös vom Rücksitz, als wir auf dem Weg zur Weihnachtsfeier im Bear Creek sind.

Stirnrunzelnd sehe ich ihn im Rückspiegel an. »Wo willst du denn hin?«

Seine breite Gestalt füllt den ganzen Spiegel aus, und es muss da hinten ziemlich unbequem für ihn sein, aber Luci behauptet, dass sie aufgrund ihres Alters das Privileg hat, vorne zu sitzen.

Nach gestern Abend hat er mich den ganzen Tag gemieden. Abgesehen von einem Ausflug in die Stadt mit Auggie war er zwar im selben Haus wie ich, hat aber so getan, als gäbe es mich nicht.

Irgendetwas bedrückt ihn, denn er hat nicht mal widersprochen, als ich sagte, dass wir mit meinem Auto fahren.

»Nur in die Innenstadt.« Er bedeutet mir, rechts abzubiegen. »Ich glaube nicht, dass die Geschäfte morgen geöffnet haben.«

Luci tippt mit dem Finger auf die Uhr am Armaturenbrett.

»In dreißig Minuten gibt es Abendessen«, sagt sie streng. »Ich neige dazu, unleidlich zu werden, wenn ich hungrig bin.«

Er lacht und sieht mich im Spiegel an. »Muss vererbbar sein.«

Schneeflocken fallen leise auf die Windschutzscheibe, als ich in Junipers heruntergekommener historischer Hauptstraße parallel einparke – meisterhaft, wie ich hinzufügen möchte. Ein paar Geschäfte gibt es noch, aber die meisten Läden stehen leer. Dieses Viertel hat schon bessere Tage gesehen.

»Ich bleibe im Auto«, sagt Luci und lehnt sich in die Kopfstütze zurück. »Gerade genug Zeit für ein Nickerchen.«

»Ich auch«, sage ich, obwohl er mich nicht gebeten hat, ihn zu begleiten.

»Ich beeile mich.« Seine Tür fällt ins Schloss, und ich sehe ihm nach, wie er über die Straße zu Peter's Pizza joggt.

Pizza? Das ist die Erledigung, die nicht warten konnte?

Unglaublich.

Ich zücke mein Handy, öffne meine Nachrichten und tippe wie entfesselt.

Sieger von Catan

Lena: Ich habe Gavin geküsst.

Lena: Er hat mich auch geküsst.

Lena: Ich habe aus Versehen den Weihnachtsbaum umgeworfen.

Emil: 🤣

Micah: 😦

Millie: OMG, hast du nicht.

Lena: Doch. Vier Kugeln sind kaputt.

Emil: Wie war der Kuss?

Lena: Einerseits war es der heißeste Kuss in der Geschichte der Menschheit, und ich würde es sofort wieder tun.

Lena: Andererseits hat er seitdem kaum mit mir gesprochen.

Micah: Glaubst du, er bereut es?

Lena: Keine Ahnung.

Lena: Wahrscheinlich.

Lena: Ich bin es einfach leid, mich zu verstellen.

Während Lucis tiefe Atemzüge das Wageninnere erfüllen, lege ich mein Handy auf die Konsole, lehne den Kopf zurück und kneife fest die Augen zu.

Aber genau wie letzte Nacht, als ich versucht habe, einzuschlafen, höre, sehe, fühle und rieche ich nur *Gavin*.

Sein Stöhnen an meinem Mund, sein mokkabraunes Haar zwischen meinen Fingern, seine Lippen an meinem Hals, sein männlicher Geruch überall.

Alle Grenzen sind verschwommen. Grenzen, von denen ich seit Jahren hoffe, dass sie verschwimmen.

Aber jetzt bin ich auf der anderen Seite dieser Grenze, und ich habe Angst, dass er zurückgeblieben ist.

Er ist auf der Seite des *Neins*, und ich bin jetzt ganz auf der Seite des *Jas*.

Gestern Abend habe ich das Verlangen in seiner Stimme gespürt, die Sehnsucht in seinem Blick und die Begierde in seinen Berührungen. Aber mit dem Umkippen des Weihnachtsbaums hat er wieder eine undurchdringliche Mauer um sich herum errichtet.

Klopf. Klopf. Klopf. Ich öffne die Augen und sehe Gavins Fingerknöchel an meiner Scheibe. Während ich das Fenster runterlasse, beugt er sich vor.

»Willst du mitkommen?«, fragt er, während winzige Schneeflocken auf seinen Wangen landen und schmelzen. »Der nächste Laden wird dir gefallen.«

»Du kommst ohne Pizza zurück, und jetzt musst du noch in einen anderen Laden?« Ich verschränke die Arme vor der Brust und starre ihn finster an.

Ein freudiges Prickeln durchströmt mich, als sein Blick auf den V-Ausschnitt meines smaragdgrünen Kleides fällt, bevor er ihn schnell wieder hebt.

O Gavin, es mag dir vielleicht nicht gefallen, dass du mich willst, aber du willst mich.

Er räuspert sich und richtet sich auf. »Bin gleich wieder da«, nuschelt er.

Hoffnung keimt in mir auf, als er über die Straße joggt. Vielleicht verschwimmen auch in seinem Kopf die Grenzen.

Er geht an einem Geschäft vorbei und bleibt vor der Kunstgalerie stehen, wirft einen Blick in meine Richtung, bevor er die Tür öffnet und darin verschwindet.

Verdammt. Ausgerechnet der einzige Laden, der mich fasziniert.

Aargh! Ich reiße die Tür auf, schnappe mir meine Jacke und gehe ihm nach, wobei ich aufpassen muss, nicht auf meinen Absätzen ausrutschen.

Sobald ich den Laden betrete, empfängt mich der vertraute Geruch von Farbe und sauberen Leinwänden. Ich war seit Jahren nicht mehr hier, aber es sieht so aus, als hätten die neuen Besitzer die Aufteilung mehr oder weniger beibehalten. Vorne Kunstbedarf, hinten Galerie.

»Keine Ahnung, sie hat nur Malsachen gesagt.« Als ich tiefer in den Laden schleiche, dringt Gavins Stimme zu mir durch.

»Hier drüben«, ertönt die Stimme einer älteren Frau. »Diese Farben sind alle abwaschbar, also vielleicht am besten geeignet für ein Kind.«

Ich gehe an ihnen vorbei, angezogen von der gemütlichen kleinen Galerie im hinteren Teil des Ladens. An den Wänden hängen Gemälde und einige Skulpturen, im Hintergrund läuft leise weihnachtliche Instrumentalmusik.

Ich betrachte jedes einzelne Werk für einen längeren Moment und versuche, zu spüren, was es in mir auslöst, zu hören, was der Künstler mir sagen will – detailverliebte

Landschaften, das Porträt eines Vaters, der ein Baby im Arm hält, und ein abstraktes Werk in leuchtenden Farben.

Als ich das letzte Bild an der Wand erreiche, stockt mir der Atem.

Es stellt eine schöne ältere Frau dar, deren dunkelbraune Haut vor dem matten Hintergrund leuchtet. Ihr graues Haar ist über die Schulter geflochten, die Augen sind geschlossen, und ein friedliches Lächeln umspielt ihre Lippen.

Doch aus der Mitte ihrer Brust sprühen bunte Farben. Wirbel und Spiralen und Herzen und Blumen, als würden sie aus ihr hervorbrechen.

Kreativität, Inspiration, Enthusiasmus.

Wie ich sie beneide.

Ich lege eine Hand an mein Herz, das sich nach dem sehnt, was die Frau auf diesem Bild fühlt.

Ich möchte es berühren – die Textur der Farbe unter meinen Fingern spüren und etwas von der Leidenschaft absorbieren.

Genau das ist es, was mir gerade fehlt.

Mein Kopf steckt in einer dunklen Giftwolke, aber wenn ich dieses Bild ansehe, sehne ich mich nach Licht. Ich möchte so hell leuchten, dass sich die Dunkelheit lichtet.

Neue Jobidee:

9. Etwas finden, das mich inspiriert.

Ich beuge mich vor und lese das kleine Schild neben dem Bild.

Selbstporträt
Victoria Adams

»Gefällt es Ihnen?«

Ich wende mich der freundlichen Stimme zu und stehe einer Kopie der Frau auf dem Gemälde gegenüber. Doch in Wirklichkeit sind ihre funkelnden braunen Augen geöffnet und auf ihr Selbstporträt gerichtet.

»Ich liebe es«, flüstere ich und sehe mich nach Gavin um, doch der Laden ist leer.

»Er ist schon zum Auto zurückgegangen«, sagt sie lächelnd. »Sie haben einen wunderbaren Mann.«

Ich habe nicht das Bedürfnis, sie zu korrigieren, also erwidere ich das Lächeln, bevor ich mich wieder dem Bild zuwende. »Es fühlt sich an …« Ich lege den Kopf schief. »Es fühlt sich an, als würde es direkt zu meiner Seele sprechen.«

»Sind Sie Künstlerin?«

»Das dachte ich mal.« Seufzend schiebe ich die Hände in die Manteltaschen. »Aber in letzter Zeit bin ich mir nicht mehr sicher.«

Sanft legt sie eine Handfläche zwischen meine Schulterblätter, und es fühlt sich so tröstlich an, dass mein Kinn bebt. »Man ist immer Künstlerin, auch wenn man eine kreative Pause macht. Ich denke, jeder trägt die Kunst in sich. Du und ich, wir haben uns nur genug damit auseinandergesetzt, um in unserer Leidenschaft aufzugehen.«

Ich presse die Lippen zusammen, damit sie aufhören, zu zittern, und deute mit einem Kopfnicken zu ihrem Selbstporträt. »Ich glaube, diese Leidenschaft fehlt mir im Moment.«

Mit kreisenden Bewegungen streichelt sie meinen Rücken. »Tja, ich hatte meine auch verloren, als ich das Bild angefangen habe, Schätzchen. Manchmal muss man sich einfach zwingen, anzufangen, und die Inspiration kommt dann später.«

Ich verziehe das Gesicht. »Ich habe seit Monaten weder Stift noch Pinsel in die Hand genommen«, gebe ich zu.

Als ich die Worte endlich ausspreche, fällt eine unsichtbare Last von mir ab.

»Darf ich dir etwas zeigen?«, fragt sie leise.

Ich nicke, und sie führt mich durch eine Tür am Ende der Galerie in ein Atelier. Die hintere Fensterfront gibt den Blick auf eine Reihe schneebedeckter Bäume frei, und der Raum ist voll mit Staffeleien, Farben, Hockern und Leinwänden.

Während ich Victoria nach hinten folge, achte ich darauf, nirgendwo anzustoßen. Vom Schnee reflektiertes Dämmerlicht fällt durch die Fenster auf eine Landschaft, die gerade auf einer Staffelei entsteht.

»Du bist hier jederzeit willkommen«, sagt sie und schüttet ein Glas mit Farbwasser in ein Waschbecken. »Normalerweise bin ich allein hier, aber donnerstags leisten mir abends ein paar andere Künstler Gesellschaft.« Sie füllt das Glas mit sauberem Wasser und stellt es neben die Leinwand. »Manchmal arbeiten alle an ihren Bildern, manchmal unterhalten wir uns einfach nur. Wir inspirieren uns gegenseitig.« Als sie zu mir ans Fenster kommt, streift sie meinen Arm.

»Sehr gern«, sage ich, und schon reift die Möglichkeit in meinem Kopf.

Könnte ich einmal in der Woche für zwei Stunden hierherfahren? Klingt verrückt genug, um eine gute Idee zu sein.

Sie lacht herzlich. »Dann bis Donnerstag, Schätzchen.«

19. Kapitel

Lena

»Hast du euer Foto in der Zeitung gesehen?«, fragt Zara mit vielsagendem Blick.

»Nein«, antworte ich und beobachte Pens wirbelnde dunkle Locken auf der Tanzfläche in der Mitte der Bear Creek Bakery.

Die Tische sind beiseitegeräumt, und es gibt ein Büfett mit weihnachtlichen Süßspeisen. Gary, Joe und Rosie haben Schneeflocken und weiße Lichterketten an die Decke gehängt, die den Raum in ein Winterwunderland verwandeln.

Zara drückt mir ihr Handy in die Hand. »Das musst du sehen.«

Die Überschrift lautet »Weihnachtsmann und Weihnachtsfrau zu Besuch im Bear Creek«, und als ich nach unten scrolle und das Foto sehe, verschlägt es mir den Atem.

Sie haben nicht das genommen, auf dem wir lächeln. Auch nicht das mit dem Kuss.

Nein, auf diesem Foto sehen Gavin und ich uns an, sein Arm um meine Schultern, und ich biege mich in seine Richtung wie eine Blume, die zum Sonnenlicht wächst. Meine

Hand liegt ein wenig zu vertraut auf seinem Oberschenkel, aber es ist der Ausdruck auf unseren Gesichtern, der mir den Magen umdreht.

Meine Wangen sind kokett gerötet, und er erwidert mein Lächeln, als wäre es ein Geheimnis, das nur ich hören kann. Sein Blick ist auf mich gerichtet, als wäre ich der einzige Mensch auf der Welt, und er hat diese mokkabraune Haartolle über der Stirn, durch die ich gestern Abend mit den Fingern fahren durfte.

Ich reiße mich los, blicke mich suchend um, und als ich ihn entdecke, bekomme ich weiche Knie. Er unterhält sich mit meiner Mutter und ist selbst mit gebeugten Schultern größer als alle anderen hier.

Schamlos mustere ich ihn. Unter dem schwarzen Pullover trägt er ein weinrot-grün kariertes Hemd, und der Farbtupfer des Kragens lässt seine Augen strahlen. Die dunkle Jeans schmiegt sich perfekt an seine muskulösen Oberschenkel und endet an den Knöcheln, wo sie auf seine Chelsea-Boots trifft.

Sein Mund bewegt sich im Gespräch, aber er blickt mich unverwandt an. Es ist, als wäre zwischen uns ein unsichtbares Seil durch den Raum gespannt, und alles, was ich sehen kann, sind seine funkelnden Whiskeyaugen.

Ohne hinzusehen, reiche ich Zara das Handy und lasse ihn nicht aus den Augen, während ich den Raum durchquere. Die kleine Menschenmenge scheint sich für mich zu teilen, und Gavins Lächeln wird in Zeitlupe breiter, je näher ich komme.

Ich schlucke meine Nervosität runter und bleibe ein paar Meter vor ihm stehen, während die Stimme meiner Mutter mitten im Satz verstummt. Aber ich bin nicht in der Lage, mich für die Unterbrechung zu entschuldigen oder mir Gedanken darüber zu machen, wie sie darüber denkt, denn im Moment gibt es nur eines, woran ich denken kann.

Gavin.

»Willst du mit mir tanzen?« Mit fester Stimme wiederhole ich, was ich ihn vor drei Jahren gefragt habe.

Es vergeht nur der Bruchteil einer Sekunde, bevor Gavin sich räuspert. »Natürlich.« Er nickt Mama zu. »Entschuldige.«

»Nur zu«, höre ich sie aus weiter Ferne sagen, während Gavin mich in die Mitte der Tanzfläche führt, eine Hand an meinem Rücken.

Als wir stehen bleiben, zieht er mich an sich und nimmt meine Hand. Es herrscht Stille zwischen uns, während wir uns im langsamen Rhythmus der Musik bewegen, so viel steifer und roboterhafter als gestern unterm Weihnachtsbaum.

Er schaut über meinen Kopf hinweg, die Lippen fest aufeinandergepresst. Ganz anders als sein Blick gestern Abend.

Doch ich will den Gavin von gestern zurück. Ich will den aufgelösten, leidenschaftlichen, gierigen Gavin.

»Was wird das hier?« So leise wie möglich atme ich aus.

»Tanzen. Menschen bewegen ihre Füße im Takt der Musik«, flüstert er.

»Nein. Ich meine wegen gestern Abend. Du hast kaum mit mir gesprochen.«

»Ich hab beim Frühstück mit dir gesprochen.«

Meine Geduld ist erschöpft. »Du hast mich gefragt, ob ich Orangensaft möchte.« Zähneknirschend verberge ich den Ärger in meinen Worten hinter einem gequälten Lächeln.

»Und du hast gesagt: nein danke. Es war ein ganz vernünftiges Gespräch«, erwidert er und unterdrückt ein Grinsen.

Plötzlich überkommt mich das Bedürfnis, ihm in die Eier zu treten, und ich bleibe stehen. »Vergiss es. Ich will nicht mit dir tanzen.« Ich versuche, meine Hand wegzuziehen, doch er hält sie fest.

»Tut mir leid. Scheiße. Tut mir leid.« Er zieht mich an sich, um weiterzutanzen, und meine Füße bewegen sich unwillkürlich mit. »Ich hab einfach keine Ahnung, was ich wegen gestern Abend sagen soll.«

Mein Blick huscht zu der Kuhle unter seinem Kehlkopf, und ich frage: »Warum hast du von einer Sekunde auf die andere wieder dichtgemacht?«

Ich spüre seinen Atem an meinem Ohr, als er gereizt seufzt. »Weil ich mich an all die Gründe erinnert habe, warum wir das nicht hätten tun sollen. Der Schock hat mich auf den Boden der Tatsachen zurückgeholt.«

»Auf den Boden der Tatsachen«, wiederhole ich mit einem verbitterten Lachen. »Für mich hat sich der Kuss echt angefühlt.«

Ich beobachte, wie sein Kehlkopf hüpft, als er schluckt. »Ja, *zu* echt«, sagt er mit rauer Stimme.

»Ich soll es also einfach vergessen? So tun, als wäre es nie passiert?«

Das Lied verklingt, und ein neues setzt ein, im gleichen langsamen Rhythmus, sodass wir einfach weitertanzen. »Ja. Wir vergessen es beide«, sagt er und nickt entschieden.

»Warum?«

Er neigt den Kopf zu mir und seufzt. »Weil du in dein

Leben in Wilhelmina zurückkehrst. Und eines Tages wirst du jemanden in deinem Alter treffen. Jemanden, der nicht so in deine Familie verstrickt ist wie ich. Jemand, der dich so zu lieben weiß, wie du es verdienst.«

»Aber ich erwarte gar nicht, dass es für immer ist. Schon vergessen? Ich bin die Frau vor der ganz großen Liebe.« Mein hohles Lachen hallt zwischen uns wider. »Wer weiß, vielleicht begegnest du deiner zukünftigen Frau, wenn wir zusammen sind.«

»Ganz sicher nicht«, sagt er entschieden. »Aber du verdienst die Art von Liebe, die deine Freunde haben. Du verdienst etwas Besseres als mich, Lena.«

Ich schlucke den stechenden Schmerz in meiner Kehle runter. »Kannst du letzte Nacht einfach so vergessen, als wäre sie nie passiert?«

Sein glattes Kinn zuckt, als würde er die Zähne zusammenbeißen. »Nein. Ich werde keine verdammte Sekunde vergessen.« Es klingt gequält. »Jahrelang hab ich versucht, dich aus meinem Kopf zu verbannen, und es hat nie funktioniert.«

Er lässt meine Hand los, und die Wucht seiner Worte verschlägt mir den Atem.

»Tut mir leid«, murmelt er, bevor er sich umdreht und mich auf der Tanzfläche stehen lässt.

***

»Wir fahren nach Hause. Alle sind müde«, sagt Auggie und hebt Jacks schlafenden Körper von meinem Schoß.

Hinter ihm drehen sich Pen und Gavin auf der Tanzfläche,

ihre Füße auf seinen, und ihr Kleid wirbelt um ihre Beine. Zara tippt Pen auf die Schulter, um ihr zu bedeuten, dass es Zeit ist, zu gehen, und meine Nichte schlingt die Arme um Gavins Taille.

Mit dem schlafenden Noah auf dem Arm umarmt mich Zara zum Abschied. »Luci fährt, glaube ich, mit deiner Mutter nach Hause, und wir nehmen unsere Crew mit.«

Ich nicke und schaue mich um. »Ich denke, ich bleibe noch ein Stündchen. Ich hab Gary und Joe einen Tanz versprochen, und« – ich halte meine leeren Becher hoch – »ich hab erst ein Glas von Rosies berühmtem Eierpunsch getrunken.«

»Ich bleibe bei ihr.« Gavins tiefe Stimme erschreckt mich so sehr, dass ich ein paarmal blinzeln muss, um mich zu sammeln, während er näher kommt.

»Ich brauche keinen Aufpasser«, entgegne ich, ohne ihn anzusehen. »Du kannst bestimmt bei Mama und Luci mitfahren.« Mit einer Hand streiche ich über mein Seidenkleid, um etwas zu tun zu haben.

»Dann betrachte mich als deinen Chauffeur. Du kannst so viel Eierpunsch trinken, wie dein Herz begehrt.«

Zara blickt zwischen uns hin und her, während Auggie Gavin auf die Schulter klopft und ihm dankt.

Ich erwidere Gavins Blick und lächle ihn grimmig an. »Na schön. Aber ich darf aussuchen, was wir auf dem Heimweg hören.«

***

Gary zieht mich in eine elegante Drehung, bei der mein Kleid um meine Knöchel wirbelt.

»Was macht ihr morgen?«, frage ich, als ich wieder in seinen Armen liege.

Ich muss sagen, das zweite Glas Eierpunsch hat Wunder gewirkt. Ich habe Rosie gezwungen, mit mir zu tanzen, viel zu viele Plätzchen gegessen und eine Macarena organisiert.

Mir geht es viel besser als noch vor einer Stunde.

Muss am Zucker liegen.

»An Heiligabend haben wir eine Tradition«, sagt Gary und dreht uns im Kreis. »Wir tragen den ganzen Tag unsere Weihnachtspyjamas und machen einen Weihnachtsfilmmarathon mit Snacks und heißer Schokolade.« Sein Lächeln schlägt Falten. »Mein Lieblingstag im Jahr.«

»Wie kommt es, dass ich noch nie eingeladen war?« Ich stupse ihn in die Brust. »Was schaut ihr so?«

»Letztes Jahr war es *Liebe braucht keine Ferien*, *Kevin – Allein zu Haus* – er wirbelt mich herum – und *Das Wunder von Manhattan*.«

»Oh, ich liebe diesen Film.«

»Ich auch.« Er zieht mich an sich, und wir wiegen uns ein paar Takte lang, bevor er die Stimme senkt und fragt: »Wie geht es Gavin dieses Jahr?«

Mein Blick wandert zu dem Mann, der sich gerade angeregt mit Shannon unterhält. Möglicherweise stimmt mit meinem Gehirn etwas nicht, denn es hat eine Art Radar, sodass ich immer weiß, wo er gerade ist. Ohne nachzudenken, kann ich den Kopf drehen und finde ihn. Egal, ob er in einer Menschengruppe steht, sich einen Keks stibitzt oder mit Julia tanzt.

»Gut, glaube ich«, sage ich und wende meine Aufmerksamkeit wieder Gary zu. »Wir sind froh, dass er wieder da ist.«

»Das ist schön, zu hören. Er hat es im Leben nicht leicht gehabt, und ich bin froh, dass er Menschen gefunden hat, mit denen er Weihnachten verbringen kann.«

Das Lied verklingt, und Gary legt meine Hand in seine Armbeuge, um mich zu Gavin zu führen. Der hat sein Handy am Ohr, und sein hübsches Gesicht wirkt angespannt.

»Ja, ihre Reifen sind in einem schlechten Zustand«, sagt er ins Telefon, und ich horche auf. »Danke für die Info. Wir finden sicher was in der Stadt.«

Als Gavin auflegt und das Handy in die Hosentasche steckt, legt Gary den Kopf schief.

»Das war Auggie. Er sagt, die Straßen sind vereist, und deine Mutter hat gerade von den Nachbarn gehört, dass sie nicht mehr über die Brücke kommen. Und mit den Reifen … Das will ich wirklich nicht riskieren.« Er zuckt die Schultern, und die Sorgenfalten auf seiner Stirn vertiefen sich. »Ich fürchte, wir müssen über Nacht in der Stadt bleiben.«

Gary wird munter. »Wir haben noch deine … äh, eine Hütte frei, wenn ihr wollt.«

Zwischen Gary und Gavin entspinnt sich ein stummes Gespräch, und mir stellen sich die Nackenhaare auf.

Gavin streicht sich über die Lippen, auf die verführerische Art, die ich so liebe. »Okay. Aber würde es dir was ausmachen, wenn ich bei euch auf dem Sofa schlafe? Lena kann die Hütte haben.«

Gary verzieht das Gesicht und dreht sich zu Joe um, der näher kommt. »Gavin hat gerade gefragt, ob er bei uns auf dem Sofa schlafen kann, aber schläft dein Cousin nicht bei uns?« Er rümpft die Nase, und Joe zieht die Augenbrauen fast bis zum Haaransatz.

»Ach ja«, seufzt Joe. »Wie dumm. Das Sofa ist besetzt.«

Adrenalin pumpt durch meine Adern, und mein ganzer Körper vibriert.

Stirnrunzelnd blickt Gavin zwischen den Männern hin und her. »Welcher Cousin?«

Joe deutet über seine Schulter. »Patrick. Ich glaube, du kennst ihn nicht.«

»Ja, Patrick«, ergänzt Gary und nickt eifrig. »Aber in der Hütte sollte genug Platz sein. Das Bett ist groß.«

Die Hände in die Hüften gestemmt, starrt Gavin an die Decke und stöhnt genervt. »Verdammte Scheiße.«

Ich kann nicht leugnen, dass sich in meiner Brust ein Gefühl der Atemlosigkeit breitmacht, wenn ich daran denke, die Nacht im selben Bett mit Gavin zu verbringen.

Aber ihm zuliebe versuche ich, mein aufgekratztes Grinsen zu unterdrücken. »Ich geh mal kurz auf die Toilette«, sage ich und deute in Richtung Gang. »Macht das unter euch aus.«

Auf dem Weg dorthin komme ich genau an der Stelle vorbei, wo ich Brandon vor drei Jahren geküsst habe. Mit den Fingern fahre ich über die Wand, an der ich seinen Namen gestöhnt, dabei aber an den Mann gedacht habe, von dem ich seit zehn Jahren träume.

Zehn Jahre.

Das sollte genug Zeit zu sein, um über jemanden hinwegzukommen.

Zehn Jahre der Hoffnung, dass der Schmerz mit der Zeit nachlassen würde. Zehn Jahre der Sehnsucht nach dem Geschmack seiner Lippen. Zehn Jahre verbotener Gedanken.

Ich betrachte mich im Spiegel über dem Waschbecken,

presse die Finger auf meine roten Lippen und erinnere mich daran, wie sich sein weicher Mund gestern Abend angefühlt hat.

Trotz zwei Gläsern Eierpunsch im Blut fühle ich mich stocknüchtern.

Und mit klarem Kopf treffe ich eine Entscheidung.

Jahrelang habe ich versucht, dich aus meinem Kopf zu verbannen, und es hat nie funktioniert.

Geht mir genauso, Gavin.

20. Kapitel

Gavin

Als wir die Stufen zu Hütte vier hinaufsteigen, fühlen sich die vertraute Veranda und die Lichter am Geländer wie Nachhausekommen an.

Beim Eingeben des Codes ist die Tastatur eiskalt unter meinen Fingern, doch sobald die Tür offen ist, empfängt mich die Wärme wie ein alter Freund.

Die gemütliche Hütte beherbergt ein weiches Doppelbett und zwei Sessel an den großen Fenstern mit Blick auf den Wald im Hintergrund. Der Kamin knistert schon, Gary oder Joe müssen ihn für uns angeheizt haben. In der kleinen Küche liegen ein T-Shirt und eine Jogginghose.

Am Fußende des Bettes zieht Lena ihre High Heels aus, dann geht sie zum Fenster. Mit den Fingern an der Scheibe quietscht sie: »Da ist ein Whirlpool.«

Mein Blick gleitet an ihrem Körper hinunter. Den ganzen Abend musste ich mich davon abhalten, sie in diesem Kleid mit Blicken zu verschlingen. Es umschmeichelt jede ihrer Kurven auf eine Weise, die mich neidisch macht.

Als sie sich zu mir umdreht, schwingen ihre pechschwarzen Locken mit. Im Schein des Feuers und im schwachen Licht der Lampe neben dem Bett lasse ich mich dazu hinreißen, sie anzustarren. Sie ganz in mich aufzunehmen.

Und ihr Anblick entzieht mir jeglichen Sauerstoff.

Ich habe das Gefühl, zu ertrinken. Keine Luft mehr in meinem Körper, weil meine Lungen stattdessen mit Lena gefüllt sind.

Sie ist so frech und süß. So verboten und perfekt.

Es juckt mir in den Fingern, diese glatte Haut zu berühren.

»Wollen wir uns ein bisschen im Whirlpool entspannen?« Ihr kokettes Lächeln zieht mir den Magen zusammen.

»Lena«, knurre ich. »Ich hab keine Badehose, und ich glaube kaum, dass du was dabeihast.«

Sie zuckt gleichgültig die Achseln. »Wir könnten uns einfach nicht ansehen.«

Mir entfährt ein Lachen. »Ich sehe dich *immer* an.« Bei meinen Worten wird sie rot. »Auch wenn ich es mir verbiete, kann ich nicht anders. In diesen Whirlpool zu steigen, wäre also alles andere als entspannend.«

Ihr Kinn senkt sich zu einem Nicken, und sie kommt einen Schritt auf mich zu. »Ich hab eine Idee«, schlägt sie vor. »Können wir nicht für diese eine Nacht einfach so tun, als könnten wir zusammen sein?« Sie hebt den Kopf und kommt noch einen Schritt näher. »Wir tun so, als wäre meine Familie egal. Wir machen uns keine Gedanken darüber, wo wir leben. Über all den Mist, der uns im Weg steht. Wir geben uns einfach für eine Nacht hin.«

Ich schweige. Das Blut rauscht in meinen Ohren.

Die Worte hängen in der Luft. Sie ersticken mich, wenn ich versuche, zu atmen.

»Morgen muss es nichts bedeuten.« Sie schnauft verächtlich. »Immerhin triffst du morgen vielleicht deine Seelenverwandte. Aber heute Nacht könnten wir einfach … wir sein. Zusammen.«

Mein Magen verkrampft sich, als würde ich in den steilen Abgrund einer Achterbahn rasen. Unausweichlich stürze ich in die Tiefe, und ich kann es verdammt noch mal nicht aufhalten.

Mein Blick huscht zwischen ihren dunklen Karamellaugen hin und her und dann hinunter zu ihren verlockenden Lippen. Gott, sie schmeckt jetzt wahrscheinlich nach Keks und Eierpunsch, und mir läuft das Wasser im Mund zusammen.

Die brodelnde Spannung trübt mein Urteilsvermögen, lässt die Grenzen verschwimmen.

Ich höre mich sagen: »Ich weiß nicht«, als wäre ich in Trance.

Sie nickt und flüstert: »Okay. Ich warte im Whirlpool, und du kannst entweder zu mir kommen oder …« Sie lässt den Satz unbeendet und zuckt die Achseln. Dann dreht sie sich um und sieht mich über die Schulter an. »Kannst du mir bitte das Kleid aufmachen?«

Ich beiße die Zähne zusammen, aber ich gehorche.

Das Geräusch des Reißverschlusses ist ohrenbetäubend, als ich ihn langsam öffne. Es ist qualvoll, zu beobachten, wie er sich Zentimeter für Zentimeter nach unten bewegt, aber ich bin darauf bedacht, ihren Körper nicht zu berühren.

Dies ist eine Umkehrung unserer Bewegungen von gestern. Anstatt den Reißverschluss hochzuziehen und ihren Körper zu bedecken, entblöße ich ihn, und es ist so absurd, dass ich fast lachen muss. Wie bin ich hier gelandet?

Der Reißverschluss wandert am Träger ihres BHs vorbei, über die seidige Haut ihres Rückens und erreicht dann die obere Rundung ihres Pos.

Mein Mund wird trocken, als ich den winzigen String ihres schwarzen Tangas entblöße. »Lena«, flüstere ich.

Ohne nachzudenken, drücke ich den Knöchel meines Zeigefingers in die warme Haut direkt über ihrer Unterwäsche. Langsam ziehe ich eine Linie nach oben und erfreue mich an der Gänsehaut, die unter meiner Berührung aufblüht. Glatt und cremig leuchtet ihre Haut im Feuerschein, und ich wünschte, ich könnte dasselbe mit meinen Lippen tun.

Als ich ihren Haaransatz erreiche, lege ich meine Handfläche an ihren Hals. Meine Fingerspitzen ertasten ihren flatternden Puls. Ihr Atem stockt, als sie ihren Kopf neigt, und ihre wilden Locken gleiten zur Seite.

»Steig in den Whirlpool.« Meine Stimme ist nicht wiederzuerkennen, als ich meine Hand zurückziehe. Mehr bringe ich nicht raus, denn mein Gehirn ist zusammen mit sämtlichem Blut in meinem Körper gen Süden unterwegs.

Als Lena das Kleid abstreift und zu Boden fallen lässt, bleibt mir fast das Herz stehen. Der winzige schwarze Streifen ihres Stringtangas verschwindet zwischen ihren runden Pobacken, und das schwache Licht wirft Schatten auf alle Stellen, in denen ich versinken möchte.

Sie bewegt die Schultern, als wüsste sie genau, was sie mit mir anstellt. Die kleine Plage.

Mit einem Lächeln in meine Richtung steigt sie aus dem Kleid und verschwindet mit ihrem perfekten Körper durch die Hintertür.

Als sie ins Schloss fällt, schnappe ich nach Luft.

Am liebsten würde ich mich aufs Bett fallen lassen. Die körperliche, geistige und emotionale Kraft, die es kostet, ihr fernzubleiben, ist fast mehr, als ich ertragen kann.

Jahrelang habe ich mich danach gesehnt, sie zu berühren. Zu sehen, wie sie sich mir hingibt.

Verdammt. Ich will sie.

Nur für diese eine Nacht.

Ich weiß allerdings nicht, ob ich damit klarkomme. Wenn es um sie geht, bin ich gierig. Nach einer ganzen Nacht mit der Frau, die ich seit Jahren liebe, weiß ich nicht, ob ich sie gehen lassen könnte.

Könnte ich den Schmerz ertragen? Könnte ich loslassen und so tun, als wäre es nie passiert?

Aber wenn das alles ist, wenn das wirklich meine einzige Chance mit ihr ist, soll ich sie wirklich verstreichen lassen?

Verdammt noch mal.

Ich ziehe mir die Schuhe aus, die Jacke. Dann Pullover, Hemd, Gürtel, Hose, Socken, bis ich nur noch in schwarzer Unterhose dastehe und mein harter Schwanz mich anfleht, nach draußen zu gehen.

Ich bin kurz davor, alles wieder anzuziehen. Fast greife ich nach meiner Hose.

Doch dann fällt mein Blick durch das beschlagene Fenster auf Lena, und mir schlägt das Herz bis zum Hals. Ihre Silhouette wird vom Mondlicht erhellt, während sie ihr Haar hochsteckt. Mein Blick folgt der Linie ihres Halses und der Rundung ihrer Schultern, und bevor ich es mir anders überlegen kann, zieht es mich zur Hintertür.

Zu der Frau, die mein Verderben oder meine Rettung sein wird.

Das Drehen eines Knaufs, ein kühler Luftzug, das Klicken der sich schließenden Tür. Ich bewege mich wie in Trance, bis ich den dunklen Whirlpool erreiche und mich ganz auf Lena konzentriere. Sie hat den Kopf in den Nacken gelegt und die Augen geschlossen, als ich ins warme Wasser gleite und mich ihr gegenübersetze.

Das Wasser zwischen uns ist wie elektrisiert, und mein ganzer Körper steht unter Strom.

»Du bist gekommen«, sagt sie leise, ein wissendes Lächeln auf den Lippen.

Ich schlucke die letzten Zweifel hinunter. »Sieht so aus.«

Sie setzt sich auf, sodass ich die Wölbung ihrer Brüste sehen kann. »Was bedeutet das?«, fragt sie, und die kleinen Haarsträhnen um ihr Gesicht kräuseln sich von der Feuchtigkeit.

»Erst möchte ich etwas klären.« Ich verfolge einen Wassertropfen, der an ihrem Schlüsselbein hinunter zwischen ihre Brüste läuft. »Du bist nicht die Frau vor der Frau fürs Leben. Du bist alles, was ein Mann sich nur wünschen kann, Lena, und jeder sollte sich glücklich schätzen, dich lieben und für dich sorgen zu dürfen.«

»Aber du nicht?«

Das Wasser umspielt meine Schultern, als sie aufsteht und sich zwischen meine Füße stellt. Sie neigt den Kopf, und es kostet mich einige Mühe, ihren Blick zu erwidern, statt nach unten zu sehen.

»Ich nicht.« Die Worte versetzen mir einen Stich. »Aber nicht, weil ich nicht *will*.« Endlich gestatte ich mir, nach unten zu blicken und mir blitzschnell jedes Detail einzuprägen. Als ich den Blick wieder hebe, sehe ich eine tiefe

Falte zwischen ihren Augenbrauen. »Ich kann nicht, Lena. Sosehr ich es auch möchte, ich kann es mir mit der einzigen Familie, die ich je hatte, nicht verderben.« Ich schüttle den Kopf. »Du bist so jung, so voller Leben, und ich bin nur ein kaputtes Arschloch.«

Ich zähle all die Gründe auf, nur um sie dann für eine Nacht zu ignorieren. Aber ich muss sie trotzdem laut aussprechen, damit ich sie nicht vergesse.

Sie beugt sich vor, greift unter Wasser nach meinen Händen und legt sie an die sanften Rundungen ihrer Hüften.

In dem Versuch, ein Lächeln zu unterdrücken, neigt sie den Kopf. »Du hast gesagt, du hast es nie geschafft, mich ganz aus dem Kopf zu bekommen.« Sie macht einen kleinen Schritt nach vorn, sodass ihre Oberschenkel meine Knie berühren. »Vielleicht brauchen wir diese Nacht, um es aus dem Kopf zu bekommen. Und morgen geht das Leben weiter.«

Sie fährt sich mit der Zunge über die Lippen, hinterlässt einen perfekten Glanz. Unter Wasser drücke ich die Finger sanft in ihr Fleisch und versuche, mir einzuprägen, wie es sich anfühlt.

Ich bin klug genug, um zu wissen, dass dieser Plan nicht funktionieren wird. Es ist absurd, zu glauben, dass ich aufhören könnte, sie zu wollen. Meine Sehnsucht nach Lena ist mir so sehr in Fleisch und Blut übergegangen, dass sie einfach Teil von mir geworden ist.

Gavin. Architekt. Pflegekind. Introvertiert. Verliebt in Lena. Überzeugt, dass sie etwas Besseres verdient.

Das sind die Tatsachen. Man kann sich ihrer nicht entziehen.

Sie hat sich so tief in mein Herz und meine Seele eingegraben, dass es kein Entrinnen gibt. Niemals.

Aber wenn wenigstens *sie* mich dann aus dem Kopf bekommt, wird es mir leichter fallen, mich damit abzufinden. Vielleicht lässt die magnetische Anziehung nach, wenn sie aufhört, mit mir zu flirten.

Dann kann sie nach Wilhelmina zurückkehren. Zurück zu ihren Freunden, ihrer Arbeit und ihrem erfüllten Leben.

Und ich kann hierbleiben und in der Qual ertrinken, sie für eine Nacht besessen zu haben, nur um sie dann für immer zu verlieren.

21. Kapitel

Lena

Gavin sieht aus, als wäre er am Verhungern und ich hätte gerade ein Büfett mit seinen Lieblingsspeisen vor ihm aufgebaut.

Er ist kurz davor, zuzulangen.

Aber noch hadert er, und ich muss die negativen Gedanken in seinem Kopf zum Schweigen bringen.

Denn ich will diese eine Nacht mit ihm. Ich will mich einfach fallen und von ihm auffangen lassen.

Tief in mir weiß ich, dass ich mich von dieser Nacht nie wieder erholen werde. Es ist utopisch, ihn jemals aus dem Kopf zu bekommen, trotzdem wünsche ich mir nichts sehnlicher, als mich ihm endlich hinzugeben.

Also gebe ich ihm den Schubs, den wir beide brauchen.

Seine Augen funkeln wie ein Feuerwerk, als ich mich rittlings auf seinen Schoß setze. Zu wissen, dass uns nur der dünne Stoff unserer Unterwäsche trennt, treibt meinen Puls in die Höhe.

Am liebsten würde ich mich ohne Umschweife an ihm reiben, aber er sieht aus, als bräuchte er kleine Schritte.

»Lena«, haucht er wie ein Gebet, den Blick auf die nackte Haut über meinem BH geheftet.

Mit den Fingernägeln fahre ich durch das Haar hinter seinen Ohren und neige seinen Kopf zurück, bis er mich ansieht. »Wollen wir uns heute Nacht gegenseitig verwöhnen?«

Sein Griff um meine Hüften wird fester. »Fuck«, murmelt er und lässt den Kopf an meine Schulter sinken. Sein heißer Atem streift mein Schlüsselbein.

Ich lache leise. »Ja, genau.«

Er zieht mich näher, seine Lippen streifen meinen Hals. »Okay«, seufzt er, und mein Herzschlag dröhnt mir in den Ohren. »Keine Sorge. Ich kümmere mich um dich.«

Natürlich weiß ich, was er damit meint, aber mein Herz hört, was es hören will.

Er wird sich um mich kümmern. Für immer.

Mein Körper kribbelt erwartungsvoll, als er mit den Fingerspitzen über meine Rippen streicht. Er hebt den Kopf und drückt sanfte Küsse auf meine Mundwinkel, seine Lippen wie Samt.

»Nur heute Nacht«, flüstert er an meinem Mund. Zärtlich zupft er mit den Zähnen an meiner Unterlippe. »Eine Nacht mit *meiner Lena*.«

Mir läuft ein wohliger Schauer über den Rücken.

Ich bemühe mich, geduldig zu sein und ihn das Tempo bestimmen zu überlassen, doch dann gleitet seine Zunge zwischen meine Lippen.

Und Trägheit ist das Letzte, was ich will. Ich sehne mich nach Leidenschaft.

Gierig öffnet sich mein Mund, und ich stöhne, als ich die Schokoplätzchen schmecke, die er sich auf der Weihnachtsfeier heimlich gegönnt hat. Mit einem Ruck presse ich die Hüften an ihn und spüre, wie hart er ist.

Ja, genau das brauche ich.

Ich lächle ihn an und tue es wieder. Er packt meine Oberschenkel, seine Hände zittern.

»Kleine Plage«, haucht er, und es klingt wie eine Auszeichnung.

Sobald er mich küsst, senken sich flatternd meine Lider, und ich grabe meine Fingernägel in seine Schultern, als wollte ich mich an ihm festklammern. Dieser Kuss ist vernichtend und verzweifelt, und als ich die Hüfte noch fester an ihn drücke, stöhnt er und schiebt mich zurück.

»Lena, Baby.« Er lässt die Stirn an meine sinken und haucht heißen Atem auf meine Lippen. »Langsam. Ich will mir Zeit nehmen mit dir.«

Er hebt den Kopf, und endlich sehe ich einen Gavin, der kurz davor ist, die Kontrolle zu verlieren.

Geschwollene Lippen, schwere Lider, rote Wangen.

Das ist bisher meine Lieblingsversion von ihm.

»Langsam. Okay«, seufze ich, dann stehe ich auf, setze mich ihm gegenüber und klimpere unschuldig mit den Wimpern. »Wozu hast du Lust? Stadt, Land, Fluss? Mau-Mau?«

Er lacht auf, tief und verrucht, und das bereitet mir eine derart unbändige Freude, dass ich einen weiteren Job auf die Liste setze.

10. Immer wieder neue Wege finden, Gavin zum Lachen zu bringen.

»Nein, nichts davon.« Sein Lachen wird zu einem süffisanten Grinsen, während sein Blick über mein Gesicht zu meinen Schultern wandert. »Setz dich für mich auf den Rand. Lass dich ansehen.«

Sein tiefer, gebieterischer Ton jagt mir eine Gänsehaut über die Arme.

Mein Körper gehorcht sofort.

Als ich mich aus dem Wasser stemme, spüre ich die feste Holzfläche unter mir, in die der Whirlpool eingelassen ist. Die kalten Latten beißen in mein nacktes Fleisch, aber das lässt sich leicht ignorieren, denn mein Körper strahlt überall Wärme aus.

Und Gavins dunkler Blick ist brennend heiß.

»Das ist perfekt, Baby«, sagt er und verschlingt jeden Zentimeter meiner Haut. Die Hitze seines Verlangens zieht eine glühende Spur vom Schlüsselbein über meinen Bauch.

Als sein Blick meine Hüfte erreicht, runzelt er die Stirn, und mir läuft ein Schauer über den Rücken.

Er rückt näher und legt eine weiche Hand an meine Seite. »Was ist das?«

Mein Herz klopft wie wild, als ich mich auf die Hände stütze und er mit dem Daumen über das Tattoo auf meinem Hüftknochen streicht.

»Ein Tiger«, flüstere ich und beobachte, wie sich seine Lippen öffnen, als er nach Luft schnappt.

»Ein Tiger*baby*«, korrigiert er und fährt mit den Fingerspitzen darüber.

Ich nicke bei der Erinnerung an das Tattoostudio. Millie hält meine Hand und versucht, mich vom Schmerz abzulenken, indem sie mich zum Lachen bringt.

Gavin beugt sich vor, die Handflächen auf den Brettern neben meinen Oberschenkeln, und als er den winzigen Tiger sanft und voller Ehrfurcht küsst, stockt mir der Atem. »Wild.« Noch ein Kuss, diesmal etwas tiefer. »Und sanft.«

Und in diesem Augenblick wird mir mit Schrecken bewusst: Es wird nie wieder jemanden wie Gavin geben.

Egal, wie viele Jahre ich suche, in Gedanken werde ich jeden neuen Menschen in meinem Leben mit ihm vergleichen, und ich weiß jetzt schon, dass ihm keiner das Wasser reichen kann.

Er weicht zurück, dreht sich zur Seite und präsentiert seine kunstvollen Tätowierungen. Blumen, Ranken, Federn, Mond und Sterne. Dann hebt er den Arm, und unter seiner Brust sitzt ein …

Meine Welt gerät aus den Fugen, als ich begreife.

Ich *kenne* diese Zeichnung.

Ein Fuchs starrt mich mit seinen wachsamen, klugen Augen an, für die ich ewig gebraucht habe. Stunden habe ich damit verbracht, jedes einzelne Haar seines Fells zu zeichnen, und genauso präzise ist auch das Tattoo gestochen.

Mit brennenden Augen beuge ich mich vor und streiche mit den Fingern über den Fuchs. »So sehr magst du meine Kunst?« Ich lege eine Handfläche darüber, doch sie reicht nicht aus, um es ganz zu bedecken.

Als ich aufschaue, treffen sich unsere Blicke. »Ich *liebe* deine Kunst«, sagt Gavin, und mein Herz singt.

Ohne etwas von dem Chor in meiner Brust zu ahnen, fährt er fort. »Aber das hier habe ich mir stechen lassen, weil du es für mich gemacht hast. Hättest du mir eine Spinne gezeichnet, hätte ich mir die tätowiert.«

Stolz breitet sich in meiner Brust aus wie eine Blüte im Sonnenschein.

Er setzt sich wieder auf die Bank gegenüber und lässt den Blick über meinen Körper wandern, während er die Arme über den Rand des Whirlpools legt. Die Tätowierungen auf seinen breiten Schultern und Armen bewegen sich mit, Wassertropfen rinnen über seinen Hals und seine Brust.

»Spreiz die Beine, Lena.« Sein Blick ist auf meine Knie gerichtet und so intensiv, dass mir Hitze durch den Körper schießt.

Ich beiße mir auf die Unterlippe und spreize meine Knie einen Zentimeter, nur um mit ihm zu spielen.

Wie erwartet starrt er mich finster an, und ich spüre seine schwindende Selbstbeherrschung. »Weiter«, presst er zwischen zusammengebissenen Zähnen hervor.

Ich gewähre ihm noch ein paar Zentimeter und lasse ihn einen kurzen Blick auf die schwarze Spitze zwischen meinen Schenkeln erhaschen.

Ihm entgleitet ein leises Stöhnen. »Spreiz die Beine. Ich frag nicht noch mal.«

Ich beobachte jedes Zucken seines Kiefers und schiebe die Beine auseinander, bis meine Knie den Rand des Whirlpools berühren.

»Braves Mädchen.«

Braves Mädchen.

Mein Herz schmilzt bei seinen Worten.

Ich senke den Blick und versuche, mir vorzustellen, wie ich für ihn aussehe, zurückgelehnt, die Beine weit gespreizt, die harten Nippel durch den schwarzen Spitzen-BH sichtbar.

Er atmet stoßweise, die Arme über den Rand des Whirlpools ausgebreitet wie ein König, während er mich lüstern betrachtet. Er braucht mich nur so anzusehen, und schon pocht mein ganzer Körper vor Erregung.

Neue Jobidee:

11. Das. Nur das.

»Hast du dich danach gesehnt? Nach mir?«, fragt er, und ich kann nur nicken. »Ich auch. Zieh deinen BH aus.«

»Bossy«, murmele ich und greife hinter mich, um den Verschluss zu öffnen. Die Träger gleiten von meinen Schultern, doch ich bedecke mich mit einem Arm, während ich den Stoff hinter mich fallen lasse.

Er lacht unheilvoll. »Ich glaube, du magst es, wenn man dir sagt, was du tun sollst.« Dass ich mir ein Grinsen verkneife, versteht er als Bestätigung. »Nimm den Arm weg, Lena. Ich will sehen, was ich verpasst habe.«

Als ich mich entblöße, heben und senken sich seine Schultern in unregelmäßigen Atemzügen. Die kalte Luft trifft auf meine Nippel, und meine Brüste werden unerträglich schwer, während sein hungriger Blick über sie streift.

»Du bist wunderschön, Baby. Noch perfekter als in meiner Fantasie.«

Er beugt sich vor, um besser sehen zu können, und ich sonne mich in seinen Komplimenten. Jahrelang habe ich mir seine ungeteilte Aufmerksamkeit gewünscht, und sie endlich zu bekommen, macht etwas mit mir.

»Du hast es dir vorgestellt?«, frage ich, während ich meine Finger über meine kalten, steifen Brustwarzen kreisen lasse.

Ihm stockt der Atem. »Verdammt, ja, das hab ich.« Ich seufze, und seine Selbstbeherrschung bröckelt weiter. »Zieh deinen String zur Seite, Lena.«

Ich schlucke meine Nervosität runter und lasse eine Hand über meinen Bauch gleiten, bis sie den Stoff berührt. Ich kann nicht widerstehen, mit den Fingern durch die Spitze über meine Klit zu streichen, woraufhin mir ein leises Stöhnen entweicht.

Seine Augen blitzen auf, und ein verruchtes Lächeln umspielt seine Lippen. »Nicht anfassen, kleine Plage.«

Mein Stöhnen klingt wie ein Wimmern, als ich gehorche und meinen Tanga beiseiteschiebe.

Es wird belohnt, denn er wird ganz still und verschlingt mich mit seinem gierigen Blick. In der Mitte des Whirlpools geht er auf die Knie, um alles ganz genau zu sehen, und ich spreize die Beine instinktiv noch weiter.

Mit der Zunge fährt er sich über die Lippen, den Blick zwischen meine Schenkel geheftet. »Steck einen Finger rein. Sag mir, wie feucht du bist.«

Ich lache auf. »Ich muss mich nicht anfassen, um zu wissen, dass ich triefe.«

Seine Zähne graben sich in seine Unterlippe, während sein Blick zu meinem wandert. »Tu es trotzdem. Ich will sehen, wie dein Finger in dieser hübschen Pussy verschwindet und glänzend wieder rauskommt.«

Mit wild hämmerndem Herzen tue ich, wie mir geheißen, und Gavin verschlingt die Bewegung mit seinem Blick.

»Das reicht dir nicht, oder?«, fragt er grinsend. »Mein Mädchen braucht mehr. Nimm noch einen Finger dazu.«

Diesmal sehe ich zu, wie zwei Finger in mir verschwinden. Schon besser, aber immer noch nicht das, wonach ich mich sehne. Stöhnend ziehe ich die Finger wieder raus und streiche über meine Klit.

Doch Gavin packt mein Handgelenk und führt meine Finger an seine Lippen.

Ohne den Blickkontakt zu unterbrechen, steckt er sie in den Mund und leckt sie ab. Stöhnend schließt er die Augen, während er fest daran saugt. Als seine heiße Zunge zwischen meine Finger gleitet, zieht sich mein Unterleib zusammen. Dann lässt er sie mit einem Plopp wieder herausgleiten.

»Ich wusste es. Du schmeckst himmlisch.«

Ein dünner Lufthauch entweicht meinen geöffneten Lippen, und als ich versuche, einzuatmen, ist kein Sauerstoff da.

Er lässt meine Hand los, rückt ein paar Zentimeter näher an mich heran und drückt meine Beine mit den Handflächen noch weiter auseinander. Sein Blick huscht kurz zu meinem Gesicht, bevor er einen Kuss auf die Innenseite meines Oberschenkels drückt, in der Nähe des Knies. Keine besonders erogene Zone, aber wie ich in unserer ersten Nacht im Whirlpool gelernt habe, ist jeder Teil meines Körpers empfindlich, wenn *er* mich berührt.

Als Gavin die Lippen erneut auf dieselbe Stelle presst, unsere Blicke ineinander versunken, frage ich mich, ob schon einmal jemand durch einen Kniekuss zum Orgasmus gekommen ist. Könnte durchaus möglich sein.

Mit der Zunge fährt er ein paar Zentimeter an meinem Oberschenkel hinauf, bevor er die Haut zwischen seine Lippen saugt, und ich wimmere leise, will den Kopf nach hinten werfen und gleichzeitig nichts verpassen. Es fühlt sich an, als bestünde eine direkte Verbindung zu meiner Klit, und mein ganzer Körper kribbelt.

Als er fester saugt, krallen sich meine Fingernägel in die Holzbretter. Ich spüre, wie seine Zunge über die empfindliche Haut fährt, verspüre den Impuls, meine Schenkel zu schließen, doch er hält leise stöhnend meine Beine fest.

»*O mein Gott*«, keuche ich verzweifelt.

Schließlich lässt er von meinem Oberschenkel ab und streicht sanft mit dem Daumen über die Stelle, an der er gesaugt hat. Dann drückt er einen zärtlichen Kuss darauf, und ich zerfließe.

Hier liegt Lena Santos, unerwartet dahingeschmolzen.

Zwischen meinen Schenkeln blickt er zu mir auf, die Miene ernst. »Ich muss wissen, ob du weitermachen willst. Du kannst es dir jederzeit anders überlegen.«

»Ja … ja. Bitte mach weiter.«

Der Hauch eines Lächelns huscht über seine Lippen. »Bist du dir sicher?«

»Absolut.«

Er steht auf, eine Hand auf jedem meiner Knie, und sieht mich an. »Ich weiß nicht mal, wo ich anfangen soll.«

»Irgendwo«, flehe ich und winde mich unter seinem Blick.

Er legt den Kopf schief und grinst. »Willst du, nachdem du mich tagelang gequält hast, nachdem du *jahrelang* schamlos mit mir geflirtet, mich provoziert hast, etwa sagen, dass ich mich *beeilen* soll?« Er lacht unheilvoll. »Keine Chance. Ich lasse mir verdammt noch mal Zeit mit dir. Ich werde jede Sekunde auskosten.«

»Für mich war es auch Folter.« Ich straffe die Schultern, und er verfolgt, wie sich meine Brüste bewegen. »Ich verliere noch den Verstand. Seit Tagen kann ich mich nicht anfassen, weil es demütigend ist, von dir zu fantasieren, während du im selben Haus bist.«

Sein Griff um meine Knie lockert sich, und er beugt sich mit einer geradezu raubtierhaften Intensität vor. »Zeig es mir.«

»Was soll ich dir zeigen?«

»Zeig mir, was du tust, wenn du an mich denkst.« Sein Blick wandert meinen Körper hinunter, während er sich auf die Unterlippe beißt. »Ich will, dass du meinen Namen flüsterst wie ein Geheimnis. So wie ich deinen seit Tagen in einem Haus voller Menschen flüstere, damit niemand weiß, was ich in Gedanken mit dir anstelle.« Er schüttelt den Kopf. »Dann möchte ich, dass du meinen Namen stöhnst, so wie ich deinen jedes Mal stöhne, wenn ich meinen Schwanz anfasse, obwohl ich mich dafür hasse.«

Mir stockt der Atem.

»Und dann will ich, dass du meinen Namen schreist, weil ich *endlich* deinen schreien kann.«

Ein hilfloses Stöhnen entweicht meiner Kehle, als meine Fantasie mit mir durchgeht.

Ich sehe ihn vor mir, eine Handfläche an die Duschwand gepresst, Bauchmuskeln fest angespannt. Die Muskeln in seinen Armen pumpen, während er sich anfasst und meinen Namen flüstert. Wie ein Geheimnis.

»Zeig's mir, kleine Plage.«

Meine Gliedmaßen sind schwer, als ich die Hände hebe, an meinen Nippeln zupfe und es warm zwischen meine Beine schießt. Sein Blick bleibt an meinen Bewegungen hängen, während ich meine Brüste knete.

Dann beobachtet er, wie ich die Hände zwischen meine Beine gleiten lasse, meine Haut feucht vor Erregung, als ich mich berühre.

Eigentlich will ich mich gar nicht selbst befriedigen. Ich will, dass *er* mich zum Orgasmus bringt. Ich will sehen, wie er bricht, wie er all seine Zurückhaltung über Bord wirft.

Ganz langsam führe ich einen Finger in mich ein und bewege die Hüften.

»Gavin«, stöhne ich leise, und das entlockt ihm einen kleinen Laut, während er sich die Unterlippe zwischen die Zähne klemmt.

Ich nehme einen zweiten Finger dazu, stöhne seinen Namen etwas lauter und schließe die Augen. Seine Hände gleiten an meinen Schenkeln hinauf, spreizen sie.

»Sieh mich an, Baby. Ich will dir in die Augen sehen, wenn du für mich kommst.« Ich zwinge mich, sie zu öffnen, und er belohnt mich mit einem weiteren Kuss auf die Innenseite meines Knies. »Braves Mädchen. Jetzt berühre deine Klit«, befiehlt er, und ich gehorche. Eine Spirale der Lust wirbelt durch meinen Bauch. »Das machst du perfekt.«

Meine Nervenenden kribbeln, als er mit den Fingern über meine Brustwarze streicht, so wie er sich sonst über die Lippen streicht, wenn er nachdenkt.

»Weißt du, wie oft ich mir dich so vorgestellt habe?«

»Nein«, stöhne ich, und beim Klang seiner Stimme durchströmt Wärme meine Glieder.

»*Ständig*. Aber keine meiner Fantasien reicht an die Realität heran, Lena.«

Pure Lust schießt mir den Rücken hinauf und hinunter bis in die Zehen. Kurz flackert der Gedanke auf, dass ich vielleicht langsamer machen sollte, damit ich nicht sofort komme, aber er verflüchtigt sich gleich wieder.

Ich brauche mehr. Mehr Druck, mehr Hände, mehr Lippen. Mehr Gavin.

Er zwirbelt meinen Nippel zwischen seinen Fingern, und ich stöhne seinen Namen in die Nacht. Die Kälte spüre ich nicht, denn Flammen lodern über jeden Zentimeter meiner Haut.

»Härter, Baby. Zeig mir, wie sehr du mich willst.«

Meine Finger bewegen sich mit Präzision über meine Klit. Mit den geübten Bewegungen von jemandem, der das schon hundertmal gemacht hat, mit Gavins imaginärer Stimme im Ohr.

»Du bist perfekt, Lena«, ruft er. »Fick deine Finger und sag meinen Namen.«

Mein Atem geht immer schneller, während sich in meiner Wirbelsäule ein wabernder Druck aufbaut, der sich bis in meine Gliedmaßen ausbreitet.

Als ich seinen Namen rufe, greift Gavin nach meiner Kehle und zieht mich mit sanftem Druck zu sich heran. Er presst seine Lippen auf meine, taucht seine Zunge dazwischen, während die Ekstase in jeden Knochen meines Körpers fährt.

Er küsst mich, als ginge es um Leben und Tod. Ein leises Stöhnen entweicht meiner Kehle, während ich um meine Finger pulsiere. Als die letzten Zuckungen meinen Körper schütteln, löst er den Kuss und legt seine Stirn an meine. Sein warmer Atem streicht über meine Lippen. »Lena, Baby. Du bist wunderschön, weißt du das?«

Er legt die Hände an meine Wangen und küsst mich erneut, während ich atemlos in seinen Mund hineinlache. Ich entspanne mich in seiner Umarmung, bin schlaff wie eine Stoffpuppe, als er mich hochhebt und meine Beine um seine Taille schlingt. Ich lasse den Kopf an seinen Hals sinken, und seine starken Arme halten mich, während er in der Mitte des Whirlpools steht und mich einatmet.

Als wollte er mich nie mehr loslassen.

Auch wenn es nur für diese Nacht ist.

22. Kapitel

Lena

»Nicht umdrehen«, brummt Gavin, als ich meinen Tanga abstreife.

»Warum?« Ich sehe über die Schulter und versuche, einen Blick auf die Beule in seinen Boxershorts zu erhaschen.

»Weil ich dich, wenn du mich weiter so ansiehst«, er legt eine Hand an meinen Kopf, um mich zum Wasserstrahl zu drehen, »gleich hier in der Dusche ficke.«

Warmes Wasser rinnt meinen Körper hinunter, als ich unter den Strahl trete. »Ich verstehe das Problem nicht«, sage ich.

Der Duschvorhang raschelt, als Gavin sich hinter mich stellt. Sein harter Schwanz stößt gegen meinen Hintern, als er mir einen sanften Kuss auf den Nacken drückt. »Ich hab noch so viel mit dir vor, gib mir ein bisschen Zeit.«

Ich wölbe den Rücken, und trotz der Ereignisse im Whirlpool vor wenigen Augenblicken durchströmt mich neues Verlangen.

»Jawohl, Sir«, antworte ich kokett, und er gibt mir einen Klaps auf den Hintern.

»Genau, du kleine Plage.« Er hält die Shampoo-Flasche vor mich und füllt sich langsam etwas in die Hand. »Wie viel brauche ich?«

»Das reicht«, sage ich.

Mit einem Klicken schließt er den Deckel, dann stellt er die Flasche ab und greift in mein Haar. Das Gefühl seiner Finger auf meiner Kopfhaut, während er mir die Locken einschäumt, jagt mir einen Schauer über den Rücken. Genüsslich schließe ich die Augen, und ein leises Stöhnen entweicht meinen Lippen. Er geht gefühlvoller vor als jeder Friseur.

Dann beugt er sich an mein Ohr und flüstert: »Lass die Augen geschlossen und dreh dich um.«

Kaum habe ich mich ihm zugewandt, zieht er meinen Kopf an den Haaren leicht nach hinten, um sie auszuspülen.

»Das kannst du gut«, flüstere ich. »Stehen viele Frauen auf deiner Liste, denen du die Haare wäschst?«

»So viele wie auf meiner Tanzkarte«, murmelt er und fährt mit den Fingern durch meine Locken.

»Also bin ich die Einzige?«

Er schweigt lange, während er mir sorgfältig die Haare ausspült. Ich will schon fast die Augen öffnen, um sein Gesicht zu sehen, da kitzelt seine Stimme meine Haut. »Du bist die Einzige, Lena.«

Ein Anflug von Besitzgier erfasst mein Herz.

Er gehört mir.

Aber ich beiße mir auf die Zunge und sage stattdessen: »Tja, du machst das ziemlich gut. Für einen alten Mann.« Ich strahle ihn an, lasse die Augen aber geschlossen.

»Alter Mann, hm?« Er greift in mein Haar und küsst mich auf die Wange.

»Praktisch ein Dinosaurier.« Blinzelnd öffne ich ein Auge und sehe, wie sich seine Lippen zu einem vernichtenden Grinsen verziehen.

»Du kleine Plage«, knurrt er und zieht meinen Kopf an den nassen Haaren zurück. Die Lippen an meinem Ohr, sagt er: »Ich bin vielleicht zehn Jahre älter, aber ich kann dich so hart kommen lassen, dass du deinen eigenen Namen vergisst. Also provozier mich lieber nicht.«

Schmetterlinge flattern in meinem Bauch. »Aber ich liebe es, dich zu provozieren.« Ich drücke einen Finger in seine Bauchmuskeln. »Deine Knöpfe drücken und sehen, was passiert. Das ist mein Lieblingsspiel.«

Er lacht, und sein warmer Atem streift mein Gesicht. »Oh, ich weiß. Und ich kann es kaum erwarten, dich heute Nacht dafür zu bestrafen.«

Während er mir Spülung ins Haar massiert, stelle ich mir vor, was es bedeuten könnte, von ihm bestraft zu werden. Und jedes Mal, wenn er meine Haut streift, pulsiert das Blut in meinen Adern schneller.

Nachdem er meine Haare ausgespült hat, flüstert er: »Öffne deine Augen. Lass sie mich sehen.«

Als ich in seine whiskeybraunen Iriden blicke, sieht er mich an, als wäre ich das Einzige, was auf dieser Welt zählt. Als würde er alles niederbrennen, wenn ich ihn darum bitte.

Seine Lippen sind seidenweich, als er meine feuchten Wangen küsst. »Das ist meine Lieblingsfarbe.«

Ich lache ungläubig. »Deine Lieblingsfarbe ist Schwarz.«

Er sieht mich an, als würde er tief in meine Seele blicken, und flüstert: »Meine Lieblingsfarbe ist das warme Karamellbraun deiner Augen.« Seine Daumen gleiten über meine Wangenknochen, und in meinem Hals formt sich ein Kloß. »Ich geh schon mal raus. Dusch weiter, solange du willst.«

Als er fort ist, pocht mein Herz in der Brust, als wollte es mir aus den Rippen springen und ihm folgen.

Wie ist es möglich, dass er gleichzeitig so heiß und so zärtlich sein kann? Während das Wasser auf meinen nackten Körper prasselt, frage ich mich, ob ich nach einer Nacht mit ihm noch dieselbe sein werde.

Als ich ein paar Minuten später in ein Handtuch gehüllt aus dem Bad komme, finde ich Gavin auf dem Bettrand, die Ellbogen auf die Knie gestützt, das Gesicht in den Händen. Ein Feuer knistert im Kamin, während er dasitzt, als trüge er die Last der Welt auf seinen Schultern.

Ich weiß nicht, was sich in den letzten Minuten verändert hat, aber er sieht plötzlich aus, als wären ihm Zweifel gekommen.

Ich trete vor ihn und fahre ihm durchs Haar. »Was ist los?«

Sorgenfalten verunzieren sein hübsches Gesicht, als er mich ansieht. »Machen wir einen Fehler?«

Ich fasse ihn am Kinn, damit er den Blick nicht abwenden kann. »Es gibt keinen Grund, ein schlechtes Gewissen zu haben. Wir sind zwei Erwachsene, die eine einvernehmliche Entscheidung treffen.« Als ich die Worte laut ausspreche, klingen sie in meinen Ohren noch wahrer. »Ich glaube nicht, dass es ein Fehler ist, und ich irre mich nie.« Ich zucke die Schultern.

Gavin packt meine Hüften, zieht mich zwischen seine Schenkel und drückt seine Stirn auf meinen Bauch. Eine berauschende Mischung aus Lust und Nervosität durchströmt meine Adern, während ich mit den Händen durch sein feuchtes Haar fahre.

Gott, was, wenn er es sich anders überlegt? Was, wenn er nach diesem winzigen Vorgeschmack einen Rückzieher macht?

»Du hast dich geirrt, als ich um einen Schlitzschraubenzieher gebeten habe und du mir einen Schraubenschlüssel gebracht hast«, murmelt er an meinem Bauch.

»Das war ein einziges Mal.«

»Du hast dich auch bei den Regeln der Siedler von Catan geirrt, als du mir das Spiel beigebracht hast.« Er hebt den Kopf und lächelt mich an. Das Leuchten in seinen Augen ist wieder da, und ich atme erleichtert auf.

Ich schubse ihn sanft, und er lässt sich mit übertriebener Geste zurück aufs Bett fallen. Sein Anblick ist zu verlockend, um zu widerstehen. »Dann habe ich mich eben zweimal geirrt. Das ist immer noch eine ziemlich gute Bilanz.« Ich setze mich rittlings auf ihn und genieße es, ihn zwischen meinen Beinen zu spüren.

Er hält die Hände vors Gesicht und stöhnt: »Auggie ist mein bester Freund. Wie soll ich ihm gegenübertreten, nachdem ich mit seiner Schwester geschlafen habe?«

Ich nehme seine Hände und platziere sie auf meinen Oberschenkeln. »Oh, wir werden also miteinander schlafen?« Ich wackle mit den Augenbrauen, und er wirft mir einen vielsagenden, sexy Blick zu. »Es ist eine Nacht, Gav. Eine Nacht, um einen Haken dahinter zu machen.« Ich löse das Handtuch unter meiner Achsel und lasse es fallen. »Eine Nacht, in der wir tun und lassen können, wozu wir Lust haben, ohne auf irgendjemanden Rücksicht zu nehmen.

Diese Nacht gehört nur dir«, ich werfe das Handtuch auf den Boden, »und mir.«

Seine Brust hebt sich, als er tief Luft holt, und sein Griff um meine Beine wird fester. Ich beobachte, wie sein Blick über meine Schultern, meine Brüste und meinen Bauch gleitet, bis er auf dem kleinen Tiger landet, der sich auf meiner Hüfte zusammengerollt hat. Wärme strahlt von seiner Berührung aus, als er ehrfürchtig mit den Fingern darüberstreicht.

»Ich komm nicht drüber weg, dass wir beide dasselbe getan haben«, flüstert er.

Ich berühre seinen Fuchs und spüre seinen Herzschlag unter meiner Hand. »Ich auch nicht.«

Die Bedeutung ist größer, als ich erfassen kann. Es fühlt sich an wie Schicksal.

Er schluckt schwer, während er meinen Blick erwidert. »Ich habe so lange von dir geträumt.«

»Und ich von dir«, gestehe ich.

Mit einer flinken Bewegung dreht er uns um, sodass ich mit dem Rücken auf der weichen Decke lande. Mein Herz rast, als er sich über mich beugt und seine Hüften zwischen meine Beine presst.

Es ist ein Bild aus meinen tiefsten verbotenen Fantasien, und ich *lebe* sie.

Dunkle Strähnen fallen ihm in die Stirn, als er den Kopf schüttelt und sein Whiskeyblick über mein Gesicht streift. »Ich habe mir vorgestellt, wie du nackt unter mir liegst.« Er streicht mit der Hand über meine Hüfte. »Davon geträumt, dich zu schmecken.« Er streicht an der Innenseite meines Oberschenkels entlang. »Dich zu berühren.« Federleicht gleiten seine Knöchel über mein Schambein. »In dich einzutauchen.«

Ich stöhne auf und spreize die Knie. »Tu es. Alles.«

Er belohnt mich, indem er mit einem Finger leicht über meine Klit fährt, und ich wölbe mich ihm entgegen. »Mmm«, seufzt er, und sein Blick wandert besitzergreifend über meinen Körper. »Du bist schon so bereit für mich.«

Als sein Finger quälend langsam in mich eindringt, stöhnen wir im Einklang, und es ist das perfekteste Geräusch, das ich je gehört habe.

»Verdammt, Lena.« Er drückt mir einen Kuss aufs Schlüsselbein. »Du bist so eng.« Meine Fingernägel graben sich in seinen Bizeps, als er einen weiteren Finger hineinschiebt. »Und so feucht für mich.«

Er sagt es derart geistesabwesend, dass er wahrscheinlich keine Ahnung hat, wie wahr das ist. Dass es sich anfühlt, als wäre jede körperliche Reaktion für ihn. Nur für ihn.

Gavin beißt sich auf die Unterlippe, während er zusieht, wie seine Finger in mich hinein- und wieder herausgleiten. »So ist es gut, Baby.«

Er bewegt seine gekrümmten Finger, drückt den Daumen gegen die Klit, und ich schließe die Augen, stöhne seinen Namen.

Als ich die Hüften ruckartig zu bewegen beginne, zieht er seine Finger mit einem schiefen Grinsen zurück. Ein angestrengtes Stöhnen entweicht meiner Brust, und am liebsten würde ich ihn anschreien, aber dann legt er sich wieder hin.

»Komm her«, befiehlt er.

Mein Magen zieht sich zusammen, als ich mich auf seine Hüften setze, um die immer noch ein Handtuch geschlungen ist.

Zu meiner Überraschung packt er mich an der Taille und

zieht mich höher, bis meine Schenkel seinen Kopf umklammern.

»Setz dich auf mein Gesicht, kleine Plage. Ich will, dass du auf meiner Zunge reitest, bis du kommst.«

Mir stockt der Atem, als er meinen Hintern packt.

»Halt dich am Kopfende fest, Baby«, befiehlt er, ohne den Blickkontakt zu unterbrechen, und zieht mich auf seinen Mund.

Und als seine Zunge langsam durch mich hindurchgleitet, kralle ich meine Fingernägel in das Holz des Bettgestells, halte mich verzweifelt fest, während Gavin sein Versprechen einlöst.

23. Kapitel

Gavin

So möchte ich sterben, Lenas süßen Geschmack im Mund und ihr verzweifeltes Stöhnen in den Ohren.

Sie ist frech und vorlaut, und das liebe ich an ihr.

Aber in meinen Armen ist sie zärtlich, hemmungslos und leidenschaftlich.

Ich bin von ihr besessen. Und ich hatte recht. Eine Nacht wird niemals reichen.

Mit der Zunge spiele ich an ihrer Klit, drücke sie fest an meinen Mund. Sie murmelt unzusammenhängendes Zeug, stößt kleine spitze Schreie aus, während sie auf meinem Gesicht reitet, genau so, wie ich es mir erhofft hatte.

Mein Mädchen ist klatschnass, und ich will jeden Tropfen. Sie bäumt sich auf und keucht, als ich die Zunge in ihre enge Hitze tauche, und Gott sei Dank liege ich schon, denn ihr Anblick, ihr Geschmack, ihr Geruch würden jeden in die Knie zu zwingen.

Wenn ich jetzt sprechen könnte, würde ich sie dafür loben, dass sie zugehört hat und genau tut, was ich gesagt habe. Sie macht das verdammt gut.

Sie lässt das Kopfteil los, greift in meine Haare, und das Prickeln breitet sich von meiner Kopfhaut in den ganzen Körper aus. Ehrlich, ich kann nicht glauben, dass ich so lange durchgehalten habe, ohne mich anzufassen. Seit ihr Kleid zu Boden gefallen ist, bin ich so hart, dass es fast wehtut, und es wird mit jeder Sekunde schlimmer.

»Ja, Gavin. O Gott, ja«, schreit sie, als ich meine Zunge in sie schiebe und sie zu pulsieren beginnt.

Ich drücke sie fest an meinem Mund, während ich ihre Klit zwischen die Lippen sauge. Ihr Körper zuckt, als sie kommt, ihre Schenkel an meinem Kopf zittern. Es klingt so schön, als sie auf dem Höhepunkt ihrer Lust meinen Namen singt, dass ich sie belohnen will.

Ich lecke weiter und stöhne, weil sie so gut schmeckt, ziehe jedes Quäntchen ihres Orgasmus hinaus, bis sie mit einem tiefen Seufzer neben mir aufs Bett sinkt, ihr Körper schlaff, während ihre Brust sich hebt und senkt.

Gott, ich will diese Titten ficken.

Eine Nacht, Gavin. Du kannst unmöglich alles, was du dir vorstellst, in einer einzigen Nacht schaffen.

Lena hebt eine Hand und fährt mit dem Daumen über meinen Mund. »Deine Lippen sind geschwollen.«

Grinsend werfe ich einen Blick zwischen ihre Beine. »Deine auch.«

»Gavin Moore«, schimpft sie und unterdrückt ein Lachen. Sie greift nach dem Handtuch um meine Taille und entblößt meinen Schwanz. »Das hast du *nicht* …« Doch als ihr Blick auf mein bestes Stück fällt, schluckt sie und verstummt. »Verdammt.«

Ich beuge mich zu ihr hinunter, lache leise an ihrem Hals

und drücke einen Kuss auf ihren schnellen Puls. Als sie mich umfasst, sauge ich scharf die Luft ein und richte mich etwas auf, um ihre zarten Finger dabei zu beobachten.

Heilige Scheiße.

Ein wohliger Schauer durchfährt meinen Körper, als sie mit der Hand nach oben gleitet und mit dem Daumen über den Lusttropfen streicht, der sich an der Spitze sammelt.

»*Fuck*. Lena. Oh, das ist perfekt, Baby.«

Ihr Blick wandert zwischen meinem Gesicht und ihrer Hand hin und her, bis ich mich nicht mehr zurückhalten kann und meinen Mund auf ihren presse. Sie stöhnt in den Kuss, unsere Zungen verschmelzen, und es reicht fast aus, um auf ihrem Bauch zu kommen.

»Fick mich. Jetzt sofort«, fordert sie und lässt meinen Schwanz los, um meine Hüften zu packen. Sie schlingt die Beine um mich, während ich ihre Stirn, ihre Wange, ihren Hals küsse.

»Ich muss ein Kondom aus meiner Brieftasche holen«, sage ich und lecke über ihren Nippel.

»Ich hab eins in meiner Handtasche«, sagt sie wie benommen.

»Allzeit bereit, was?«

»Eine Dame kann nie gut genug vorbereitet sein«, neckt sie mich. »Aber …« Ihr versagt die Stimme, als ich eine Hand auf ihr Tigertattoo lege.

»Wir müssen nicht weitermachen, Lena. Wenn das alles ist, war es mehr, als ich mir je erträumt habe.«

Sie erwidert meinen Blick, ihre Augen ganz klar. »Ich will weitermachen. Aber ich will kein Kondom. Ich will dich spüren.« Ihre Lippen bewegen sich weiter, doch mein Herz pocht so laut in meinen Ohren, dass es den Klang ihrer Stimme übertönt. Als ich sie wieder hören kann, sagt sie gerade: »… Haut an Haut. Ich nehme die Pille und hab mich nach meinem letzten Partner testen lassen. Alles war negativ.«

Meine Brust wogt, als ich mich zu ihr beuge und ihr einen Kuss auf die Lippen drücke. »Ich habe seit drei Jahren mit niemandem mehr geschlafen«, gestehe ich.

Sie drückt die Schultern durch und mustert mich skeptisch, eine Falte zwischen den Augenbrauen. »Drei Jahre?«, wiederholt sie ungläubig.

Ich ziehe die Lippen zwischen die Zähne und zucke die Schultern, in der Hoffnung, dass sie nicht weiter nachfragt, warum ich schon so lange keinen Sex mehr hatte.

Denn da liegt sie, die Frau all meiner Träume, nackt und perfekt, auf die Hände gestützt, die wunderschönen Brüste entblößt, und betrachtet *mich* mit verlangendem Blick.

Wie könnte ich *je* eine andere wollen?

Ich will sie in diesem Bett ficken. Ich will, dass sie so voll von mir ist, dass sie sich an niemand anderen mehr erinnern kann, der sie je zum Orgasmus gebracht hat.

Ich will, dass es nur *mich* gibt.

»Tja, dann sorgen wir mal dafür, dass sich die drei Jahre Warten gelohnt haben«, sagt sie mit einem koketten Lächeln auf den Lippen.

Ich streiche mit dem Daumen über ihr Tattoo. »Baby, auf dich würde ich ewig warten.«

Die Worte rutschen mir raus, bevor ich sie aufhalten kann, und Lenas Lippen öffnen sich, als mein Geständnis zwischen uns schwebt.

Doch ich kann es nicht zurücknehmen, auch wenn alles in mir danach verlangt.

»Komm her«, flüstert sie, eine Hand auf meinem Unterarm, während sie sich auf die Matratze fallen lässt.

Als ich mich auf sie lege, ihre weiche Haut an meiner, löst sich die Anspannung in meinem Körper, und ich sehne mich nach diesem inneren Frieden.

Sie greift zwischen uns und legt eine Hand um meinen Schwanz. »Du bist so groß«, flüstert sie und lässt meine Eichel über ihre Klit gleiten.

Es ist zu viel. Ich bin zu aufgeladen.

Meine Finger krallen sich ins Laken, während sie sich stöhnend unter mir windet und die Bewegung wiederholt.

Ich ziehe ihren Mund an meinen und flüstere ihr ins Ohr. »Das schaffst du schon, kleine Plage. Und jetzt mach. Ich halte es nicht mehr aus.«

Ihr Atem stockt, und ich spüre die Wärme, die von innen herausstrahlt.

Pure Lust läuft mir über den Rücken und bis hinunter in die Zehenspitzen. Eine Hand an meiner Hüfte führt sie die Spitze ein. Meine ganze Konzentration ist zwischen ihre Schenkel gerichtet, als ich mich in ihr versenke. Wir sehen so verdammt perfekt aus, unsere Körper, als wären sie füreinander geschaffen.

»Mehr«, wimmert sie und wölbt mir die Hüften entgegen, sodass ich einen weiteren Zentimeter in sie eindringe, und unser Stöhnen hallt durch die Hütte.

»Das ist perfekt«, flüstere ich und gleite quälend langsam noch ein Stück tiefer. »Fuck. Du bist wie für mich gemacht, Lena.« Noch ein Stoß.

»O mein Gott. Ich bin so voll«, flüstert sie und krallt ihre Fingernägel in meinen Bizeps.

Verdammt richtig. Voll von mir.

Ich küsse sie zärtlich, während ich mit einem tiefen Stoß vollständig in sie eindringe.

Fuck. Fuck. Fuck.

Sie stöhnt in meinen Mund, als ich bis zum Anschlag in sie stoße. Ich bleibe dort, die Hüften fest an sie gepresst, und Lust pulsiert in sämtlichen Nervenenden meines Körpers.

Heiß. Eng. Feucht. Mein.

Sie seufzt an meinen Lippen, und ich sauge ihre kleinen Laute in mich auf.

»Du fühlst dich so gut an«, flüstert sie, während sie sich unter mir windet und mit den Fingernägeln über meine Kopfhaut fährt.

Ich lehne mich so weit zurück, dass ich sehen kann, wie mein Schwanz aus ihr herausgleitet, glänzend im schwachen Licht, und dann wieder in ihr verschwindet. »Sieh uns an, Lena. Wie perfekt wir zusammenpassen.«

Sie stützt sich auf die Ellbogen, um zuzusehen, wie ich ihn bis zur Spitze herausziehe und dann wieder bis zum Anschlag hineinschiebe. »Gavin«, wimmert sie und lässt sich zurück auf die Matratze fallen, und dann reißt es mir den Boden unter den Füßen weg.

Schweiß rinnt mir den Rücken hinunter, als ich mein Versprechen an mich selbst einlöse, sie um den Verstand zu vögeln. Ich ziehe eines ihrer Knie hoch, um noch tiefer in sie einzudringen, und Stoß um Stoß nimmt sie alles, was ich ihr zu geben habe. Bei jeder Bewegung meiner Hüften stöhnt sie, und ich spüre, wie sie mich umspannt. Unsere Lippen prallen fieberhaft aufeinander, und ihre Fingernägel graben sich in meinen Rücken.

Sie ist überall und bohrt sich immer tiefer in mein Herz. Wie diese Ranken, die mich bei unserer ersten Begegnung bewegungsunfähig gemacht haben und die sich nun immer tiefer in meine Seele winden, um dort für immer Spuren zu hinterlassen.

»Du bringst mich um, kleine Plage«, murmele ich an ihrem Hals.

Und ich meine es ernst.

Ich spreize ihre Beine und ficke sie so, wie ich es mir immer erträumt habe. Hart und tief und laut.

»Ich will mehr«, wimmert sie.

Ich lasse meine Finger zu ihrer Klit gleiten, und spüre, wie sich ihre Muskeln um mich zusammenziehen. »Ja, Baby. Komm für mich.«

Unsere Blicke halten sich fest, als sie meinen Namen schreit und ihr ganzer Körper bebt und zuckt. Der Druck in meiner Wirbelsäule nimmt zu, zieht sich zusammen, und blind vor Lust stoße ich pulsierend in sie.

Wir keuchen und stöhnen, halten uns verzweifelt aneinander fest, um uns so nah wie nur möglich zu sein und die Welle in perfekter Harmonie zu reiten.

Als ich mich nicht mehr halten kann, lasse ich mich zur Seite falle und ziehe sie mit mir. Unsere Lippen berühren sich, und ich küsse sie langsam und träge, als hätten wir alle Zeit der Welt.

Heute Nacht werde ich so tun, als ob. Ich werde jeden Augenblick auskosten.

»O Gott. Das war …« Ich spüre, wie sie ein Schauer durchläuft, kleine Ausläufer ihrer Ekstase pulsieren um meinen Schwanz.

Ich drücke ihr einen Kuss auf die Stirn und halte sie fest umschlungen. »Ja. Das war es.«

Als wir wieder zu Atem kommen, ziehe ich mich widerwillig zurück und gehe ins Bad, um einen warmen Waschlappen zu holen. Bevor sie ins Bad geht, helfe ich ihr, sich zu waschen. Danach kuschelt sie sich neben mich unter die Decke.

Ihr Atem geht tiefer, und ihre Muskeln entspannen sich, während ich sie an meine Brust drücke.

Und für diese eine Nacht halte ich meine ganze Welt, mein einzig wahres Zuhause, in meinen Armen.

24. Kapitel

Lena

Gavins Atem streift mein Ohr, als ich blinzelnd die Augen öffne. Draußen dämmert es gerade, und das erste Sonnenlicht dringt durch die Bäume hinter der Hütte. Ein starker Arm ist um meine Taille geschlungen und ein Bein zwischen meine geschoben, als müsste ich an der Flucht gehindert werden.

Mein Körper fühlt sich ausgelaugt an, mein Haar sieht wahrscheinlich aus, als hätten Adler ein Nest darin gebaut, und meine Augenwinkel sind verklebt – eventuell von ein paar Tränen, die irgendwann letzte Nacht geflossen sein könnten.

Oder heute Morgen. Oder wann auch immer das war, als ich davon aufgewacht bin, dass Gavin meinen Körper hinunterglitt und mich dazu brachte, mich unter seiner Zunge zu winden. Sein fester Griff, sein leises Stöhnen versetzten mich innerhalb von Minuten in Ekstase. Dann drehte er mich um, glitt zwischen meine Schenkel, sein heißer Atem an meinem Ohr, bis wir wieder zusammenkamen.

Es war das Paradies.

Aber die morgendlichen Sonnenstrahlen, die durchs Fenster tanzen, bedeuten das Ende unserer gemeinsamen Nacht.

Ich würde gerne im Bett bleiben, in der Geborgenheit von Gavins Umarmung, aber meine Blase hat andere Pläne. Irgendwie schaffe ich es, mich aus seinen Armen zu winden, ohne ihn aufzuwecken, und gehe ins Bad.

Im Spiegel starrt mich eine Frau an, die ich nicht wiedererkenne. Zerzauste Haare, Kissenabdrücke auf den Wangen, verschmierte Wimperntusche um die verquollenen Augen.

Ich sehe aus wie eine Frau, die letzte Nacht hart gefickt wurde, und ehrlich gesagt steh ich irgendwie drauf.

Nachdem ich mir die Haare mit den Fingern gekämmt und das Gesicht gewaschen habe, sehe ich an meinem nackten Körper hinunter. Mein Blick fällt auf einen kleinen Knutschfleck an der Innenseite meiner Oberschenkel.

Ich bekomme ein warmes Gefühl in der Brust. Er hat mich gezeichnet, und ich *liebe* es. Ich wünschte, der Knutschfleck würde für immer da bleiben, damit ich ihn allen zeigen kann. Am liebsten würde ich ihn mir tätowieren lassen.

Ich gehöre Gavin.

Aber die niederschmetternde Realität holt mich schnell wieder ein.

Eine Nacht. Ich habe die Regel selbst aufgestellt und mir immer wieder ins Gedächtnis gerufen.

Als er in mich eindrang und es sich absolut perfekt angefühlt hat.

Als er mich danach gierig küsste.

Als ich in seinen Armen einschlief.

Eine Nacht.

Und jetzt will ich doch mehr.

So leise wie möglich öffne ich die Badezimmertür und schleiche auf meine Seite des Bettes. Gavins Lippen sind geöffnet, seine Augen friedlich geschlossen, die starken Arme dort, wo ich eben noch lag.

Ich sollte mich anziehen. Auggie anrufen, damit er mich abholt. Sofort jede Verbindung zu diesem Bett, dieser Hütte und diesem nackten Mann kappen.

Aber mein Herz bricht bei dem Gedanken, nie wieder mit ihm zusammen zu sein. Ihn nie wieder zu küssen, zu berühren oder meinen Namen stöhnen zu hören.

Ich kann nicht. Ich könnte nicht ertragen, dass es das einzige Mal ist.

Ich würde es nicht überleben.

Was kann ein weiterer gemeinsamer Morgen schon schaden?

Einerseits habe ich panische Angst davor. Angst vor dem Suchtpotenzial. Vor einer Welt, in der ich ohne ihn nicht atmen kann. Ohne ihn nicht denken kann.

Andererseits weiß ich, dass es längst zu spät ist. Ich bin ihm schon verfallen. Ein weiteres Mal würde es nicht schlimmer machen, aber ich hätte dann eine weitere Erinnerung, die ich abrufen kann, wenn ich es mir mit meinem Vibrator mache.

Ich hebe die Decke an, rutsche zurück an meinen Platz und atme seinen männlichen Geruch ein, vielleicht das letzte Mal.

»Mmm. Guten Morgen«, seufzt er, als ich mich an ihn schmiege. Er drückt mir einen zärtlichen Kuss auf die Stirn. »Wie hast du geschlafen?«

»Wahrscheinlich so gut wie seit Monaten nicht mehr«, flüstere ich an seiner Brust.

Er stöhnt und zieht mich enger an sich. »Ich habe so gut geschlafen mit dir in meinem Arm.«

»Ich auch«, gestehe ich, während er mit den Fingern durch meine Haarspitzen streicht. »Was meinst du, wann die Brücke wieder frei ist, damit wir nach Hause fahren können?«, frage ich und versuche, abzuschätzen, wie viel Zeit mir noch in seinen Armen bleibt.

»Wahrscheinlich am frühen Nachmittag, sobald die Sonne das Eis geschmolzen hat.« Seine Hand wandert meinen Rücken hinunter und über meine Hüfte.

»Okay. Dann bleibt uns noch ein bisschen Zeit.« Meine Handfläche gleitet blind über sein Fuchstattoo. »Happy Heiligabend. Ich bin froh, dass ich ihn dieses Jahr mit dir verbringen kann.«

»Ich auch«, haucht er.

Ich blicke in seine schläfrigen Augen. »Was hast du letztes Jahr an Heiligabend gemacht?«

»Filme geschaut und zu viel gegessen«, sagt er gähnend.

»Was hast du dir angesehen?«

Seine Wangen heben sich zu einem Lächeln. »*Liebe braucht keine Ferien*, *Das Wunder von Manhattan* und, ähm …«

Ein Schauer läuft mir über den Rücken, während ich darauf warte, dass er es ausspricht.

Aber er tut es nicht, und tief in meinem Innern kenne ich die Antwort schon. »*Kevin – Allein zu Haus*«, flüstere ich.

Er erstarrt, und mir stockt der Atem.

»Genau die Filme haben Gary und Joe letztes Jahr an Heiligabend gesehen«, sage ich und spüre, wie sich sein Herzschlag unter meiner Handfläche beschleunigt. Meine Gedanken rasen, dann löse ich mich aus seinen Armen und setze mich auf. »Wo warst du letztes Jahr an Heiligabend?«

Er richtet sich auf, lehnt sich an das Kopfteil des Bettes, atmet tief durch und lässt seinen Blick durch den Raum schweifen. »In dieser Hütte«, gesteht er schließlich.

Mein Gehirn setzt kurz aus. »Hier?«, krächze ich.

»Ja.«

Ein Gefühl von Verrat brodelt in meinen Adern. »Du warst letztes Jahr *hier*?«

Er schluckt schwer. »Ich war die letzten beiden Weihnachten hier.«

»Hier, also zehn Minuten von uns entfernt, und wir wussten nichts davon? Warum?« Ein flaues Gefühl macht sich in meiner Magengegend breit.

Seufzend wischt er sich mit der Hand übers Gesicht. »Weil ich mir keinen anderen Ort auf der Welt vorstellen konnte, an dem ich Weihnachten lieber sein wollte als in *dieser* Stadt. Ich wollte deiner Familie so nah wie möglich sein.«

Kopfschüttelnd verschränke ich die Arme vor der nackten Brust, weil ich mich plötzlich verletzlich fühle. »Warum hast du nichts gesagt? Uns besucht? Mit uns gegessen? Irgendetwas?«

Sein Blick wandert über mein Gesicht, seine Lippen ein Strich. »Du kennst die Antwort.«

Nach und nach habe ich das Puzzle zusammengesetzt und begriffen, warum Gavin vor drei Jahren verschwunden ist, und dies ist ein weiteres Puzzleteil.

»Wegen mir?«, flüstere ich.

Er nickt traurig und streicht mir eine lose Haarsträhne

hinters Ohr, und in der Sorgenfalte zwischen seinen Brauen lese ich seine Schuldgefühle. »Weil es so schwer ist, deiner Familie in die Augen zu sehen, wenn ich dich so sehr will.« Er lässt die Schultern hängen. »Ich habe diese Hütte gemietet. Alle Orte gemieden, wo ich euch hätte begegnen können. Gary und Joe gezwungen, es geheim zu halten. Bin zum Einkaufen nach Fern River gefahren, damit niemand Fragen stellt.« Er redet so schnell, dass ich gar nicht hinterherkomme. »Und hab in diesem Bett gelegen und an euch alle gedacht. Ich hab mich gefragt, was ihr so macht, was Pen und Jack zu Weihnachten bekommen haben und ob eure Mutter in der Küche meine Hilfe braucht.«

Ich ziehe die Nase kraus und versuche, die Tränen zurückzuhalten, die sich in meinen Wimpern sammeln.

»Es tut mir leid, Lena.«

Meine Gedanken kreisen um letztes Weihnachten, und ich versuche, die Erinnerungen mit diesen neuen Informationen in Einklang zu bringen.

Als wir die Geschenke ausgepackt haben, war er nur wenige Kilometer von uns entfernt. Als ich versucht habe, meinen eigenen Zitronenkuchen zu backen, war er genau hier. Als wir einen Weihnachtsbaum ausgesucht haben, war er nur einen Katzensprung entfernt?

Meine Brust fühlt sich an, als würde ein schweres Gewicht alle Luft herausdrücken.

»Warum hast du mir das nicht gesagt?«, frage ich mich, während mir eine Träne über die Wange läuft.

»Weil es peinlich ist.« Er seufzt. »Es ist demütigend, dieser anhängliche, kaputte, einsame Typ zu sein.«

Ich atme langsam aus, und etwas in mir löst sich. Dann

rücke ich näher an ihn heran, bis mein Knie unter der Decke seinen Oberschenkel berührt. »Hör mir zu, Gav.« Ich fasse ihn am Kinn, damit er mir in die Augen sieht, und sage: »Du bist nicht kaputt. Du bist nicht anhänglich. Und vor allem brauchst du dich nicht zu schämen. Natürlich wünschte ich, du wärst bei uns gewesen, aber ich bin froh, dass du bei Gary und Joe Zuflucht gefunden hast.« Seine Wärme umhüllt mich, als ich mich unter seinen Arm schmiege, meine Hand auf dem Fuchs, der auf sein Herz tätowiert ist.

»Ich habe euch so vermisst«, gibt er leise zu, und seine Brust hebt sich mit einem tiefen Atemzug. »Ich habe mich noch nie so zu Hause gefühlt wie bei deiner Familie.«

Ich habe mich noch nie so zu Hause gefühlt wie in seinen Armen.

Doch ich schlucke die Worte runter und flüstere: »Wir haben dich auch vermisst.«

Schweigen breitet sich zwischen uns aus, und währenddessen schleichen sich Schuldgefühle in meine Gedanken.

Es steht mir wohl kaum zu, jemanden dafür zu verurteilen, dass er Geheimnisse hat. Bisher habe ich niemandem hier von meiner Kündigung erzählt, und obwohl ich weiß, dass man diese beiden Geheimnisse nicht miteinander vergleichen kann, frage ich mich, ob er meins gern wüsste.

Ändern tut es sowieso nichts. Er wird nach Eugene zurückkehren und ich nach Wilhelmina.

Es macht keinen Unterschied, ob ich die Information einen Tag mehr oder weniger zurückhalte. Morgen noch, bevor ich am 26. abreise, werde ich es allen sagen. So verderbe ich niemandem Weihnachten.

Mir entfährt ein tiefer Seufzer, während ich überlege, wie ich ihm vermitteln kann, dass es in Ordnung ist. Dass ich nur zu gut verstehe, wie schwer es ist, Menschen Dinge zu sagen, für die man sich schämt.

Also versuche ich, die Stimmung aufzulockern. »Letztes Jahr habe ich versucht, meinen eigenen Zitronenkuchen zu backen, aber es ist eher eine Suppe in Lederkruste dabei rausgekommen«, erzähle ich und schnaube verächtlich.

Er lacht, und ich spüre, wie er sich entspannt. »Was habt ihr sonst so gemacht? Erzähl mir alles. Lass nichts aus.«

***

»Und dann hielt Penelope den Brief vom Weihnachtsmann hoch und meinte: *Mama, seine Handschrift sieht genauso aus wie deine*.«

Gavins sonores Lachen vibriert auf meiner Wange. »Habt ihr es geschafft, sie davon abzubringen?«

»O ja. Sie war sofort abgelenkt, als Auggie ihr ein Geschenk unter die Nase hielt, und niemand hat es je wieder erwähnt.«

Ich setze mich neben ihn, strecke mich gähnend und lasse die Decke von meinem Oberkörper gleiten.

»Apropos Ablenkung«, sagt er grinsend.

Meine Wangen werden heiß, als ich zulasse, dass er mich mit seinem Blick verschlingt. »Ich habe nachgedacht. In Hotels bezahlt man ja für eine Nacht, aber eigentlich hat man bis zu einer bestimmten Uhrzeit am nächsten Tag Zeit, oder?« Ich klimpere mit den Wimpern.

Sein heiseres Lachen macht mir ein warmes Gefühl in der Brust.

»Na ja, ich finde, unsere Nacht sollte auch bis zu einer bestimmten Zeit am nächsten Tag dauern.«

»Ach ja?« Er lässt seine Finger sanft an meinem Arm hinaufgleiten und folgt ihnen mit trägem Blick.

»Klingt fair. Ich will sichergehen, dass ich auf meine Kosten komme.«

Gavin schlägt die Decke zurück, rutscht ins Bett und zieht mich mit sich. Ein Schauer läuft mir über den Rücken, als er seine Hand über meine Hüfte wandern lässt.

»Du bist unersättlich, alter Mann«, kichere ich und winde mich unter ihm.

Er drückt mir einen Kuss zwischen die Brüste. »Von dir werde ich nie genug bekommen.« Er schließt den Mund um meinen Nippel, und die Vibration seines Stöhnens fährt mir ins Mark.

Ich spreize die Beine, als er meinen Bauch küsst, direkt unter meinem Bauchnabel und über meinem Tigertattoo.

Seine Whiskeyaugen funkeln, als er aufblickt und mich anlächelt. »Darf ich diese hübsche Pussy noch einmal schmecken?«

Gierig kralle ich die Finger in sein Haar. »Ja, bitte.«

Besitzergreifend streicht er mit der Hand über die Innenseite meines Oberschenkels, fährt mit dem Daumen über den Knutschfleck, den er mir gestern Abend verpasst hat, und drückt dann einen sanften Kuss darauf.

»Er gefällt mir«, gestehe ich.

Sein Blick spricht Bände. »Mir auch.«

Worte wie Leuchtkugeln, die in der Luft über uns schweben, doch wir ignorieren sie. Ich darf nicht zu viel darüber nachdenken, was hier passiert, sonst werden noch Gefühle verletzt.

Also schiebe ich es beiseite. Ich verdränge alle Gedanken an das *Danach* und konzentriere mich ganz auf das Jetzt.

Mit einem weiteren sanften Kuss auf meinen Oberschenkel lenkt er meine Aufmerksamkeit wieder auf das Wesentliche. Er gleitet mit den Fingern in mich hinein, streicht über meine empfindlichste Stelle. Und als er langsam die Zunge in mich steckt, schmelze ich auf der Matratze dahin.

Er hat keine Eile, mit langsamen, trägen Bewegungen entlockt er meinem Körper jedes Quäntchen Lust.

Als gäbe es keine drohende Frist.

Ich versuche, mir jedes Detail einzuprägen. Seinen begehrlichen Blick, während er zusieht, wie seine Finger in mir verschwinden. Seine kräftigen Schultern und seinen angespannten Bizeps. Wie seine Wimpern flattern, wenn er an meiner Klit saugt. Das Vibrieren seines Stöhnens auf meiner Haut.

Er spielt mit mir, als hätte er noch nie etwas so Wundervolles berührt.

So verdammt perfekt.

Oh, das gefällt dir, oder?

Komm für mich, Baby.

Jedes Wort von seinen Lippen ist Brandbeschleuniger für das Verlangen, das durch meine Adern pulsiert. Die Spirale der Lust zwischen meinen Schenkeln wirbelt immer schneller, bis unsere Blicke sich treffen, und ich falle, ich stürze in den Abgrund, während Funken der Lust durch meinen Körper sprühen.

Nachdem er noch einmal genüsslich drübergeleckt hat, lässt er sich neben mich auf den Rücken fallen und zieht mich mit sich.

Ich höre meine eigenen schweren Atemzüge, als er mir bedeutet, mich rittlings auf ihn zu setzen. Doch er packt meine Hüften und hält mich davon ab, auf seinen Schwanz zu gleiten.

Ich lasse meine Hände auf seine muskulöse Brust sinken und küsse ihn.

Wenn die letzte Nacht gierig und verzweifelt war, so ist dieser Morgen im Tageslicht langsam und gründlich.

Endgültig.

Auch wenn ich es gar nicht will.

Ich reibe mich an ihm, während seine Hände überall sind.

Als wollte er sich genau einprägen, wie ich mich anfühle. Er hebt den Kopf, um meine Brüste, meine Schultern, meine Wangen, mein Kinn zu küssen.

Und als ich eine Hand um ihn lege und die Spitze in meine feuchte Wärme führe, atmet er scharf ein.

»Oh, *fuck*. Bitte.« Seine Bauchmuskeln vibrieren unter meinen Fingern, so sehr bemüht er sich, still zu halten. »Bitte, kleine Plage. Ich brauche dich«, fleht er.

Mein Herz rast, als ich ihn ganz in mich aufnehme. Seine Hände krallen sich in meine Hüften, als ich mich über ihm aufrichte und beginne, mich auf und ab zu bewegen.

»Das ist perfekt, Lena. Reite meinen Schwanz, genau so.« Er spricht abgehackt, im Rhythmus meiner Bewegungen.

Meine Atemzüge werden vor Anstrengung schwerer, und Schweiß rinnt mir den Rücken hinunter.

Unsere Blicke bleiben aneinander haften, während er mit

den Fingern über meine Klit streicht. »Ja, Gavin. Mehr. Ja«, stammle ich unzusammenhängend, während die Lust mich durchströmt, meine Wirbelsäule hinaufkriecht und in jedes Nervenende dringt, bis meine Zehen sich krümmen.

Eine Träne rinnt über meine Wange, als er pulsiert und sich in mich ergießt und meinen Namen stöhnt wie ein Gebet.

Zum letzten Mal.

25. Kapitel

Gavin

Wie um alles in der Welt sollen wir nach diesem Film einfach so weiterleben?«, schnieft Lena, legt ihren Kopf an meine Brust und betört meine Sinne mit ihrem Pfefferminz-Schoko-Duft.

Gary beobachtet uns vom anderen Sofa aus und grinst wissend. Ich sehe ihn stirnrunzelnd an und schüttle dezent den Kopf, um ihn still für seine Gedanken zu tadeln.

Joe und Gary sind die einzigen Menschen, die von meinen Gefühlen für Lena wissen. Auf ihre nicht wertende, aber nervtötende Art ziehen sie mich seit zwei Jahren damit auf. Und wenn ich ihren Gesichtsausdruck richtig deute, dann finden sie uns zwei ganz bezaubernd.

Ihr geheimnisvoller Cousin Patrick scheint heute vergessen, aber nach der letzten Nacht verspüre ich kein Verlangen, die Story zu hinterfragen. Mir völlig egal, welchen Bären sie mir aufgebunden haben.

»Vielleicht sollten wir mal fragen, ob das Eis auf der Brücke inzwischen geschmolzen ist«, sagt Lena, klopft mir auf den Oberschenkel und löst sich aus meinem Arm.

Ein bleiernes Gewicht liegt mir im Magen.

Die Realität.

Jeden Augenblick, den ich mit Lena verbracht habe, ist sie mir im Hinterkopf rumgespukt, und ich muss mich ihr endlich stellen.

Bald fahren wir wieder zu ihrer Familie, ob ich will oder nicht.

Die ganze Zeit habe ich mir gewünscht, wieder bei ihnen zu sein. Aber jetzt, wo ich Lena in meinen Armen halte, würde ich lieber hierbleiben.

Sie steht auf, in Joes dunkelblauer Jogginghose und einem weiten Pullover mit der Aufschrift *HO, HO, HO*.

Waches Gesicht, offene Locken, rosige Wangen.

Schöner hat sie noch nie ausgesehen.

»Schön, dass ihr da wart«, sagt Joe an der Tür und küsst erst Lena und dann mich auf die Wange.

»Wir sollten es zur Tradition machen«, meint Lena, während sie Gary umarmt.

»Nächstes Jahr wieder Waffeln von diesem Typ hier« – sie kneift mich in die Seite – »und Colin-Firth-Filme.« Sie wackelt mit den Augenbrauen, und alle lachen.

Doch im Auto, auf der Fahrt zum Haus ihrer Mutter, lacht niemand.

Stattdessen herrscht ohrenbetäubende Stille, die mich zu ersticken droht, als wir uns der Brücke nähern.

Vielleicht nimmt das Schicksal eine Wende, und die gleißende Sonne hat heute ausnahmsweise nicht auf die vereiste Brücke geschienen. Es ist erst früher Nachmittag, vielleicht können wir sie noch gar nicht überqueren.

Ich streiche mit der Hand über Lenas Oberschenkel,

spreize meine Finger, als gehörten sie dorthin, und stelle mir eine Welt vor, in der es so wäre.

Falls die Brücke immer noch vereist ist, könnten wir zurück in die Hütte. Wir könnten uns ausziehen und wieder in unserer Lust versinken, ihr perfekter Körper an meinem.

Doch wenige Minuten später stelle ich fest, das Schicksal ist nicht auf unserer Seite, denn die Brücke ist frei, die Straße nass vom geschmolzenen Eis.

Lena seufzt tief und verschränkt für den Rest der Fahrt ihre Finger mit meinen.

Ich parke in der Einfahrt und schalte den Motor aus. Die Luft ist schwer, während wir beide versuchen, uns darauf einzustellen, wie es weitergeht.

Und die Wahrheit ist, ich habe keine verdammte Ahnung.

»Es wird eine Qual sein, die Finger von dir zu lassen«, sage ich schließlich.

Sie lacht traurig. »Und wir dürfen uns auch nicht gegenseitig mit Blicken verschlingen«, sagt sie und öffnet ihren Sicherheitsgurt. Ihre Stimme trieft vor Sarkasmus, als sie hinzufügt: »Ich weiß, dass ich in dieser Jogginghose fantastisch aussehe, aber du wirst der Versuchung widerstehen müssen.«

Ich streiche mit der flachen Hand über meine stoppelige Wange. »Du bist immer eine Versuchung, kleine Plage.« Ich lasse meinen Blick über ihren Körper wandern. »Selbst wenn du in eine Abdeckplane gewickelt wärst, würde ich dafür sterben, dich auspacken zu dürfen wie ein Geschenk.«

Sie schluckt schwer, ihre karamellfarbenen Augen flackern. Doch als ihr Blick auf das Haus hinter der Windschutzscheibe fällt, wird sie blass. »Ich weiß nicht, wie das gehen soll.«

Ich auch nicht. Heute, morgen, nächstes Weihnachten. Ich habe keine Ahnung, wie ich das schaffen soll.

»Ich glaube, wir müssen einfach so tun, als wäre alles normal«, sage ich und versuche, ruhig zu klingen. »Wir tun so, als hätte ich bei Gary und Joe auf der Couch geschlafen.«

Sie zieht die Mundwinkel nach unten und schüttelt den Kopf. »Ich weiß nicht, ob ich so weitermachen kann.«

Meine Gedanken rasen, während ich versuche, zu verstehen, was sie meint, aber bevor ich dahinterkomme, öffnet sie die Beifahrertür und steigt aus.

26. Kapitel

Lena

Sieger von Catan

Lena: Also ... Gavins Schwanz ist riesig.

Lena: Wahrscheinlich könnte man ihn als Waffe benutzen.

Millie: WTF, LENA???

Lena: Sei nicht eifersüchtig. Ich wette, Finns ist auch riesig. Er hat so eine Ausstrahlung.

Millie: Kein Kommentar.

Micah: Lena. Die Einzelheiten.

Lena: Wir mussten letzte Nacht in der Stadt bleiben und in einer Hütte übernachten. Zusammen 🍆

Lena: Und es hat sich so was von gelohnt. Wir mussten das mal aus dem Weg räumen.

Millie: Und hat es funktioniert? Hast du es aus dem Weg geräumt?

Lena: Kein Kommentar.

***

»Tia Lena, du bist dran«, sagt Pen neben mir am Küchentisch, wo sie mich gerade mühelos beim Skip-Bo besiegt.

Denn ich kann nicht aufhören, Gavin beim Teigausrollen zuzusehen.

Ich reiße meinen Blick von ihm los und konzentriere mich wieder auf die Karten. Nur schaffe ich es gerade mal, drei Karten zu spielen, bevor mein Blick wieder zu dem gut aussehenden Mann in der Küche wandert.

Er hat schon zwei Ladungen Zimtschnecken gebacken, eine davon hat er Shannon vorbeigebracht, und jetzt sind er und Mama bei den Kuchen.

Mit einem Geschirrtuch über der Schulter und einer roten Schürze um den Hals lässt er die Muskeln spielen, während er den Teig bearbeitet. Ein kleines Lächeln huscht über seine Lippen, als wüsste er, dass ich ihn beobachte.

Am liebsten würde ich ihm das Mehl von den tätowierten Unterarmen lecken.

Was ist nur los mit mir?

Nach nur einer Nacht mit ihm bin ich sexbesessen.

Vorhin wollte ich Joes übergroße Jogginghose ausziehen, aber als ich gerade in meine Leggings steigen wollte, fiel mir das enge rote Kleid mit dem tiefen Ausschnitt ein. Ich habe es noch keinmal getragen und mir Gavins Gesicht vorgestellt, wenn er mich darin sehen würde.

Bei dem Gedanken, wie er mir *du kleine Plage* ins Ohr raunen würde, bin ich unter die Dusche gesprungen, habe meine Locken gebändigt und passenden Lippenstift aufgetragen.

Ich würde ihm zeigen, was für eine Plage ich sein konnte.

Er sah aus wie ein Nussknacker, den Mund weit aufgerissen, als ich in die Küche zurückkam.

Du kannst einpacken, Gavin Moore.

So tun, als wäre alles normal. Nichts ist normal.

Jack stupst mich am Arm. »Tia Lena, du bist dran.«

Kopfschüttelnd lenke ich meine Aufmerksamkeit wieder auf das Spiel und stelle fest, dass selbst der Fünfjährige haushoch gegen mich gewinnt.

Aber ich spüre Gavins durchdringenden Blick wie ein glühendes Brandeisen auf meiner Haut. Trotz aller Vorsätze verschlingen wir einander mit Blicken, sobald sich eine Gelegenheit ergibt.

Während ich versuche, mich wieder auf die Karten zu konzentrieren, tätschelt Mama Gavins Arm, bevor sie die Küche verlässt. Er wischt sich die mehligen Hände an der Schürze ab und geht in die Speisekammer.

»Bin gleich wieder da«, flüstere ich, ohne nachzudenken.

Meine Absätze klacken auf dem Parkett, als ich auf die Speisekammer zumarschiere. Ich erreiche die Tür, als Gavin gerade nach einer Packung glutenfreiem Mehl greift. Ich lege ihm die Hand auf die Brust und schiebe ihn ans hintere Regal.

»Lena«, zischt er mit großen Augen.

Bevor er noch ein Wort sagen kann, packe ich sein Gesicht und presse meine Lippen auf seine. Meine Zunge taucht in seinen Mund, und ich lege den ganzen aufgestauten Frust der letzten Stunden in diesen Kuss. All das lodernde Verlangen, das ständig durch meine Adern pumpt, weil mein Körper weiß, dass er in der Nähe ist.

Hoffentlich lässt die Sehnsucht nach, wenn ich in zwei Tagen nach Hause fahre. Aber jetzt? Solange ich gezwungen bin, zuzusehen, wie diese perfekten Arme Teig ausrollen? Solange ich jedes Mal von seinem Duft eingehüllt werde, wenn er den Raum betritt?

Es ist die reinste *Folter*, und das will ich ihm mit diesem Kuss sagen.

Mit einem dumpfen Aufprall fällt die Mehlpackung zu Boden, und er zieht meine Hüften an sich. Stöhnt leise, als er meinen Hintern umfasst.

»Was machst du mit mir?«, flüstert er an meinen Lippen.

Ich schlinge die Arme um seinen Hals, mein Puls hämmert. »Ich weiß nicht. Du sahst so unwiderstehlich aus, ich hab nicht darüber nachgedacht«, flüstere ich an seinem Ohr. »Nur noch ein Mal.«

Sein Mund wandert zu meinem Hals, und er streift mit den Zähnen meine Halsschlagader. »Du bringst mich um mit diesem Kleid. Und diesem verdammten Lippenstift. Ich halte das nicht aus.« Er zieht eine Spur aus Küssen über mein Schlüsselbein in meinen Ausschnitt.

»Gefällt es dir?«, frage ich und lasse den Kopf in den Nacken sinken, um mich seinen Küssen hinzugeben.

Sein Finger gleitet in die Falte zwischen meinen Brüsten. »Ich liebe es, du kleine Plage«, stöhnt er, genau so, wie ich es mir vorgestellt habe.

»Wo ist eure Tia Lena?«

Wir erstarren beide, als Mamas Stimme aus der Küche ertönt.

Ich weiche zurück und unterdrücke ein Grinsen. Gavin beißt die Zähne zusammen, und ich wische mit dem Daumen über den Lippenstiftfleck in seinem Mundwinkel.

»Du bringst uns noch in Schwierigkeiten«, brummt er, aber es klingt halbherzig.

Ich zwinkere ihm zu, drehe mich um und bleibe wie angewurzelt stehen, als Mama mit gerunzelter Stirn in der Tür auftaucht. Sie mustert mich von Kopf bis Fuß, dann sieht sie über meine Schulter hinweg zu Gavin.

»Er konnte das Mehl nicht finden«, sage ich so ruhig wie möglich und hoffe, dass mein Lippenstift nicht verschmiert ist.

Sie blinzelt, als ich an ihr vorbeihusche, und Gavin gibt hinter mir einen erstickten Laut von sich, als ich zum Tisch zurückgehe.

Ich lasse mich auf meinen Platz fallen, greife nach meinen Karten und versuche, meinen Herzschlag zu beruhigen, während ich mich wieder auf das Spiel konzentriere.

»Was hast du da auf deinem Kleid?«, fragt Pen und legt den Kopf schief.

Ich senke den Blick und schnappe nach Luft. Perfekte Fingerabdrücke aus Mehl zieren meine Hüften. Und als ich mich umdrehe, entdecke ich zwei weiße Handabdrücke auf meinem Hintern.

Mir weicht jegliches Blut aus dem Gesicht.

***

»Musstest du wirklich einen Wettbewerb daraus machen?«, seufzt Auggie und platziert den dritten und kleinsten Schneeball auf seinem Schneemann. »Ich versuche hier, meine Kinder zu beeindrucken.«

Ich hocke mich vor meine Schneeskulptur und stütze die Ellbogen auf die Knie. »Es sind buchstäblich drei Pyramiden. Ich habe den Schnee einfach zu einem Dreieck geformt.«

»Scheißschneesphinx«, brummt er. »Dagegen sehe ich aus wie ein Amateur.«

»Hm? Ach was.« Ich zucke die Schultern, als wäre das nicht das Krasseste, was ich je zustande gebracht habe. »Tut mir leid, dass deine Kinder mich cooler finden als dich.«

Als ich mir unsichtbare Fusseln von der Schulter wische, rempelt Auggie mich an, und wir fallen zusammen auf die Sphinx.

»*Auggie*«, schreie ich aus voller Kehle und trommle mit behandschuhten Fäusten gegen seine Daunenjacke, absolut ohne jede Wirkung. »Ich hab noch kein Foto gemacht!«

Pen und Jack springen auf uns zu, und wir wälzen uns im Schnee. Nach einigen Minuten gelingt es mir, mich aus dem Handgemenge zu befreien, und ich suche Zuflucht bei Zara und Gavin.

Gavin kniet in seinem komplett schwarzen Outfit im Schnee und ist eifrig dabei, eine Art Spielplatz zu bauen, mit Stufen zum Hochklettern und einer langen Rutsche, die in weichem Pulverschnee endet.

»Ich weiß nicht, ob das eine tolle Idee ist oder nur eine Frage der Zeit, bis jemand heult«, sage ich und klopfe den Schnee von meiner Hose.

Zara legt den Kopf schief, während sie ein Schneegeländer am Rand der Rutsche aufschichtet. »Wenn sie fallen, dann wenigstens weich.«

Jack drängelt sich an mir vorbei und geht unerschrocken auf die Stufen zu. Gavin hält ihn an der Hüfte fest, während er hochklettert, und nimmt dann seine Hand, während er auf der anderen Seite mit ohrenbetäubendem Gekreische runterrutscht.

»Jetzt ich«, ruft Pen und rennt zu den Stufen.

Ich hake mich bei Zara ein und lehne meinen Kopf an ihre Schulter. »Gehst du mit mir spazieren? Lass die Riesenbabys auf die Kinder aufpassen.«

Auggie rutscht mit dem Kopf zuerst und landet mit dem Gesicht im Schnee. Die Kinder lachen sich kaputt, als Gavin versucht, ihn hochzuziehen.

»Beschwer dich nicht, wenn du morgen früh Muskelkater hast. Du bist zu alt dafür«, ruft Zara über die Schulter, als ich sie wegziehe. »Ich weiß ja nicht, ob wir Gavin die Verantwortung überlassen können«, murmelt sie.

Wir stapfen durch den jungfräulichen Schnee der letzten Nacht über das leere Nachbargrundstück und folgen der Baumreihe aufs offene Gelände, wo wir uns über die Weihnachtsfeier gestern Abend unterhalten und darüber, was sie heute Morgen gemacht haben, während Gavin und ich weg waren.

Schließlich stellt sie die Frage, vor der ich mich gefürchtet, auf die ich aber auch irgendwie gehofft habe.

»Und was habt ihr gemacht?«

»Ähm …« Ich beiße mir auf die Lippen, und etwas, das sie in meinem Gesichtsausdruck sieht, beantwortet ihre Frage sofort.

Sie bleibt stehen, schnappt nach Luft und greift meine Handgelenke. »Lena Santos. Was ist passiert?«, fragt sie aufgedreht, und mir ist gleich ein wenig leichter ums Herz.

»Kannst du mir versprechen, dass du Auggie nichts davon sagst?«

»Nur wenn du mir versprichst, mir alles haarklein zu erzählen.«

Erleichtert gestehe ich, was passiert ist – oder jedenfalls eine verharmloste Version –, und beantworte zwischendurch ihre Fragen nach den Details. Und am Ende der Geschichte hängt ihre Kinnlade fast im Schnee.

»Wie geht es jetzt weiter?«, fragt sie und hüpft vor Aufregung auf und ab.

»Keine Ahnung«, antworte ich achselzuckend. »Aber ich glaube, meine Mutter ahnt etwas.«

»Was? Woher?«

»Ich … bin ihm vielleicht in die Speisekammer gefolgt und habe ihn geküsst. Aber er war voller Mehl und hat Spuren auf mir hinterlassen?« Ich hebe die Stimme, als würde ich eine Frage stellen.

Zaras lautes Lachen ist wahrscheinlich bis in die Stadt zu hören. »Bitte sag mir, dass du Witze machst.« Sie hält sich kichernd den Bauch und ignoriert meinen strengen Blick. »Hat sie was gesagt?«, fragt sie und wischt sich die Tränen aus den Augen.

»Kein Wort. Keine Ahnung, ob sie sauer war oder froh oder genervt.«

Zara hakt sich wieder bei mir ein, und wir schlendern zurück zum Haus. »Darf ich dir sagen, was ich denke? Als glücklich verheiratete Frau?«

»Okay«, murmele ich und beiße mir auf die Zunge. An diesen Rollentausch muss ich mich erst gewöhnen, denn normalerweise bin ich es, die anderen gute Ratschläge gibt.

»Ich habe gesehen, wie er dich ansieht«, sagt sie und zieht die Augenbrauen hoch. »Und ich habe gesehen, wie du ihn ansiehst. Es ist ein Wunder, dass Auggie es noch nicht mitgekriegt hat.«

Mein Magen zieht sich zusammen. »Was, glaubst du, würde Auggie sagen, wenn er es wüsste?«

»Ich kann nicht in seinen Kopf sehen, aber er will, dass ihr beide glücklich seid. Und ich weiß, selbst wenn er sich anfangs damit schwertut, wird er sich daran gewöhnen. Spätestens bis nächstes Weihnachten, da bin ich mir sicher.« Sie stupst mich lachend mit der Hüfte an. »Aber ich wette, dass diese Sache zwischen dir und Gavin nicht nur für eine Nacht ist. Ich meine, ihr habt es nicht mal einen Tag ausgehalten, ohne in der Speisekammer rumzuknutschen.«

Während wir zurückgehen, denke ich über ihre Worte nach.

Sie hat recht. Ich halte es keinen Tag in seiner Nähe aus, ohne ihn zu berühren.

Aber wenn ich in zwei Tagen abreise, wird das Verlangen nach ihm durch die Entfernung hoffentlich nachlassen.

27. Kapitel

Gavin

»Das Ding ist so groß wie ein Baum«, sagt Auggie verblüfft, als wir die oberste Etage auf das neue Puppenhaus setzen.

Ich trete einen Schritt zurück und nehme einen Keks vom Weihnachtsteller auf dem Couchtisch. Glutenfreie, buttrige Mandelkekse, die auf der Zunge zergehen. Ich hatte schon … Vielleicht ist das Nummer zehn? Ich weiß nicht genau. Weihnachtskeksezählen sollte verboten sein.

Zara und Lena sitzen gemütlich neben dem schlafenden Noah auf dem Sofa. Offenbar finden sie es ziemlich amüsant, Auggie und mir bei diesem nächtlichen Puppenhaus-Bauprojekt zuzusehen, jedenfalls lassen ihre sarkastischen Kommentare und ihr ständiges Gelächter das vermuten.

Auggie zieht die letzte Schraube fest und streicht mit der Hand über das rote Dach.

»Ich glaube, das war's. Sie werden es lieben, zumindest hoffe ich das.«

Ich lasse mich auf das andere Sofa fallen und sehe zu, wie er das Haus ein paar Meter weiter schiebt und eine große grüne Schleife dran befestigt. Stolz grinsend steht er daneben und tippt die Finger aneinander, während er alle Geschenke begutachtet.

Als Auggie und ich uns im ersten Studienjahr als Mitbewohner kennenlernten, stellten wir schnell fest, wie unterschiedlich unsere Persönlichkeiten sind. Auggie ist quirlig und offen und geht auf Leute zu. Ich dagegen bin ruhig, zurückhaltend und total introvertiert.

Aber Auggie war der erste Mensch, der mich wirklich um sich haben wollte und nicht zuließ, dass ich mich unsichtbar mache, wozu ich neige. Während ich mich durchs College kämpfte, geplagt von Depressionen und Selbstmordgedanken, war er immer für mich da. Er hat es geschafft, sich in mein Leben zu schleichen, und hat nie zugelassen, dass ich mich in mein Schneckenhaus zurückziehe. Er hat die magische Fähigkeit, das Beste in mir hervorzubringen, und ich weiß nicht, wie er das macht.

Ich verdanke ihm mein Leben.

Als er mir vorschlug, von Eugene nach Juniper zu ziehen, um bei der Sanierung des historischen Stadtzentrums zu helfen, habe ich, ohne zu zögern, zugestimmt. Ich habe vollstes Vertrauen in ihn.

Während ich mir noch einen Keks schnappe, inspiziert Auggie die Strümpfe seiner Kinder und positioniert sie perfekt für morgen früh.

Ihm zuzusehen, erfüllt mich mit Sehnsucht.

Werde ich jemals so sein? Wird es einmal ein Weihnachten geben, an dem ich Strümpfe aufhänge und Geschenke für meine Kinder vorbereite?

Im Moment scheint das unmöglich.

Mein Blick fällt auf Lena, als würde ich, wenn ich an Kinder denke, automatisch in ihre Richtung sehen. Noah liegt in ihren Armen, als wäre es das Selbstverständlichste auf der Welt.

Sie wäre eine fantastische Mutter. Eine echte Löwenmutter, liebevoll und leidenschaftlich.

Und ich frage mich, wer ihr glücklicher Partner sein wird. Irgendwann wird sie jemanden finden, und ich werde ihn kennenlernen und so tun müssen, als würde ich ihn mögen.

Auch wenn ich an meiner Eifersucht ersticke.

»Fertig fürs Bett?«, fragt Auggie und reicht Zara die Hand.

Sie küsst Lena auf die Wange und flüstert ihr etwas ins Ohr, worauf Lena rot anläuft. Dann nimmt sie Noah und wünscht uns eine gute Nacht.

Lena beobachtet mich schweigend, während sie die Treppe hochgehen.

Mein Körper ist ein Nervenbündel, elektrisiert von dem Bedürfnis, sie zu berühren. Vielleicht würde schon ein kurzer Hautkontakt genügen, um meine Nerven und mein rasendes Herz zu beruhigen.

Ich bin wie besessen. Nur noch *ein* Mal.

Noch ein Mal ihre Hand halten. Noch ein Mal ihre weichen Lippen küssen.

Ich schwöre, das ist alles. Dann höre ich auf.

Als die Tür ins Schloss fällt, springt Lena auf, als wären unsere Gedanken gleichgeschaltet.

Als sie auf dem Sofa neben mir landet, ziehe ich sie an mich, und unsere Körper schmiegen sich perfekt aneinander.

Mein Arm um ihre Schultern, ihr Kopf an meiner Brust, ihre Hand über dem Fuchs auf meinen Rippen.

Sie ist zu Hause.

Obwohl wir uns geschworen haben, dass es vorbei ist, fühlen wir uns zueinander hingezogen wie Magneten.

Als sie sich an mich kuschelt, flüstere ich: »Ich muss morgen etwas erledigen. Willst du mitkommen?«

Unsere Blicke treffen sich, und die Tannenbaumlichter glitzern in ihren karamellfarbenen Augen. »Natürlich. Was musst du denn erledigen?«

Ich streiche ihr über die Schulter und ermahne mich, nur ihren Arm zu berühren. Sonst nichts. »Ich will Shannon Pizza vorbeibringen. Das war Julias Weihnachtswunsch, und ich muss sie bei Peter's Pizza abholen.«

»Mein Gavin ist ein Softie«, flüstert sie und drückt mir einen Kuss aufs Kinn.

Mein Gavin.

Die Worte machen es sich in meinem Herz gemütlich.

Ich will ihr gehören. Ich will dieses wohlige Gefühl jeden Tag. Ich will, dass sie allein durch ihre Gegenwart meine Seele tröstet.

»Komm mit mir nach oben«, flüstert sie.

Ich lege meine Lippen auf ihren Kopf, schließe die Augen und atme ihren süßen Zitrusduft ein. »Ich kann nicht.«

Ihr leises Stöhnen bringt mich zum Lachen. »Ich will noch eine Nacht. Nur noch eine.«

Ich vergesse alle guten Vorsätze und fahre mit der Hand durch ihre seidigen Haarspitzen. »Ich will auch noch eine Nacht, aber du machst mich süchtig.«

Sie sieht mich glasig an. »Und wenn ich es schon bin?«

Als sie sich über die Lippen leckt, verfolge ich die Bewegung ihrer Zunge und muss ein Stöhnen unterdrücken.

Offensichtlich bin ich auch süchtig. Das intensive Verlangen, ihr nah zu sein, ist lähmend. Ich weiß nicht mal, ob ich noch klar denken kann.

Ich lege eine Hand an ihre Wange und lasse die Stirn an ihre sinken. »Bitte geh ins Bett, Lena. Meiner mentalen Gesundheit zuliebe. Es ist so schwer, Nein zu sagen, wenn du dich so süß an mich schmiegst.«

»Dann tu es nicht«, fleht sie, steht auf und zieht mich mit sich.

Irgendwie schaffe ich es, den Kopf zu schütteln und auf dem Sofa sitzen zu bleiben. »Ich kann nicht.« Aber noch während ich die Worte ausspreche, wandert mein Blick an ihrem Körper hinunter, zu ihren aufgerichteten Nippeln und der Rundung ihrer Hüften.

Als ich den Blick wieder hebe, beißt sie sich auf die Unterlippe. »Ich werde auf dich warten.« Dann schlendert sie zur Treppe, ohne sich noch einmal umzusehen.

Mir blutet das Herz, als ich ihr nachsehe.

Schaffe ich es, mich von ihr fernzuhalten? Schaffe ich es, sie oben schlafen zu lassen, obwohl ich weiß, wie vollkommen es sich anfühlt, meinen Körper an ihren zu schmiegen?

Ich kenne die Antwort schon. Wenn es um sie geht, ist meine Willenskraft so fragil wie gesprungenes Glas. Mit jedem Augenblick, den ich in ihrer Gegenwart verbringe, zersplittert sie weiter.

Und ich frage mich, ob es mir jemals gelingen wird, die Scherben aufzusammeln.

28. Kapitel

Lena

Ich hätte gedacht, er wäre längst hier.

Vielleicht sollte ich wieder nach unten gehen? Was, wenn er auf mich wartet, in der Hoffnung, dass ich ihn überrasche und in die Speisekammer zerre?

Steh ich jetzt auf Speisekammern?

Der enge Raum hat etwas Intimes, und die Angst, erwischt zu werden, lässt mein Herz schneller schlagen.

Verdammt, ich glaube, ich steh auf Speisekammern.

Während ich darüber nachdenke, welche Speisekammer-basierten Jobs ich mir vorstellen könnte, dreht sich der Türknauf mit einem leisen Knarren. Mir stockt der Atem, als sich die Tür ein paar Zentimeter öffnet.

Durch die Dunkelheit tauchen Gavins breite Schultern auf, und mir rutscht fast ein Freudenschrei raus.

Er legt einen Finger auf den Mund, schlüpft ins Zimmer und schließt die Tür. »Es gibt kein Schloss«, flüstert er leise.

»Macht nichts.« Ich winke ihn heran, während ich die Bettdecke zurückschlage. »Schlafen sowieso alle.«

Am Fußende des Bettes zögert er, sein Körper vom Mondlicht umschmeichelt, das durchs Fenster fällt. »Ich hätte nicht kommen sollen«, murmelt er und zupft sich an den Haaren.

Ich verdrehe die Augen, obwohl er es nicht sehen kann. »Beweg deinen Arsch hierher. Niemand wird in mein Zimmer kommen, und du kannst nach fünf Uhr morgens sowieso nicht mehr schlafen. Wir stehen ganz früh auf und trinken unseren Weihnachtskaffee.«

Seufzend krabbelt er aufs Bett, lässt sich auf den Rücken fallen und legt einen Arm übers Gesicht. »Das war eine furchtbare Idee.«

»Es ist eine ausgezeichnete Idee. Die beste, die ich je hatte.« Ich kuschle mich an ihn und lege ein Bein über seine Hüfte. »Ich habe es heute vermisst, dich zu berühren«, säusele ich, während er mir mit der Hand über den Rücken streicht. »Du warst so nah und doch so fern.«

Sein tiefes, leises Stöhnen vibriert in meinem Ohr. »So war mein Leben die letzten zehn Jahre.« Als er meinen Rücken wieder hinaufstreicht, schiebt er die Hand unter mein Shirt, und ich schließe genüsslich die Augen.

»Gavin.« Unwillkürlich reibe ich meine Hüften an ihm und spreche aus, was ich denke, bevor ich mich eines Besseren besinnen kann. »Können wir es noch ein einziges Mal tun?«

Er legt die andere Hand an meinen Hinterkopf und greift in meinen lockeren Dutt. »Ich komme garantiert in die Hölle, denn ich kann an nichts anderes denken.« Seine Finger wandern am Bund meiner Schlafanzughose entlang. »Obwohl ich weiß, dass sich unsere Wege trennen, sehne ich mich immer noch nach dir, als wäre es egal.«

Bei dem Gedanken, dass sich unsere Wege trennen könnten, zieht sich meine Brust zusammen.

Wilhelmina ist mein Zuhause. Ich habe Freunde, Jobs, um die ich mich bewerben muss, ein Haus.

Es gibt Dinge, die mich dort halten, aber nichts davon bedeutet mir so viel wie *er*.

Der Schmerz in meiner Brust wird stärker, als ich versuche, tief einzuatmen. Und alles, was ich einatmen kann, ist *Gavin*.

Er ist überall. In meiner Lunge, in meinem Herzen, in meinem Kopf, in meinen *Knochen*.

Und obwohl es mir Angst macht, brauche ich mehr.

Ich streiche mit den Lippen über seinen Hals, und als ich an ihm knabbere, bewegt er seine Hüften. Ich gleite einen Zentimeter nach unten und drücke einen Kuss in die Vertiefung unter seiner Kehle.

Sein Griff um meine Taille wird fester. »Lena, Baby«, flüstert er, während ich weiter an seinem Körper hinabgleite. Er fährt sich mit der Hand übers Gesicht und flüstert: »Was machst du da?«

Ich schiebe sein T-Shirt hoch und lasse die Finger über die Tätowierungen auf seinem Bauch gleiten. Es sind nur dunkle Linien und Schatten zu erkennen, aber ich weiß, dass sie da sind. »Ich will dich schmecken. Kannst du still sein?«

Seine warmen Hände umfassen mein Gesicht, bis ich den Kopf hebe. »Nein, ich kann nicht still sein«, flüstert er laut. »Vor allem nicht, wenn du so weitermachst.«

Das Wasser läuft mir im Mund zusammen, und nicht nur dort. Ich küsse ihn knapp über dem Hosenbund, fahre mit der Zunge am Rand entlang, und ihm entfährt ein tiefes Stöhnen.

»Soll ich aufhören?«, flüstere ich und lasse meine Lippen über seine Haut gleiten.

Sein Atem geht stoßweise, als er mit dem Daumen sanft über meine Wange streicht. »Ich *sollte* wollen, dass du aufhörst. Aber verdammt, das ist das Letzte, was ich will.«

Ich greife nach dem Stoff an seinen Hüften und ziehe Jogginghose und Boxershorts gleichzeitig runter. Ein Lächeln huscht über meine Lippen, als ich seinen Schwanz befreie.

Mir läuft eine Gänsehaut den Nacken hinunter, als er meinen Hinterkopf packt und mit den Fingern über meine Kopfhaut streicht. »Ich will dich verwöhnen, aber wenn du nicht still sein kannst, muss ich dir den Mund zuhalten«, wiederhole ich seine Worte aus der Nacht unseres ersten Kusses.

Er lacht trocken und krallt die Finger in mein Haar. »Wirst *du* denn still sein, oder wirst du stöhnen, während du mir mit deinen schönen Lippen einen bläst?«

Mein Unterleib zieht sich zusammen. Ich liebe es, wie er spricht, wenn er heiß auf mich ist. Ich wünschte, ich könnte seine Worte aufnehmen und sie mir in den nächsten Wochen, Monaten, Jahren immer wieder anhören.

»Ich werde stöhnen«, verspreche ich und schließe voller Vorfreude die Hand um ihn. Er stößt einen erstickten Laut aus, als ich mit den Lippen über seine samtige Haut fahre und den Lusttropfen ablecke, der sich auf seiner Eichel gesammelt hat.

»Oh, du kleine Plage«, flüstert er. »Du willst es so sehr, oder?«

Seine Worte prickeln auf meiner Haut, als ich ihn in den Mund nehme, meine Lippen um ihn schließe und sanft an ihm sauge.

Als er die Hüften aufbäumt und scharf die Luft einsaugt, lasse ich meine Zunge kreisen.

Mühelos gleitet er ganz tief in meinen feuchten Mund, und er flüstert: »Das ist perfekt, Baby. Genau so.«

Ich sauge fest, während ich ihn wieder rausziehe.

»Oh, verdammt, ja.« Er spreizt die Schenkel.

Ich stöhne leise, als ich ihn wieder in meinen Mund gleiten lasse.

»Ich wette, diesmal schaffst du es noch ein bisschen tiefer«, ermuntert er mich und streicht mit seinen Fingern über meinen Nacken.

Ich löse die Hand und entspanne meinen Kiefer, um ihn so tief wie möglich in mich aufzunehmen.

»Braves Mädchen«, lobt er, und ich bin stolz, denn ich *will* ein braves Mädchen sein.

Sein braves Mädchen, für immer.

Als ich den Blick hebe, leuchten seine Augen in der Dunkelheit. Ich stöhne, während ich ihn im Mund habe, und blase ihn schneller, härter, enger. Meine Fingernägel graben sich in seine Hüften, und er wimmert. Der Knoten in meinem Haar löst sich in seinem Griff, und er hält meine offenen Locken mit der Faust zusammen.

»Du machst das so gut«, flüstert er heiser, während er die Hüften reckt. »Ich bin unfähig, dir zu widerstehen, weißt du das?« Er streichelt meinen Hinterkopf, meine Wangen und meinen Nacken, als wollte er mich brandmarken. »Du bist so verdammt schön, Lena.«

Gott, ich wünschte, ich könnte ihn besser sehen, um mir jedes Detail der Ekstase in seinem Gesicht einzuprägen.

Als seine Beine sich anspannen und seine Hüften die Bewegung unterbrechen, sauge ich fester. Doch mit einer Hand an meinem Kinn und der anderen in meinem Haar zieht er mich zurück, bis sein Schwanz aus meinem Mund gleitet.

Seine Brust hebt und senkt sich, seine Hände zittern. »Sosehr ich auch in deinem Mund kommen will, ich muss dich spüren.« Er stöhnt und zieht mich hoch. »Ein einziges Mal noch«, fügt er hinzu, und ich weiß nicht, ob er das für mich sagt oder zu sich selbst.

Er streift mir das Shirt über den Kopf und wirft es zur Seite, küsst gierig meinen Hals und mein Kinn, während er mir die Hose auszieht. Dann zieht er mich an sich, seine heiße Brust an meinem Rücken, greift um meine Hüfte und schiebt seine Finger zwischen meine Beine.

»O verdammt, Lena. Ist diese Pussy für mich so feucht?«, fragt er und streichelt meine Klit.

Sterne flimmern vor meinen Augen. »Nur für dich. Immer für dich«, wimmere ich, als er mit der anderen Hand meine Brust umfasst.

»Gavin«, flüstere ich, so leise ich kann, und drücke mich an ihn.

»Ja?«, fragt er beiläufig, während seine Finger in langsamen Bewegungen über meine Nippel und meine Klit streichen.

Ich reibe mich an ihm und versuche, ihn dazu zu bringen, mir zu geben, was ich will.

»Ich will, dass du bettelst, kleine Plage.« Er verstärkt den Druck auf meine empfindlichste Stelle.

»Bitte. Ich will dich.«

»Du *brauchst* mich«, haucht er an meinem Hals, bevor er mich zärtlich in den Nacken beißt.

»Ja. Bitte. Ich brauche dich.«

»Ich liebe es, wenn du bettelst«, flüstert er und dringt mit einem schnellen Stoß in mich ein. Er stöhnt an meinem Ohr, als er mich ganz ausfüllt, und die Lust raubt mir den Atem.

Sein quälend langsamer Rhythmus zermürbt mich. Eine Hand knetet meine Brust, die andere spielt mit meiner Klit, während sein Unterarm meine Hüften hält.

Ich bin von ihm erfüllt. Lebe, atme, brauche ihn. In seinen starken Armen, sein warmer Atem auf meiner Haut, fühle ich mich, als könnte ich ihm für immer gehören.

Jede Empfindung, jede Faser, jeden Wunsch. Er ist da und vereinnahmt alles.

»Ich werde dich immer so in Erinnerung behalten«, flüstert er. Seine Bewegungen verlangsamen sich zu einem trägen Rhythmus, und ich wölbe meinen Rücken. »Du fühlst dich perfekt an, Baby. Als wärst du für mich gemacht.«

Meine Nasenwurzel brennt, und mein Stöhnen erstickt in einem Schluckauf.

»Sag mir, dass du dich daran erinnern wirst«, haucht er in mein Ohr.

»Ja«, flüstere ich. »Ich werde mich immer daran erinnern.«

Eine Träne tropft mir aus dem Augenwinkel, und ich weiß nicht genau, warum.

Es ist nur Sex. Es sind nur die Hormone und die Lust, die mich überwältigen. Oder?

Doch als ich seinen Arm greife, seine Muskeln sich anspannen, weil er seine Hand zwischen meinen Beinen bewegt, und als er tiefer stößt, in meinen Nacken stöhnt, denke ich, ich könnte mich irren.

Er hält mich fester, kein Abstand zwischen unseren Körpern, während seine Bewegungen schneller werden. Meine Muskeln spannen sich um ihn, und er flüstert: »Meine Lena.«

Mein Stöhnen ist lauter als ein Flüstern, also nimmt er die Hand von meiner Brust und legt sie auf meinen Mund, um meine Schreie zu dämpfen, während ich mich um ihn herum auflöse. Ich zerspringe in eine Million blendender Lichter, meine Beine zittern, mein Atem stockt, mein Herz bricht.

Er kommt mit einem tiefen Seufzer direkt an meinem Ohr. Dann nimmt er die Hand von meinem Mund und streichelt mich zärtlich, während sich unsere Körper aneinanderschmiegen. Er flüstert meinen Namen, küsst meine Schulter.

Und während sich unsere Körper entspannen, die Muskeln erschlaffen und der Atem sich beruhigt, pocht ein Gedanke wie eine Trommel in meinem Kopf.

Ich werde nie über ihn hinwegkommen. Im Gegenteil, er hat sich für immer in mein Herz gebrannt.

29. Kapitel

Lena

»Ich hab sie gefunden!«

Jacks Stimme reißt mich aus dem Schlaf, und mir bleibt fast das Herz stehen. Der warme Arm um meine Taille erstarrt.

Wahrscheinlich habe ich nur geträumt.

Doch als ich die Augen öffne, steht mein Neffe mit strubbeligen Haaren da und grinst. »Macht du eine Pyjamaparty mit Onkel Gavin?«

Ich verschlucke mich fast, aber bevor ich etwas sagen kann, kommt Zara reingestürzt. Sie wirft mir einen entschuldigenden Blick zu, schnappt sich Jack und schließt die Tür hinter sich.

Stöhnend ziehe ich mir die Decke über den Kopf, dankbar, dass wir in weiser Voraussicht mitten in der Nacht unsere Pyjamas wieder angezogen haben und mein neugieriger Neffe nicht fürs Leben gezeichnet ist.

Gavin setzt sich auf und brummt: »Was war das denn?«

»Vielleicht hat ihn niemand gehört«, murmele ich und drehe mich zu ihm um.

Er sieht mich skeptisch an. »Er hat aus vollem Hals geschrien.«

»Vielleicht sind alle draußen.«

»Es ist Weihnachten.«

»Scheiße«, zische ich, springe aus dem Bett und stolpere ins Bad. »Wir haben verschlafen!«

Mein Herz pocht mir in den Ohren, während ich mir die Zähne putze und meine Hausschuhe anziehe. Dann versuche ich, meine Haare zu bändigen, um zu kaschieren, dass ich die Nacht mit einem eins dreiundneunzig großen Sexmagier verbracht habe, der mich an den Haaren gezogen hat, während ich fast an seinem Schwanz erstickt bin.

Ich entscheide mich für zwei geflochtene Zöpfe.

Als ich die Tür öffne, sitzt Gavin mit blassen Wangen auf der Bettkante. »Ich schlafe sonst nie so lange«, bricht es aus ihm heraus.

Ich stelle mich vor ihn und hebe sein Kinn an, bis er meinem Blick begegnet. »Ich glaube, wir schlafen beide besser, wenn wir zusammen sind.« Mit der Hand fahre ich durch seine seidigen Strähnen und streiche den kleinen Wirbel an der Seite glatt. Er ist heute Morgen so süß zerzaust, mit Kissenabdrücken auf der Wange und Schlafzimmerblick.

Als er nickt, will ich mich schon vorbeugen, um ihn zu küssen. Meine Lippen kribbeln vor Verlangen.

Doch im letzten Moment erinnere ich mich an den Plan.

Nur noch eine Nacht, habe ich gesagt. Ich habe es ihm versprochen. Immer bin *ich* es, die mehr will. Die ihn anfleht, mich *noch einmal* zu berühren.

Vielleicht sollte ich aufhören, ihn zu belästigen.

»Wir haben ungefähr vier Sekunden, bevor entweder jemand hochkommt oder wir die Bescherung verpassen«, sage ich und ziehe ihn hoch. »Außerdem brauche ich einen Pfefferminz-Mokka, und du bist der Einzige, der ihn so macht, wie ich ihn mag.«

Sein Mund verzieht sich zu einem Lächeln, bevor er aufsteht und mir folgt.

Es ist unheimlich still im Haus. Als ich die unterste Stufe der Treppe erreiche und ins Wohnzimmer sehe, kann ich Auggie und Zara nirgends entdecken. Niemand schaut in unsere Richtung, die Kinder warten kichernd, dass es endlich losgeht.

Der Duft von Zimt und Zucker lockt uns in die Küche. Als ich die Kaffeekanne in die Hand nehme, dringen aufgebrachte, gedämpfte Stimmen aus der Waschküche.

Zara flüstert streng: »Es ist Weihnachten. Wenn du ein Problem mit irgendetwas hast, behalt es für dich.«

Ich halte den Atem an und lausche, während Gavin die Zimtschnecken begutachtet.

Es ist lange still, dann knurrt Auggie ein: »*Na gut.*« Ich spüre förmlich, wie sich sein finsterer Blick in meinen Rücken bohrt, als er aus der Waschküche kommt, und rühre mich nicht, bis ich seine stampfenden Schritte nicht mehr höre.

Gavin seufzt unsicher, als er sich ebenfalls Kaffee einschenkt. Er holt Pfefferminz- und Schokoladensirup aus dem Schrank und träufelt von beidem etwas in unsere Tassen.

Ich muss grinsen, als ich sehe, wie er seinen schwarzen Kaffee mit Sirup verseucht. Dann holt er Kaffeesahne und seine selbst gemachte Schlagsahne aus dem Kühlschrank.

Er sieht mir in die Augen, als wir mit unseren Weihnachtstassen anstoßen, auf meiner ein verschneiter Wald, auf seiner Elfen in einer Werkstatt.

»Danke«, flüstere ich mit einem verstohlenen Lächeln.

»Jederzeit.«

Er trinkt einen vorsichtigen Schluck, senkt dann den Becher und unterdrückt ein Grinsen. »Ziemlich lecker.«

Ich versuche nicht einmal, mein süffisantes Grinsen zu verbergen. Dann hake ich den kleinen Finger meiner freien Hand um seinen, und wir gehen ins Wohnzimmer, damit das Weihnachtselend seinen Lauf nimmt.

***

»Okay, ein Geschenk haben wir noch.« Auggie steht neben dem Couchtisch, inmitten von ausgepackten Geschenken. »Aber alle müssen sich anziehen, weil wir nach draußen gehen.« Er wirft Gavin einen fragenden Blick zu, aber es liegt so viel Vorwurf darin, dass ich meinen Bruder schütteln möchte.

Zwischen den beiden entspinnt sich ein leises Gespräch, bevor Gavin nickt. »Ja, so machen wir's.«

Während wir uns alle in Jacken, Stiefel, Mützen und Handschuhe zwängen, schießen mir die Gedanken wie Schlagzeilen durch den Kopf.

- *Erschöpfter Vater kauft zehnjähriger Tochter versehentlich Auto zu Weihnachten.*
- *Zwei beste Freunde gestehen, dass sie den echten Edward Cullen im Schuppen gefangen halten.*

- *Familie versucht, aus zwanzig Meter hoher Kiefer einen Schlitten zu bauen.*

Wenn Auggie etwas ausheckt, ist alles möglich, aber wir folgen ihm trotzdem blind nach draußen.

»Nur noch ein paar Meter«, ruft er und führt uns auf das Nachbargrundstück.

»Das hast du schon vor dreißig Metern gesagt«, meckere ich und stapfe durch den tiefen Schnee. Zum Glück sitzt Jack auf Gavins Schultern, und Luci ist mit Noah zu Hause geblieben.

Allerdings würde ich Jack ein Jahr lang Süßigkeiten geben, um mit ihm zu tauschen und mich von Gavin tragen zu lassen.

»Okay«, verkündet Auggie. »Wir sind da.«

Ich bleibe neben ihm stehen und verschränke die Arme vor der Brust. »Wenn du vorhast, uns nach einem im Schnee versteckten Schatz suchen zu lassen, bin ich raus.« Mein Blick wandert zu Zara, die während der fünfminütigen Wanderung verdächtig still war. »Weißt du, worum es geht?«

Sie nickt, die Lippen zwischen die Zähne geklemmt, und ich sehe sie mit zusammengekniffenen Augen an.

»Gavin, willst du übernehmen?«, fragt Auggie, und sein Tonfall erinnert mich an einen brodelnden Topf kurz vorm Überkochen.

»Ich finde, du machst das toll«, antwortet Gavin, während Jack auf seinen Schultern herumzappelt.

»Also, Mom und Lena, der Rest von uns hat etwas zu verkünden. Ein letztes Weihnachtsgeschenk«, sagt Auggie und breitet die Arme aus. Er sucht Gavins Blick. »Gavin und ich gründen unser eigenes Architekturbüro hier in Juniper. Und ihr steht auf dem Grundstück, auf dem wir unser zukünftiges Zuhause bauen werden.«

Für einen Moment herrscht Stille, dann bricht Penelope in Jubel aus. Ich drehe mich verwirrt zu Gavin um, doch er starrt auf seine Stiefel.

»Wirklich?«, krächzt Mama. »Ihr zieht hierher?«

Auggie legt ihr einen Arm um die Schultern und strahlt sie an. »Ja. Wir bauen unsere Häuser direkt neben euch.«

»Wie, genau hier?«, frage ich. Mein Blick huscht umher, während ich versuche, zu begreifen.

Mama küsst Zara auf die Wange. »Du bringst meine Enkelkinder her?«

Als Zara nickt, zittert Mamas Kinn, und sie dreht sich zu Auggie um, vergräbt ihr Gesicht in seiner Jacke und schluchzt vor Freude.

Mir fehlen die Worte, als ich Gavins Blick begegne. Meine Lippen öffnen sich, um irgendetwas zu sagen. Ich weiß nicht mal, was, aber Auggie zieht mich an sich.

»Was denkst du, Schwesterherz?«

»Das ist toll«, sage ich, aber mein Blick bleibt an Gavin hängen, der mich schüchtern anlächelt.

»Unser erster Auftrag ist die Sanierung des Stadtzentrums von Juniper.« Auggie redet weiter, aber ich höre gar nicht zu.

Meine Gedanken rasen. Gavin wird hier leben. In Juniper. Gleich neben meiner Mutter und Luci. Genau hier. So nah.

Jack zappelt, weil er runterwill, und Gavin setzt ihn ab. Als Jack zu Auggies Beinen rennt, nutze ich die Ablenkung, um unter seinem Arm hervorzuschlüpfen.

»Was denkst du?«, fragt Gavin und streicht den schwarzen Trenchcoat über seinen breiten Schultern glatt.

Ich weiß nicht, was ich darauf antworten soll. Ich begreife selbst nicht, was in meinem Herzen vorgeht, aber es fühlt sich an wie Muskelkater.

»Du hast mir nichts gesagt.« Ich sehe ihm forschend ins Gesicht. »Du hast kein Wort gesagt.«

Neben mir umarmen sich alle anderen lachend und plaudern. Es klingt, als hätten sie im Lotto gewonnen, aber ich sehe nur Verrat.

Wenn er es mir gesagt hätte, hätte ich vielleicht … Ich hätte … keine Ahnung. Mich darauf einstellen können?

Er verzieht das Gesicht. »Tut mir leid, dass ich es dir nicht früher gesagt habe. Auggie wollte, dass es eine große Weihnachtsüberraschung wird. Es hat mich völlig zermürbt, dass ich es dir nicht erzählen konnte.«

Ich schüttle den Kopf. »Ich bin sauer, dass du es nicht getan hast.«

Stille breitet sich zwischen uns aus, bevor er sagt: »Ich dachte nicht, dass es dich so trifft.«

Die Worte stechen in mein Herz, graben ihre Krallen in die Muskelfasern.

Er hat recht. Es sollte mich nicht so treffen. Es hat nichts mit mir zu tun.

Es ändert nichts.

Der Schmerz brennt in meiner Brust, und ich zwinge mich, tief Luft zu holen.

Eine Vision der Zukunft entsteht vor meinem inneren Auge. Alle hier zusammen, lachend beim wöchentlichen Abendessen. Meine Familie nach einem Brettspiel beim gemütlichen Beisammensein im Wohnzimmer. Gavin und Mama beim Kochen, während Musik die Küche erfüllt.

Vielleicht ist dieses Ziehen in meinem Herzen Heimweh nach etwas, das es noch nicht gibt.

Gavin fährt fort, ohne etwas von meinen Gedanken zu ahnen. »Du hast dein Leben in Wilhelmina, deshalb dachte ich, dass es für dich keinen Unterschied macht, wo ich lebe. Du hast deine Freunde und deinen Job und –«

»Ich wurde gefeuert.« Die Worte platzen lauter aus mir heraus, als beabsichtigt, und die freudige Aufregung neben uns verstummt abrupt.

Gavin starrt mich mit offenem Mund an.

»Du wurdest *gefeuert*?«, kreischt Mama und sieht mich streng an. »Lena, das ist nicht in Ordnung. Du brauchst einen Job.«

»Ich *weiß*. Warum, glaubst du, hab ich es dir nicht gesagt?« Über ihre Schulter blicke ich in die großen Augen meines Bruders.

Mir stockt der Atem, als ich begreife, dass ich genau das getan habe, was ich vermeiden wollte. Ich habe ihnen *Weihnachten* verdorben.

»Ich werde mir einen neuen Job suchen, wenn ich wieder zu Hause bin«, sage ich und verschränke die Arme über meiner roten Jacke, um zu verbergen, wie sehr mir gerade das Herz wehtut.

»Und was machst du bis dahin?« Mamas Stimme klingt besorgt.

»Keine Ahnung. Meine Ersparnisse aufbrauchen?« Ich werfe die Hände in die Luft, meine Wut kocht hoch.

Sie meint es gut. Ich weiß, dass sie aufgrund ihrer eigenen

Lebenserfahrung so reagiert, aber es tut trotzdem weh, dass sie nicht einmal fragt, ob es mir gut geht.

»Wie viel Geld hast du denn?«, fragt sie kopfschüttelnd.

Ich scharre mit den Füßen im Schnee. »Genug. Ich hab so gut wie möglich vorgesorgt und jeden Monat was gespart.«

Ihre Lippen verziehen sich zu einem dünnen, enttäuschten Strich. »Aber was willst du …«

Gavin legt eine Hand auf ihre Schulter, und sie verstummt. »Ich denke, wir sollten Lena in Ruhe lassen, bis sie so weit ist, darüber zu reden.« Unsere Blicke treffen sich, und ich schicke ihm ein stummes *Danke schön.* »Außerdem habe ich Shannon versprochen, ihr Pizza vorbeizubringen, und ich muss los.«

Mama knetet ihre Hände, während sie mich einer gründlichen Prüfung unterzieht, aber dann nickt sie. »Lass uns zusammen zu Shannon fahren. Ich möchte ihr ein Geschenk vorbeibringen und etwas von dem Kuchen, den wir gestern gebacken haben.«

Ohne ein weiteres Wort zieht sie Gavin zurück ins Haus. Zara lächelt mir mitfühlend zu und gibt mir im Vorbeigehen einen Kuss auf die Wange.

Auggie legt mir einen Arm um die Schultern, und in der aufgeladenen Stille hört man nur das Knirschen unserer Stiefel im Schnee.

30. Kapitel

Gavin

»Du musst diesen Knopf drücken.« Aaron zeigt mir, wie man die Fernbedienung für das Auto bedient, das er vom Weihnachtsmann bekommen hat. Obwohl ich ihn heute erst kennengelernt habe, ist er mir seit unserer Ankunft bei Shannon nicht von der Seite gewichen.

»Ahhh.« Ich tue so, als wüsste ich nicht, wie es funktioniert, obwohl ich es vorher im Spielzeugladen ausprobiert habe.

Er drückt meinen Finger so fest auf den Schalter, dass das Auto ein paar Meter vorwärts gegen Lenas Fuß fährt. Sie springt kreischend zur Seite, und Aarons Kichern zaubert mir ein Lächeln ins Gesicht. Er drückt meinen Finger erneut, um Lena zu verfolgen, und sie ergreift die Flucht.

Ich lache schallend, und unsere Blicke treffen sich. Lena strahlt, ihre Wangen sind rosig, ihre Augen funkeln.

So ganz anders als ihr leerer Gesichtsausdruck heute Morgen auf unserem neuen Grundstück.

Als sie damit herausgeplatzt ist, dass sie gefeuert wurde, keimte ganz egoistisch die Hoffnung in mir auf, dass sie vielleicht hierbleiben würde.

Aber sie verdient es, in ihr Leben zurückzukehren. Sie verdient das Leben, das sie sich wünscht, und nicht ein Leben, das an einen Mann wie mich gebunden ist. Ich würde sie erdrücken. Ich will nicht, dass sie das Gefühl hat, sich für mich, für diese Stadt kleinmachen zu müssen.

Mein Blick gleitet an ihrem Körper hinab. Ihren schönen, geschmeidigen Kurven, an denen ich mich in den letzten Tagen erfreuen durfte. Mit jedem Kuss, jeder Berührung ist sie tiefer in mein Herz und meine Seele gedrungen.

Und jetzt?

Jetzt bin ich ihr total verfallen, während sie mit ihren Gedanken schon wieder bei ihrem Leben in Wilhelmina ist.

Morgen reist sie ab, obwohl es sich irgendwie unvollendet anfühlt. Nur eine Nacht, haben wir uns geschworen, und es wurde prompt noch eine zweite daraus, und trotzdem fühlt es sich unvollständig an.

Ich muss mich zusammenreißen, als Shannon mit einem Buch in der Hand ins Wohnzimmer kommt.

»Wer möchte eine Geschichte hören?«, fragt sie und reicht mir ein Exemplar des Buches, aus dem uns meine Pflegeschwester damals vorgelesen hat. Ich habe es gebraucht online gefunden und Shannon geschenkt. Dies ist das zweite Mal, dass ich es ihren Kindern zu Weihnachten vorlese, und ich hoffe, das wird Tradition.

Diese Kinder haben ein sicheres und liebevolles Zuhause, aber das bedeutet nicht, dass ihr Leben einfach ist. Sie kämpfen immer noch mit vielen Problemen und Traumata der Vergangenheit. Shannon dabei zu helfen, ihnen schöne Weihnachten zu ermöglichen, so wie es die Familie Santos für mich getan hat, ist für mich das Größte.

Obwohl ich todtraurig war, weil ich die letzten Jahre nicht mit den Santos verbringen konnte, bin ich dadurch Joe, Gary und Shannon nähergekommen, und ihre Freundschaft verleiht mir ein Gefühl des Friedens.

Es ist fast so, als würde ich mir meine Kindheit zurückholen, indem ich die Zukunft dieser Kinder verändere.

Als ich das Buch aufschlage, stürmen Penelope, Jack und Shannons vier Pflegekinder auf mich zu und lassen sich um mich herum nieder wie kleine Äffchen. Julia setzt sich neben mich, lehnt ihren Kopf an meinen Arm, und mein Herz schmilzt wie Eis an einem Sommertag.

Einen Moment lang starre ich nur auf ihren Scheitel, unfähig, mich auf etwas anderes zu konzentrieren.

In meiner Brust spüre ich ein Ziehen, als wollte mir mein Herz sagen, dass ich dazu *bestimmt* bin, ein Teil ihres Lebens zu sein. Und so wie sie sich an mich geschmiegt hat, frage ich mich, ob sie dasselbe fühlt.

Ein paar Stunden später, nach vielen Geschichten, viel Pizza und Kuchen, versammeln sich alle an der Tür, um sich zu verabschieden.

Julia zieht an meinem Handgelenk, und ich knie mich neben sie. Schüchtern lächelnd schlingt sie mir die Arme um den Hals und flüstert: »Danke, Weihnachtsmann«.

Meine Augen brennen, als sie sich an mich klammert. Ich vergrabe meinen Kopf in ihrem Haar und drücke sie fest an mich, bemüht, die Tränen zurückzuhalten, doch eine kullert mir über die Wange.

Als Julia mich loslässt, umfasse ich ihr Kinn. »Ich hoffe, du hattest einen schönen Tag«, sage ich und zwinge mich zu einem Lächeln.

Mit ihren kleinen Fingern wischt sie meine feuchte Wange trocken. »Kommst du bald wieder?«

»Natürlich. Ich kann es kaum erwarten, zu sehen, was du mit den neuen Farben und Pinseln malst.« Ich zwinkere ihr zu, und sie errötet süß.

***

Als mein Auto in der Einfahrt zum Stehen kommt, beugt sich Bea vom Beifahrersitz zu mir rüber und tätschelt meinen Oberschenkel. Luci und Lena auf der Rückbank schnallen sich ab und steigen aus, als hätten sie einen stummen Befehl erhalten. Bea sieht ihnen nach, als sie ins Haus gehen, und mir zieht sich der Magen zusammen, weil ich Angst davor habe, was sie sagen wird.

Schließlich schaut sie mich an. »Du sollst wissen, dass ich dich liebe, als wärst du mein Sohn«, sagt sie im Brustton der Überzeugung. »Als du nicht da warst, habe ich dich vermisst. Und du sollst wissen, dass du hier willkommen bist, egal, wen du liebst.« Sie lächelt wissend.

Ich liebe dich, als wärst du mein Sohn. Du bist hier willkommen.

Die Tränen, die ich bei Julia noch zurückhalten konnte, drohen überzulaufen. Bis zu diesem Moment wusste ich nicht, wie sehr ich diese Worte hören musste.

Ich nehme ihre Hand, und sie drückt meine. »Ich liebe Lena, und es ist mein Job, sie zu beschützen. Aber ich *weiß*, du würdest dasselbe tun. Ich vertraue dir. Und selbst wenn es nicht funktioniert, gehörst du zu uns.«

In meinem Kopf herrscht totales Chaos. Meine Gedanken, Wünsche und Hoffnungen wirbeln durcheinander. Es fühlt sich an, als würde ich durch eine starke Strömung waten, gegen die ich nicht ankomme.

Aber ihre Worte sind wie ein Rettungsring, an dem ich mich festhalten kann. Bea liebt mich, egal, was ich für ihre Tochter empfinde.

»Danke«, flüstere ich.

Sie umfasst meine Schultern und zieht mich in eine Umarmung, und obwohl ich einen kleinen Tränenfleck auf ihrer Jacke hinterlasse, fühle ich mich erleichtert.

Im Haus herrscht reges Treiben, während Zara und Luci die *feijoada* anrichten, deren Zubereitung mir Bea gestern beigebracht hat. Als der Tisch gedeckt ist, wird unser Weihnachtsessen in Schalen mit Reis und *farofa* serviert.

»Lecker«, sagt Lena neben mir und kratzt ihre Schale aus, während die anderen darüber diskutieren, morgen Schlitten zu fahren.

»Danke.« Ich würde ihr gern erzähle, was mir alles durch den Kopf geht, aber ich beschränke mich auf: »Wie geht es dir?«

»Gut. Mich beschäftigen all die Dinge, die ich erledigen muss, wenn ich wieder in Wilhelmina bin.« Sie nimmt einen Schluck von ihrem Wasser, ohne mir in die Augen zu sehen. »Ich muss mir so schnell wie möglich einen Job suchen.«

Die Worte liegen mir auf der Zunge. *Such dir hier einen Job. Oder ich besuche dich am Wochenende in Wilhelmina. Wir lassen uns was einfallen.*

Aber sie hat nie gesagt, dass sie etwas Ernstes will.

Eine Nacht, einen Morgen, noch ein Mal. Das war alles.

Ich bin vielleicht in sie verliebt, aber sie nicht in mich. Für sie war es nur auf Zeit.

Mein ganzes Leben war voll von Menschen, die mich verlassen haben. Mein Vater, meine Mutter, meine Großmutter und jede Pflegefamilie. Auggie ist der einzige Mensch, der mich nicht verlassen hat.

Für mich ist es normal, Menschen gehen zu sehen, und inzwischen habe ich mich daran gewöhnt. Ich kenne es nicht anders.

Ich werde es überleben, dass sie mich verlässt. Wenn sie morgen abreist, werde ich ein Lächeln aufsetzen und winken. Ich tue es für *sie*.

Weil es das ist, was sie wirklich will, und ich könnte ihr nie etwas abschlagen.

31. Kapitel

Lena

»Komm, setz dich zu uns, *amorzinho*.« Mama klopft auf den Platz zwischen ihr und Luci.

Die Lichter am Baum und das knisternde Feuer tauchen das Wohnzimmer in goldenes Licht, als ich mich aufs Sofa fallen lasse, die Muskeln schwer von den Strapazen des Tages.

Und der emotionalen Achterbahnfahrt.

Mir ist flau im Magen, seit Auggie Gavin vor ein paar Minuten auf die Schulter geklopft und vorgeschlagen hat, auf die Veranda zu gehen, um sich mal zu unterhalten.

Mein Versuch, sie durchs Fenster auszuspionieren, hat keine brauchbaren Informationen eingebracht.

»Wie geht es meiner Lena?«, fragt Mama und nimmt meine Hand.

»Ich bin … traurig«, flüstere ich, und meine Stimme bricht, als meine Gefühle an die Oberfläche schwappen.

»Wegen deiner Arbeit?«, fragt Luci.

Ich lehne meinen Kopf zurück. »Ja, aber auch wegen allem.«

»Tut mir leid, dass ich heute Morgen so schroff war«, sagt Mama und streicht mir mit dem Daumen über den Handrücken. »Ich war nicht darauf vorbereitet.«

Mein Blick verschwimmt. »Ich wollte dir Weihnachten nicht verderben. Ich wollte nur, dass du stolz auf mich bist, wenn ich in ein paar Wochen etwas Neues gefunden habe.«

»Oh, Schatz. Ich bin immer stolz auf dich.«

Ich schüttle den Kopf. »Ich hatte Angst, dir zu sagen, dass ich versagt habe. Ich hätte so gern gute Nachrichten für dich gehabt.«

Sie legt mir den Arm um die Schultern, zieht mich an sich, und ich kuschle mich an ihre zierliche Gestalt. »*Du* bist meine gute Nachricht. Von dem Moment an, als ich wusste, dass du in meinem Bauch bist, wollte ich dich beschützen.«

»Das stimmt«, bestätigt Luci.

»Und ich will dich immer noch beschützen, jeden Tag. Was ich heute Morgen gesagt habe, war nur aus Sorge um dich. Ich will, dass du glücklich bist und das findest, wonach du suchst.«

Ich schniefe an ihrer Brust. »Ich fühle mich, als würde ich … in einem riesigen Ozean treiben, verloren auf hoher See, ohne zu wissen, in welche Richtung ich schwimmen soll.«

»Ach, Lena. Das musst du doch noch nicht wissen.« Luci streicht mir tröstend über den Oberschenkel. »Du kannst dich mit den Menschen umgeben, die dir wichtig sind, und die können dir helfen, es herauszufinden. Manchmal wissen wir nicht, wohin wir gehen, bis wir dort sind. Du kannst nur zwei Dinge tun. Auf dein Bauchgefühl vertrauen« – sie legt die Hand auf meinen Bauch – »und deinem Herzen folgen.« Sie hebt dieselbe Hand, um mir liebevoll auf die Brust zu klopfen.

Ich schlucke schwer. »Und wenn ich total durcheinander bin und nicht weiß, was ich will?«

»Dann lässt du dir von den Menschen helfen, die dich lieben«, sagt Mama. »Manchmal fragst du deine Familie um Rat. Manchmal deine Freunde. Und manchmal hörst du auf den Mann, in den du dich verliebt hast.« Ihr Ton ist sanft, aber bedeutungsschwanger. Mir schlägt das Herz bis zum Hals, als ich mich aus ihren Armen winde und sie anstarre, aber sie lächelt mich nur wissend an. »Denkst du, ich merke nicht, wie ihr euch anseht?« Sie lacht. »Denkst du, ich hätte das Mehl auf deinem Kleid nicht gesehen?«

»Denkst du, wir haben nicht gesehen, wie sehr du in den letzten zwei Jahren gelitten hast?«, fügt Luci hinzu.

Ich schüttle den Kopf, aber mir stockt der Atem. »Ich bin nicht in ihn verliebt.«

Mama lächelt wieder, und mir wird angst und bange.

Ich mag Gavin, aber ich bin doch nicht in ihn verliebt. Deshalb haben wir es bei einer Nacht belassen. Ich weiß, es sind zwei daraus geworden, aber das ändert nichts. Heute früh haben wir einen Schlussstrich gezogen und alles hinter uns gelassen.

Oder?

Ich *liebe* ihn nicht, und er liebt mich nicht.

Er hat mir nicht mal gesagt, dass er herzieht. Er sieht mich nicht als Teil seiner Zukunft. Wir sind einfach zwei Menschen, die sich sehr zueinander hingezogen fühlen.

Mit Liebe hat das nichts zu tun.

Denn wenn wir verliebt wären, könnte ich ja nicht einfach abreisen. Es würde bedeuten, dass ich …

Ich verspüre einen plötzlichen Bewegungsdrang.

Abrupt stehe ich auf und drehe mich zu Mama und Luci um. »Ich muss los. Ich muss nach Hause.«

Mama greift nach meiner Hand und versucht, mich zurück aufs Sofa zu ziehen. »Aber es ist Weihnachten.«

Blinzelnd sehe ich mich um und versuche, mir den Baum, den Kaminsims und den warmen Schein des Feuers einzuprägen. »Ich war fast den ganzen Tag hier. Ich muss nach Hause.« Meine Schultern zittern, und mir läuft ein Schauer über den Rücken.

Luci nickt und steht auf, um mich zu umarmen. »Okay.«

Als ich sie loslasse, legt Mama die Hände an mein Gesicht. »Folge deinem Herzen«, sagt sie und drückt mich.

Ich nicke, obwohl ich nicht genau weiß, wie das geht. Ich weiß, wie ich Millie dazu bringen kann, ihrem Herzen zu folgen, und ich weiß, wie ich die Herzen anderer Menschen beschützen kann. Aber mein eigenes Herz fühlt sich gerade an, als wäre es mit Stacheldraht umwickelt, der immer enger gezogen wird und in meine Lunge sticht, sodass die Luft entweicht.

Ich renne die Treppe hoch und nehme zwei Stufen auf einmal. Greife blind nach Kleidungsstücken, stopfe sie in meine Tasche und ziehe den Reißverschluss zu.

Hat sich Gavin genauso gefühlt, als er in jener Nacht seine Sachen gepackt und die Flucht ergriffen hat, überwältigt von seinen Gefühlen?

Die Erkenntnis trifft mich mit voller Wucht, und ich krümme mich vor Schmerzen.

Es ist, als hätte ich in den letzten Tagen einige sehr wichtige Schritte ausgelassen, notwendige Gespräche, die wir hätten führen sollen. Wir haben sie einfach übersprungen.

Doch statt auf festem Boden zu landen, falle ich in ein Loch.

Und wer weiß, wo ich nach diesem Sturz rauskommen werde?

Als ich ins Bad eile, um meine Sachen zu holen, fällt mein Blick auf mein Spiegelbild. Verquollene Augen und tränenverschmierte Wangen, so ganz anders als die glückliche Frau heute Morgen. Meine Finger krallen sich so fest um den Rand des Waschbeckens, dass meine Fingernägel möglicherweise sichelförmige Abdrücke auf dem Granit hinterlassen.

Tief durchatmen.

Einatmen, *eins, zwei, drei, vier.*

Ausatmen, *eins, zwei, drei, vier.*

Ich brauche jemanden, der mir die richtige Richtung zeigt. Ich weiß nicht, wie das geht, auf mein Bauchgefühl hören, meinem Herzen folgen. In mir ist nur Chaos.

Meine Freunde. Die können mir helfen. Die wissen Rat.

Millie, Micah, Emil, Finn, Avery, Eloise. Ihre Gesichter gehen mir durch den Kopf wie eine Serie von Polaroids.

Das sind die Menschen, die mir seit Monaten Halt geben. Seit Jahren.

Als ich vor drei Jahren in eine Schale Pfefferminz-Schoko-Eis weinte, war es Millie, die mir die Haare aus dem Gesicht strich und mir sagte, dass Gavin zurückkommen werde. Als ich mich zu Hause einsam fühlte, luden mich Micah und Emil zum Essen ein und brachten mich zum Lachen. Als ich meinen Job verlor, waren es Ave und El, die mich mit selbst gemachter Pizza und einem Disney-Film-Marathon aufmunterten.

Sie sind es, die ich brauche.

Und sie brauchen *mich.*

32. Kapitel

Gavin

Bisher bestand mein Gespräch mit Auggie aus fünfzehn Minuten Schweigen, das einzige Geräusch zwischen uns ein gelegentlicher Schluck Bier. Er ist seit zwanzig Jahren mein bester Freund, also ist es nicht ungewöhnlich, dass wir schweigen. Da wir bei der Arbeit so viel Zeit miteinander verbringen und ich jede Woche mehrmals mit seiner Familie zu Abend esse, bleibt oft nicht viel zu sagen.

Aber dieses Schweigen ist anders, und obwohl wir uns so gut kennen, ist es schwer zu erraten, was er gerade denkt. Mit einem tiefen Seufzer fragt er schließlich: »Wie lange geht das schon hinter meinem Rücken?«

»Körperlich? Weniger als zwei Tage.«

Sein Seitenblick sagt, dass er mir nicht glaubt.

»Emotional? Ungefähr zehn Jahre.«

Er blickt stirnrunzelnd auf die Feuerstelle zwischen uns. »Zehn Jahre?«

Ich nehme noch einen Schluck Bier, bevor ich gestehe: »Ich glaube, ich bin in sie verliebt, seit ich ihr zum ersten Mal begegnet bin.«

»Sie war neunzehn«, sagt er scharf.

»Mann, ich hab doch nichts getan«, stöhne ich. »Ich fand sie schön, witzig und klug.«

Er schweigt, also fahre ich fort. »Aber erst vor drei Jahren ist mir klar geworden, dass da vielleicht mehr sein könnte.«

Er stößt die Luft aus. »Bist du deshalb verschwunden? War der ganze Schwachsinn von wegen, dass du nicht zu unserer Familie gehörst, eine Lüge?«

»Nein. Wenn ich solche Gefühle für Lena habe, glaube ich nicht, dass ich zu deiner Familie gehören *sollte*. Du hast gesagt, dass sie dieses Jahr nicht hier ist, deshalb dachte ich, ich kann zurückkommen.«

»Aber du hast zugestimmt, mit mir hierherzuziehen.« Er zieht sich die Mütze vom Kopf und fährt sich mit der Hand durchs Haar. »Dachtest du, du könntest ihr einfach aus dem Weg gehen, wenn sie zu Besuch kommt?«

Ich zucke die Schultern. »Ja, irgendwie schon.«

Seufzend schüttelt er den Kopf. »Was ist vor drei Jahren passiert, dass du verschwunden bist?«

Die Erinnerung an diese Nacht brennt ein Loch in meinen Bauch. »Ich habe gesehen, wie sie auf der Weihnachtsfeier Brandon geküsst hat, und ich war so *sauer*, obwohl ich überhaupt kein Recht dazu hatte. Ich hätte ihm am liebsten eine verpasst.« Meine Hände ballen sich zu Fäusten. »Ich war so kurz davor. Dann bist du ein paar Minuten später aufgetaucht, und du hast gelacht und warst wie immer, und ich konnte mich nicht verstellen. Ich musste gehen.«

Er leert sein Bier mit einem letzten Schluck. »Warum hast du nichts gesagt?«

Mein Mund fühlt sich an wie mit Watte gefüllt, als ich sage: »Ihr habt mich in euer Haus und in eure Familie aufgenommen, und ich hatte das Gefühl, euch alle zu verraten, schon allein, weil ich an sie gedacht habe.« Ich lasse den Kopf in die Hände sinken. »Ich wollte nicht die einzige Familie zerstören, die ich je hatte«, flüstere ich.

Auggie räuspert sich. »Wie lange kennen wir uns schon?«

Ich hebe den Kopf und begegne seinem Blick. »Zwanzig Jahre.«

Ein Lächeln huscht über sein Gesicht. »Und glaubst du, dass ich dir vertraue? Dass ich dich gernhab?«

Es verstreichen ein paar Sekunden, bevor ich Ja sage.

Er zieht sich die Mütze in die Stirn und steht auf. »Und ob ich das tu, Gavin. Du bist ein guter Mensch. Du bist gut zu mir, zu meinen Kindern, zu meiner Frau, zu meiner Familie.« Er stemmt die Hände in die Hüften und sieht mir fest in die Augen. »Und du bist gut zu meiner Schwester.«

Ich presse die Lippen zusammen, damit sie nicht zittern. »Ich bin total verkorkst, Auggie. Mein Leben hat mich verkorkst.«

Ein Seufzer entweicht seinen Lungen, als er sich neben meinen Stuhl kniet. »Das stimmt nicht. All die Menschen, die dich im Stich gelassen haben, waren verkorkst. Aber du nicht. Du bist gut. Und ehrlich. Und einer der nettesten Menschen, die ich je kennengelernt habe. Liebst du sie?«

Mein Herz pocht wie wild. »Ja.«

»Liebt sie dich auch?«

»Ich weiß es nicht.«

Er neigt den Kopf. »Hast du ihr gesagt, dass du sie liebst?«

»Nein.«

Auggie atmet hörbar aus. »Ach, komm schon, Gav.« Er legt eine Hand auf mein Knie und drückt es. »Du musst es ihr sagen. Wie soll sie es sonst wissen?«

Er sagt das, als wäre es so einfach. Aber für jemanden, der es gewohnt ist, seine Gefühle zurückzuhalten, ist es alles andere als einfach.

Natürlich liebe ich Auggie und seine ganze Familie, aber ich sage es nicht laut. Es kommt mir nicht so leicht über die Lippen wie ihm.

Meine Muskeln sehnen sich nach Bewegung, also stelle ich meine Bierflasche ab und stehe auf, um auf der Veranda auf und ab zu gehen.

Werde ich diese Worte überhaupt rausbringen, oder bleiben sie mir im Halse stecken? Ich kann mich nicht mal erinnern, wann ich das letzte Mal jemandem gesagt habe, dass ich ihn liebe. Da war ich noch zu klein, und mein Selbsterhaltungstrieb hat es aus meinem Gedächtnis gelöscht.

Ich halte inne und drehe mich zu ihm um. »Ich weiß nicht, wie«, gestehe ich.

Auggie lacht. »Sag es einfach. Du wärst überrascht, wie leicht es ist, wenn du erst mal damit angefangen hast.« Er fasst mich fest an den Schultern und durchbohrt mich mit seinem Blick. »Du musst es ihr sagen.«

Okay. Ich sage es einfach. Ich werde die Hände an ihre Wangen legen, sie an mich ziehen und es an ihren Lippen flüstern, bis es leicht wird.

Die Scharniere quietschen, als ich die Hintertür aufreiße und mich auf die Suche nach Lena mache. In der leeren Küche werfe ich meinen Mantel auf die Arbeitsplatte.

Das Esszimmer ist leer.

Das Wohnzimmer ist leer.

Aber der Flur nicht.

Alle außer Auggie haben sich an der Haustür versammelt, wo Lena steht, mit ihrer Tasche steht und einer tiefen Furche zwischen den Augenbrauen.

Das Herz rutscht mir in die Hose. Jeglicher Enthusiasmus erlischt.

Wieder schlingen sich Ranken um meine Füße und lähmen mich, während ich zuschaue, wie sie ihre Familie in Zeitlupe umarmt. Ich höre die Scharniere der Hintertür und spüre den Luftzug, als Auggie an mir vorbeigeht. Wie durch einen Nebel nehme ich das Bedauern in ihrer Stimme wahr, als sie Penelope erklärt, dass sie vorzeitig abreisen muss. Stehe am Rand wie ein unbeteiligter Beobachter.

Meine Kleidung engt mich ein. Meine Haut spannt. Das Atmen fällt mir schwer.

Und alles, woran ich denken kann, ist, dass sie *geht*.

Wie mein Vater es getan hat. Meine Mutter. Meine Großmutter. So wie ich es getan habe.

Sie geht, und wer bin ich, sie aufzuhalten? Sie ist Lena. Meine unabhängige, kluge Lena. Sie hat es verdient, ihr eigene Geschichte zu schreiben.

Ich darf sie nicht aufhalten. Sie nicht erdrücken. Sie nicht für mich beanspruchen. Ich bin es nicht wert.

»Kannst du Noah kurz halten?«

Zaras Stimme durchbricht das weiße Rauschen in meinem Gehirn, und ich nehme ihn, ohne nachzudenken. Ich ziehe seine kleine Gestalt an meine Brust, damit etwas von seiner Wärme in meine Knochen dringt.

Lena umarmt Zara neben mir, und ihre geflüsterten Abschiedsworte dringen an mein Ohr, aber ich kann sie nicht verstehen, weil mein Gehirn mit zwei Worten verklebt ist.

Sie geht.

Als sie sich von Zara löst und vor mir steht, umrahmen ihre wilden Locken die rosigen Wangen, und ich muss schwer schlucken. Ich zwinge mein Gehirn, sich durch den Treibsand zu graben, in dem es versinkt, und Worte zu formen.

»Das ist deine Tia Lena«, höre ich mich leise zu Noah sagen. »Sie wird dir später das Leben schwer machen.« Lenas Lippen beben, als sie nach Noahs kleiner Faust greift. »Ist sie nicht wunderschön?«

Ihre Augenbrauen zucken bei diesen Worten, doch sie tritt einen Schritt näher.

Ich blende alle anderen aus, ein leises Gemurmel im Hintergrund, bis ich nur noch Lena sehe.

»Ich muss nach Hause«, flüstert sie.

Enttäuschung rauscht durch meine Adern wie ein Tsunami, und ich bekomme weiche Knie.

»Wann ziehst du um?«, fragt sie.

»Ich bleibe noch eine Weile in Juniper, um die Pläne fürs Stadtzentrum zu bereinigen«, höre ich mich murmeln. »Aber offiziell ziehe ich in ein paar Wochen um.«

»Das ist schön.« Sie zuckt die Schultern, und ich habe keine Ahnung, was ich sagen soll. Ich mag alle hier, aber ich wünschte, wir wären allein. Ohne dass die ganze Familie uns mit Argusaugen beobachtet.

Als ich einatme, rasselt es leise in meiner Brust. »Darf ich dich nach draußen begleiten?«

Sie nickt, und Zara nimmt mir Noah ab. Schutz vor der Kälte erscheint mir in diesem Moment nebensächlich, denn mein Körper ist eh bis ins Herz gefroren. Also verzichte ich auf meine Jacke, schnappe mir ihre Tasche und trage sie nach draußen.

Das Auto piept, als sie den Kofferraum öffnet, und ich hieve die Tasche hinein. Schweigend wartet sie, bis ich die Heckklappe schließe, dann folge ich ihr zur Fahrertür.

»Du brauchst so schnell wie möglich neue Reifen.« Meine schroffen Worte tun mir selbst in den Ohren weh, aber ich kann mich nicht dafür entschuldigen. Wenn ihr etwas zustößt, würde ich mir das nie verzeihen.

Verdammt noch mal. Warum habe ich mich nicht gleich darum gekümmert, als ich es bemerkt habe?

»Ich bin vorsichtig. Versprochen. Ich halte in Juniper zum Tanken und fahre dann durch bis Wilhelmina.«

Ich nicke langsam, während wir uns gegenüberstehen und nicht wissen, was wir sagen sollen. Mir fallen eine Million Dinge ein, aber nichts kommt über meine Lippen.

Sie tritt von einem Fuß auf den anderen. Ich schlucke. Sie zuckt die Schultern.

Wahnsinnig peinlich für zwei Menschen, die letzte Nacht noch den Namen des anderen gestöhnt haben, aber ich muss mich wohl daran gewöhnen.

Wir haben es so gewollt. Schließlich seufzt sie tief und schlingt die Arme um meine Taille.

Ihr süßer Zitrusduft hüllt mich ein, und mir fällt ein Amboss auf die Brust.

Sie geht.

Lenas Schultern zucken, als sie scharf einatmet, und ich schlinge die Arme um sie und halte sie fest. Am sichersten Ort der Welt. Wo sie hingehört.

Aber sie geht.

Während ich mit den Fingern durch ihre Haarspitzen fahre, ringe ich mit meinen Gefühlen.

»Alles wird gut«, flüstere ich, obwohl das nicht stimmt.

Sie geht und nimmt mein Herz mit.

Mein Herz war klein und kalt, nachdem so viele Menschen es mir stückchenweise geraubt hatten. Meine Mutter, meine Großmutter, meine Pflegeeltern. Mein ganzes Leben lang habe ich Häppchen verteilt und nie etwas zurückbekommen.

Der einzige Unterschied hier ist, dass ich es habe kommen sehen. Seit dem Moment, als unsere Lippen sich berührten, wusste ich, dass mein Herz für immer ihr gehören würde. Und dass sie es mir rauben würde.

Ich nehme ihr Gesicht in die Hände und neige ihren Kopf zurück, bis ich ihre rot umrandeten Augen und ihre perfekten Lippen sehen kann.

Bleib bei mir. Lass es uns versuchen. Sei mein.

Aber ich habe schon so viele Menschen angefleht, zu bleiben. Schluchzend habe ich nach meiner Mutter geschrien. In den Armen einer Sozialarbeiterin nach meiner Großmutter geweint.

Es half nichts.

Wer gehen will, geht. Diese Lektion habe ich gelernt.

Stattdessen drücke ich ihr einen Kuss auf die Stirn und flüstere: »Bitte fahr vorsichtig. Du bist eine wertvolle Fracht.«

Dann lasse ich sie los. Ich lasse sie gehen.

Und als sie aus der Einfahrt fährt, stehe ich da und sehe ihren Rücklichtern nach, während mir die erste heiße Träne über die kalte Wange läuft.

33. Kapitel

Lena

Meine Hände zittern am Lenkrad, als ich auf den Highway nach Juniper einbiege.

Ich hätte mir mein Herz herausreißen und es ihm vor die Füße werfen sollen. Das wäre vielleicht einfacher gewesen. Dann hätte ich jetzt nicht dieses Ziehen in der Brust.

Tränen trüben meine Sicht, als ich in den Sonnenuntergang fahre, vorbei an gemütlichen Häusern, in denen Familien und Freunde zusammensitzen.

Ich sollte auch bei meiner Familie sein, den Zitronenkuchen essen, den Gavin für mich gebacken hat, und dem Lachen meiner Nichte und meines Neffen lauschen.

Ein abgehackter Atemzug rattert durch meine Brust, als ich ein Schluchzen unterdrücke.

Scheiße, tut das weh.

In meinem Körper findet ein Seilziehen statt. Eine Seite zieht mich nach Hause zu Wilhelmina, zu den Menschen, die meinen Alltag ausmachen. Die mich feiern und mit mir abhängen. Zu meinen inoffiziellen Nichten, die später einmal so werden wollen wie ich. Zu den Menschen, die mich als ihre beste Freundin und unersetzlichen Teil ihres Lebens betrachten.

Die andere Seite zieht mich zu den anderen wichtigen Menschen in meiner Welt, ein paar Kilometer die Straße zurück. Zu Mama und Luci und ihrer bedingungslosen Liebe. Zu meinem Bruder und Zara und ihren wunderbaren Kindern, die ich viel zu selten sehe.

Sie sind mein Zuhause, meine Familie, das, was meine Seele glücklich macht.

Und da ist *er*.

Sein kleines Lächeln, das nur für mich reserviert ist. Wie er mir immer das Gefühl gibt, ganz ich selbst sein zu können. Wie er einfach alles tun würde, um mich glücklich zu sehen.

Die perfekte Mischung aus Geborgenheit und Leidenschaft.

Als ich mich der Stadtgrenze von Juniper nähere, tropfen mir Tränen vom Kinn.

Ich vermisse ihn jetzt schon. Es fühlt sich an, als würde meine Brust zerspringen.

Dieser Verlust. Diese Trauer.

Wie kann ich ihn jetzt schon so vermissen?

Ich hab ihn doch gerade erst verlassen.

Bei diesem Gedanken durchzucken mich Schuldgefühle.

Ich habe ihn *verlassen*. Bin einfach weggefahren, während er mir nachsah und seine dunkle Gestalt im Rückspiegel schrumpfte.

Wie alle Menschen, denen er in seinem Leben vertraut hat.

Wie konnte ich ihm das antun?

Scheiße.

Ein stechender Schmerz in der Lunge macht mir das Atmen schwer.

Ich muss umkehren. Ich darf nicht so sein wie sie.

Mit dem Handrücken reibe ich mir über die Wangen und versuche, das Lenkrad ruhig zu halten. Schiebe mir die Locken hinter die Ohren und suche nach einer Stelle, an der ich wenden kann, doch in der letzten Kurve vor der Stadt verschwimmt meine Sicht. Durch den Tränenschleier blendet mich die untergehende Sonne, ich habe Schwierigkeiten, die Straßenmarkierungen zu erkennen, und gerate zu weit auf die Gegenfahrbahn.

Ein Auto hupt, Scheinwerfer leuchten auf.

Ich lenke nach rechts, aber meine abgefahrenen Reifen finden auf der glatten Straße keinen Halt, und ehe ich begreife, was passiert, dreht sich mein kleiner Geländewagen um die eigene Achse und kracht in eine Schneewehe.

Mein Puls pocht in meinem Schädel, keuchende Atemzüge füllen das Auto. Beine, Arme, Rücken, Hals, Kopf. Alles scheint okay, bis auf mein Herz, aber das war ja schon vorher.

Ein heftiges Schluchzen schüttelt meine Schultern, während Adrenalin durch meinen Körper pumpt.

Ich hätte sterben können. Ich hätte mit dem Auto zusammenstoßen oder mich überschlagen können. Die ganze Nacht allein im Schnee liegen. Die Menschen, die mir etwas bedeuten, nie wiedersehen.

Die warme Luft der Heizung bläst mir ins Gesicht, und die Windschutzscheibe ist komplett mit Schnee bedeckt. Als ich mich zum Beifahrerfenster drehe, fällt mein Blick auf den warmen Schein des Leuchtschilds vom Bear Creek.

Ich bin direkt neben dem Parkplatz gelandet.

Genau dort, wo mein Leben aus den Fugen geraten ist, wo ich die beste Nacht meines Lebens in den Armen des Mannes verbracht habe, den ich …

Ich stöhne laut.

Soll das ein Witz sein? Ist das eine Intervention des Universums, um mir zu sagen, dass ich falsche Entscheidungen treffe?

Plötzlich wird mir heiß, und ich schlage mit der Hand auf den Heizungsschalter. Meine Hände zittern, als ich nach meinem Handy greife, um es zu entsperren. Ich brauche vier Versuche, aber schließlich drücke ich auf den Namen der Person, mit der ich jetzt sprechen möchte.

Ich schalte auf Lautsprecher, und das Klingelzeichen dröhnt durchs Wageninnere.

»Lena!« Millies melodiöse Stimme strömt herein wie frische Luft, und meine Schultern entspannen sich ein wenig. »Wie geht es dir?«

»Ähm, ich weiß nicht.« Meine Stimme bricht.

»Oh, Süße.« Sie senkt ihre Stimme zu einem beruhigenden Ton, und es raschelt in der Leitung, als würde sie in ein anderes Zimmer gehen.

»Tut mir leid«, jammere ich und wische mir die Tränen von den Wangen. »Es ist Weihnachten, und ich weiß, dass du –«

»Lena, nicht. Du brauchst mich, und du würdest dasselbe tun.« Ich höre, wie eine Tür zugeknallt wird. »Okay. Was ist los?«

Ich schluchze auf, bevor ich gestehe: »Ich hatte einen Unfall. Mit einem Schneehaufen.«

Sie schnappt nach Luft. »Geht es dir gut? Wo bist du? Ich kann in zwei Minuten im Auto sein.«

»Es geht mir gut. Es geht mir gut, ehrlich.« Mein Blick fällt auf das Leuchtschild neben dem Auto. »Ich stehe direkt vor dem Bear Creek, also kann ich Joe und Gary um Hilfe bitten.« Sie atmet erleichtert auf. »Ich wollte nur deine Stimme hören.«

»Nun, ich höre deine Stimme immer gerne, aber du klingst, als wäre etwas nicht Ordnung.«

Ich schlucke den Kloß in meinem Hals hinunter und flüstere: »Ich wollte nach Hause zu fahren, aber ich hab so geweint, dass ich nichts mehr sehen konnte, und das Universum hat mir eine Schneewehe geschickt.«

»Lena, Süße. Lass dir doch nicht alles aus der Nase ziehen. Ich komm nicht mit. Warum hast du geweint? Wen soll ich verprügeln?«

Bei dem Gedanken, dass Millie jemanden verprügelt, muss ich lachen, aber es ist ein kläglicher Laut. »Ich bin weggefahren, weil … Es sollte nur für eine Nacht sein, Mills. Und dann war es auch noch der nächste Morgen und die Speisekammer und die nächste Nacht. Und irgendwann wurde aus einer Nacht … *alles.*« Mit einem winzigen Plopp landet eine Träne auf dem Telefon in meiner Hand.

»Ach, Lena«, beruhigt sie mich. »Warum bist du dann auf dem Weg nach Hause?«

»Weil dort mein Leben ist. Dort ist mein Zuhause. Ich vermisse dich und die Mädchen. Und Micah und Emil. Ich muss anfangen, mir einen Job zu suchen, und mein Leben wieder auf die Reihe kriegen.« Ich lasse mich tiefer in den

Sitz sinken. »Können wir Micah und Emil dazuholen? Ich möchte ihre Stimmen hören.«

»Na klar. Warte kurz. Ich rufe sie an.« Es klickt, und nach einigen Augenblicken stiller Qual dringt Millies besorgte Stimme wieder an mein Ohr. »Bist du noch dran?«

»Ja.« Meine zittrige Stimme verrät meinen emotionalen Zustand.

»Oh, Schätzchen«, sagt Micah mit seiner tiefen Stimme, und ich bekomme sofort Heimweh.

»Ich habe sie kurz auf den neuesten Stand gebracht«, sagt Millie.

»Hat sie die Orgasmen erwähnt?«, versuche ich, die Stimmung aufzulockern.

Das schönste Gelächter ertönt aus dem Telefon, und aus irgendeinem Grund muss ich wieder schluchzen.

»Das hat sie vergessen, zu erwähnen«, brummt Micah, und ich sehe sein breites Grinsen vor mir.

»Typisch. Das Beste lässt sie wieder weg.« Ich fahre mir übers Kinn, um die Tränen wegzuwischen, die mir in Strömen über die Wangen laufen.

»Davon kannst du uns später erzählen. Jetzt verrat uns erst mal, warum du auf dem Weg nach Hause bist, statt bei deiner Familie und Gavin.«

Meine Lippen werden schmal, während ich versuche, die richtigen Worte zu finden. Wie soll ich das erklären, wenn ich selbst das Chaos noch nicht entwirrt habe?

»Ich glaube, ich habe … Gefühle für Gavin, aber er zieht nach Juniper, und ich lebe in Wilhelmina«, beginne ich und gebe mein Bestes, mich auf die Fakten zu konzentrieren.

»Okay«, sagt Emil sanft. »In welche Richtung gehen deine Gefühle? Denn ich glaube, diese Information ist entscheidend für den Rat, den wir dir geben.«

»Arghh. Warum stellst du mir die schwierigste Frage zuerst?«, murmele ich, und sie warten geduldig, während ich versuche, meine Gefühle zu analysieren. »Es fühlt sich an .... als hätte ich mein Herz gerade in seinen Händen zurückgelassen. Als würde ich es nie wieder zurückbekommen. Es gehört jetzt ihm.«

Es ertönt ein allgemeines nachdenkliches Summen.

»Und du vertraust darauf, dass er sich gut darum kümmert?«, fragt Emil.

»Ja«, flüstere ich atemlos.

»Warum fährst du dann weg?«, fragt Micah.

»Keine Ahnung. Es ist alles so verwirrend«, gebe ich zu.

»Willst du es mit einer Visualisierung versuchen?«, fragt Millie mit einem Hauch von Spott in der Stimme.

Micah schnappt hörbar nach Luft: »Millie? Hast du das gerade wirklich gefragt?«

»Ach, halt die Klappe«, schimpft Millie. »Ich gebe ja zu, dass es was mit mir gemacht hat. Es hat mir definitiv klargemacht, dass ich Gefühle für Finn und die Mädchen habe.«

Stöhnend lasse ich die Stirn aufs Lederlenkrad sinken. Mit vor dem Bauch verschränkten Armen murmele ich wenig enthusiastisch: »Okay. Ich mach's.«

Millie zischt ein triumphierendes Ja.

»Stell dir erst mal vor, was passiert, wenn du weiter nach Hause fährst«, fängt Emil an. »Wie wirst du dich in einer Woche fühlen?«

Ich atme langsam ein und durch die Nase wieder aus und

stelle mir Bildrauschen vor. Als das Bild kommt, sehe ich mich zu Hause. Millie, Micah und Emil sitzen neben mir auf dem Sofa und schauen sich traurig um. Das Haus ist unordentlicher als sonst. Der Weihnachtsbaum steht noch in der Ecke, aber nur mit der Hälfte des Schmuckes, denn Millie hat ihren mitgenommen.

Ich umarme meine Knie, während wir *Gilmore Girls* sehen, und der Herzschmerz steht mir ins fahle Gesicht geschrieben. Die Augen verquollen und stumpf, als hätte ich tagelang geweint.

Ich weiß genau, wie *diese* Lena sich fühlt. Als wäre sie unvollständig, weil sie ein Stück von sich in Juniper zurückgelassen hat.

Sie hat ihm ihr Herz auf dem Silbertablett serviert und nicht gemerkt, dass er es sich ganz genommen hat. Die Bedeutung des Augenblicks war ihr gar nicht bewusst, weil es sich so natürlich angefühlt hat. Wie die richtige Entscheidung. Die einzig richtige Entscheidung.

Entweder sie schenkt ihr Herz Gavin oder niemandem.

»Alles okay?«, fragte Millie mit besorgtem Unterton.

»Ja. Aber ich sehe todunglücklich aus. Gebrochen. Als wäre das Leben ohne mich weitergegangen.«

Zustimmende Laute flackern durchs Telefon.

»Sollen wir die zweite Möglichkeit ausprobieren?«, fragt Micah. »Vielleicht gefällt dir die besser.«

»Ich weiß nicht, ob ich das kann«, antworte ich.

»Lena.« Millies Stimme ist streng. Es ist ihre bis zur Perfektion einstudierte Mutterstimme, die ich erst neulich gehört habe, als Eloise versuchte, mit einer ganzen Tüte Schokodrops unter ihrem T-Shirt die Treppe raufzuschleichen. Der kleine Schokoladenkobold erstarrte vor Schreck, als sie ihren Namen in Millies Mutterstimme hörte.

»Ja, Mom.« Mein eigener Witz zaubert mir ein Lächeln ins Gesicht.

Sie lacht. »Ich rede so mit dir, wie du mit mir reden würdest. Okay? Bist du bereit?«

»Okay«, murmele ich und hebe den Kopf vom Lenkrad.

Millie räuspert sich, als versuchte sie, sich in ihre Rolle einzufühlen. »Ich glaube, alle hier sind sich einig, dass du eine toughe Frau bist.«

Ich lache auf. »Das sagst du zu einer Frau, die gerade zwanzig Minuten in ihrem Auto geweint hat.«

»Auch toughe Frauen weinen. Aber du bist auch tough, wenn« – sie macht eine dramatische Pause, und es funktioniert, denn ich lausche gespannt – »du dich für die Menschen einsetzt, die dir wichtig sind. Du kämpfst dafür, dass jeder Einzelne von uns den Respekt bekommt, den er verdient. Du bist der Mensch, den wir in guten wie in schlechten Zeiten und dazwischen an unserer Seite haben wollen.«

Millie schnieft, bevor sie fortfährt. »Ich bin nicht immer die Beste darin, für mich selbst einzustehen. Aber du hast es mir beigebracht, und jetzt werde ich mich revanchieren. Du musst für dich selbst kämpfen, für die Zukunft, die du dir wünschst. Statt uns zu beschützen, musst du anfangen, dich selbst zu schützen. Du musst für dich selbst einstehen. Wir stehen alle hinter dir, aber du musst selbst entscheiden, welchen Weg du gehen willst.«

»Du traust mir zu viel zu. Meine Aufgabe ist es, die Menschen um mich herum zu beschützen. Das ist mein Daseinszweck.« Ich lache bitter auf. »Und ich bin nur ein

Steigbügelhalter. Ich zeige den Leuten, was sie beim nächsten Mal besser machen können, aber ich bin keine Partnerin, bei der man bleibt.«

Emil setzt seine Professorenstimme auf: »Dann sind es die falschen Leute.«

Meine Gefühle schnüren mir die Kehle zu, als Micah mit trauriger Stimme hinzufügt: »Du hast uns beigebracht, mutig zu sein, Lena, und jetzt bist du an der Reihe.«

»Denk zur Abwechslung mal an dich selbst«, sagt Emil. »Was *will* Lena Camilla Santos? Ohne Rücksicht darauf, ob andere dich brauchen oder was für andere gut ist. Was willst *du* in deinem tiefsten Innern?«

Mein Herz fühlt sich brüchig an wie Reispapier, als könnte es bei der kleinsten Berührung reißen und alles verschütten.

»Ich hatte keine Ahnung, wie sehr es wehtun würde«, gestehe ich und kneife die Augen zu. »Die letzten zehn Jahre war es ein dumpfer Herzschmerz, wie Muskelkater.« Ich drücke meine Handfläche auf mein Herz und versuche, den Schmerz wegzureiben. »Aber als ich gerade weggefahren bin, hat es sich angefühlt, als würde mein Herz herausgerissen.«

»Und was glaubst du, was das bedeutet?«, flüstert Millie.

Das letzte Puzzleteil, nach dem ich gesucht habe, taucht vor mir auf. Es ist ein bisschen abgenutzt an den Rändern, weil es lange unbeachtet herumlag, aber es passt perfekt. Und als ich es an seinen Platz drücke, nimmt das ganze Bild Gestalt an.

»Ich liebe ihn«, flüstere ich, sein Gesicht von vorhin, als er neben meinem Auto stand, noch deutlich vor Augen, voller Trauer und Sehnsucht und … Liebe.

Plötzlich ergibt alles einen Sinn.

»Ich liebe ihn«, wiederhole ich, lege mein Handy auf den Schoß und lasse den Kopf in die Hände sinken.

Emil und Micah lachen leise, Millie weint.

Die Hoffnung bläht sich in meiner Brust auf wie ein Ballon. Ich will es ihm sagen. Ich will es von den Dächern rufen und in den Wald hineinschreien.

Gavin. Mein Gavin. Er gehört mir. Und ich liebe ihn.

Aber auf das Hoch folgt der Absturz, als mir klar wird, was ich vergessen habe.

Meine Freunde.

»Aber«, setze ich an, »wir wohnen nicht am selben Ort.«

»Lena, hör mir zu«, sagt Millie, diesmal nicht mit Mutterstimme, sondern mit der sanften Stimme der besten Freundin. Genauso klinge *ich*, wenn ich *ihr* einen Rat gebe. »Folge deinem Glück. Du hast es verdient. Das ist deine Chance, egoistisch zu sein. Denk nicht an uns. Denk an dich.«

»Nicht an dein Haus«, stimmt Micah ein, »nicht an deine Bewerbungen. Frag dich, wo dein *Herz* zu Hause ist. Wo ist das?«

Darüber muss ich nicht nachdenken.

Bei Gavin. Dort gehört es hin. Jetzt und für immer.

»Aber wenn ich wegziehe, werde ich euch vermissen«, sage ich, und wieder fließen die Tränen.

»Ach, Süße«, sagt Millie. »Wir werden dich auch vermissen. Aber du verdienst es. Du verdienst es, egoistisch zu sein. Es ist Zeit, auch mal an dich selbst zu denken.«

»Aber Ave und El …«

»… werden dich besuchen kommen«, beendet Millie den Satz. »Mit ihrer Tante Millie und ihrem Onkel Finn.«

Mein Lachen klingt wie ein Schluckauf.

»Und Onkel Micah und Onkel Emil«, fügt Micah hinzu.

»Diese Mädchen haben wirklich viele Onkel und Tanten«, sagt Emil lachend.

»Zwei Stunden Fahrt ist doch ein Katzensprung«, fügt Millie hinzu. »Es dauert länger, die Mädchen bettfertig zu machen. Und wir können uns auch auf halbem Weg in Fern River treffen! Wir sind mindestens einmal im Monat bei meiner Familie und könnten dich mit einplanen.«

Ein zaghaftes Lächeln breitet sich auf meinen Lippen aus, als ich den Gedanken sacken lasse. Ausflüge in den Park, in Cafés, Spaziergänge und Besuche bei Millies Eltern und Schwestern.

Das könnte funktionieren, oder?

Ein Klopfen erschüttert die Scheibe, und ich kreische erschrocken.

Doch als ich den Kopf drehe, blicken mich Gavins große Whiskeyaugen an.

Mir zieht sich der Magen zusammen. »Gavin ist da«, zische ich.

»O Scheiße«, quietscht Millie.

»Er sieht etwas derangiert aus«, sage ich mit Blick auf seine vom Wind zerzausten Haare und die geröteten Wangen, die den Eindruck vermitteln, als wäre er die fünfzehn Kilometer in die Stadt gerannt.

Er versucht, die Tür zu öffnen, aber sie ist verriegelt, also drückt er seine Handfläche gegen das Fenster, Besorgnis im Blick.

»Verdammt. Das klingt heiß«, stöhnt Micah.

»Mach ein Foto«, flüstert Millie.

»Kann ich euch zurückrufen?« Lachend befreie ich mich aus meinem Gurt.

»Wehe nicht«, sagt Micah, und Emil kichert.

»Folge deinem Herzen«, sagt Millie. »Wir haben dich lieb, und wir wollen Fotos.« Dann endet der Anruf, und plötzlich ist es ganz still im Auto.

34. Kapitel

Gavin

Es dauert nur eine Minute, bis ich beschließe, ihr zu folgen. Eine Minute, in der mir Tränen übers Gesicht laufen, bevor mein Körper in Aktion tritt.

Diesmal bin ich erwachsen. Statt nur ihren Rücklichtern hinterherzuschauen, werde ich etwas unternehmen.

Da fährt die Frau, der mein Herz gehört, und ich werde sie nicht gehen lassen, ohne ihr zu sagen, was ich für sie empfinde.

Ich liebe sie. Und ich muss es ihr sagen.

Ich renne zur Tür, um mir meine Schlüssel zu schnappen, doch als ich sie öffne, steht Lenas Familie mit traurigen Gesichtern im Flur.

»Wir dachten, sie bleibt noch«, schluchzt Bea.

»Ich hole sie zurück«, verspreche ich und schiebe mich an Auggie vorbei, um meine Schlüssel und mein Handy vom Couchtisch zu holen. In letzter Minute beschließe ich noch schnell, meinen Mantel und Lenas unberührten Zitronenkuchen aus der Küche zu holen.

Die Schlüssel so fest in der Hand, dass sie sich in mein

Fleisch bohren, gehe ich zurück zur Tür und sehe, dass sich ihre Tränen in Hoffnung verwandeln.

Lucis Kinn zittert, als sie die Finger um meine Handgelenke legt. »Bring unser Mädchen zurück.«

Dann streichelt Bea mir über die Wange. »Du liebst sie«, sagte sie, keine Frage, sondern eine Feststellung.

Ich schlucke schwer und nicke. »Das tue ich.«

Auggie senkt das Kinn und umarmt mich fest: »Sag es ihr. Sie muss es wissen.«

Die Fahrt dauert nur zehn Minuten, aber es kommt mir wie Stunden vor. Mit Herzklopfen und einem Knoten im Magen rase ich auf die Stadt zu, um sie an der Tankstelle abzufangen.

Doch dann entdecke ich ihr Auto in einer Schneewehe, die Windschutzscheibe vollständig bedeckt, und Angst schnürt mir die Kehle zu.

Mein Puls pocht wie Hufschläge, als ich neben ihr zum Stehen komme.

Die Reifen sind schuld. Die gottverdammten Reifen.

Meine Versäumnisse werden mich für den Rest meines Lebens verfolgen. Ich hätte mich um ihre Reifen kümmern sollen, als ich sah, wie abgenutzt sie sind. Ich hätte sie anflehen sollen, zu bleiben. Ich hätte ihr die Wahrheit sagen sollen. Zugeben, dass sie das einzige Zuhause ist, das ich je brauchte.

Aber das habe ich nicht.

Ich ziehe die Handbremse, reiße die Tür auf und renne zu ihr, gepackt von der Angst, was ich vorfinden werde. Doch als ich zu ihrem Fenster schlittere, umspielt ein sanftes Lächeln ihre Lippen, und ich atme erleichtert auf.

Jetzt sieht sie mich durchs Fenster an, ihre karamellfarbenen Augen sind verquollen und gerötet, aber ansonsten scheint alles in Ordnung zu sein.

Sie wischt sich mit den Fingern über die Wangen, während ich einen Schritt zurücktrete, damit sie die Tür öffnen kann. Dann knie ich mich neben sie in den Schnee. Kalte Nässe durchdringt meine Jeans, der harte Boden beißt in meine Knie, aber das ist mir egal.

»Geht es dir gut? Tut dir irgendwas weh?« Ich tätschle ihre Oberschenkel, ihre Arme, ihre Schultern, ihre Wangen und suche nach Anzeichen dafür, dass etwas nicht in Ordnung ist.

»Es geht mir gut.« Ihr Schluchzen bricht mir das Herz.

Ich schlinge die Arme um ihre Taille und vergrabe mein Gesicht an ihrem Hals. »Bitte fahr nicht«, flüstere ich. »Ich hätte dich schon viel früher darum bitten sollen. Ich hätte dich anflehen sollen, zu bleiben.« Ich presse meine Lippen auf ihren Hals, atme ihren Duft ein und seufze.

Nur zwanzig Minuten, und ich habe sie so sehr vermisst.

Sie dreht sich zu mir um, und mit ein wenig Nachjustieren umschließen ihre Knie meinen Körper, und sie legt die Arme um meine Schultern. »Ich wollte gerade umkehren.«

»Was?« Ich schnappe nach Luft. »Wirklich?«

»Ja.« Sie lacht leise. »Aber ich mag es, wenn du auf Knien bettelst.«

Ich lege meine Handflächen an ihr Gesicht. »Ich werde jeden Tag für dich auf die Knie gehen.«

Ihr Lächeln wärmt mich wie die Sonne, und ich schlucke meine Aufregung runter, um mich auf die fremden Worte zu konzentrieren, die mir auf der Zunge liegen. Sie auszusprechen, ist gar nicht so schlimm wie erwartet. Es fühlt sich ganz natürlich an.

»Ich liebe dich, Lena. Ich liebe dein Lächeln und deine Schlagfertigkeit, deinen Kampfgeist und auch deine Sanftmut. Ich liebe einfach alles an dir, und ich will dich, für immer.« Ich atme tief ein, und beim zweiten Mal ist es sogar noch leichter. »Ich liebe dich.«

Tränen schimmern auf ihren Wangen, doch sie lächelt. »Wirklich?«

Ich küsse ihr Kinn, ihren Mund. »Du hast mein kleines kaltes Herz zum Leben erweckt, und es gehört dir, wird immer dir gehören.«

»Ich liebe dich auch«, flüstert sie.

Ihre Worte schlüpfen in meine Brust und machen es sich dort gemütlich. Mein ganzes Leben habe ich nach etwas gesucht, das diesen Platz einnimmt, und endlich ist es da.

Es ist Lena. Sie war schon immer dazu bestimmt, die Leere in mir zu füllen.

Ich schalte den Motor aus und ziehe Lena hoch. Sie kreischt vor Lachen, als ich sie an der Taille packe und über meine Schulter werfe. Ich halte ihre Oberschenkel fest, während ich den Parkplatz überquere und die Stufen zu Garys und Joes Hütte hinaufsteige. Die Dringlichkeit meines Klopfens zerreißt die Luft, und Lena zappelt in meinem Arm.

Ich fahre mit der Hand ihren Oberschenkel hinauf und lege sie auf die weiche Rundung ihres Pos, gerade als Gary die Tür öffnet.

Seine Augen weiten sich, als er unseren Anblick in sich aufnimmt. »Ihr seht nicht aus wie Sternsinger«, sagt er ausdruckslos und lehnt die Schulter an den Türrahmen.

Lena kichert, bevor ihre raue Stimme einsetzt. »*We wish you a merry Christmas, we wish you …*«

Sie verstummt, als ich ihr zärtlich auf den Po klatsche, und ich beiße mir auf die Lippen, um mir das Lachen zu verkneifen, als Gary die Augenbrauen hochzieht.

»Ich nehme an, die Hütte ist immer noch auf meinen Namen gemietet?«

»Sie gehört ganz euch. Wir dachten uns schon, dass ihr vielleicht zurückkommt.« Gary zwinkert mir zu und lächelt vielsagend.

»Perfekt.« Ich nicke.

»Frohe Weihnachten«, ruft Lena, als ich mich umdrehe. Sie stützt sich auf meinem Rücken ab, um sich aufzurichten, während ich die Stufen hinabsteige. »Vielleicht sehen wir uns dann, bis später.«

Gary lacht. »Ehrlich gesagt, hoffentlich nicht. Ihr könnt so lange bleiben, wie ihr wollt.«

»Danke«, rufe ich über die Schulter und greife diesmal nach ihrem Hintern, um sie festzuhalten.

Ich will sie nicht einmal lange genug loslassen, um Lenas Auto aus der Schneewehe zu befreien oder meins auf den Parkplatz zu fahren, also hole ich nur schnell den Kuchen und gehe mit ihr über der Schulter zur Hütte. Die Lichterketten am Geländer sind wie ein Leuchtfeuer, das mich ruft, vorbei an der Baumschule und dem Schlitten, wo ich Weihnachtsmann gespielt habe.

An der Tür drehe ich mich um und sage ihr den Code, den sie eingeben muss, weil ich beide Hände voll habe. Dann gehen wir rein, und ich stoße die Tür hinter uns zu. Den Kuchen stelle ich auf den Küchentresen, bevor ich Lena mit dem Rücken aufs Bett fallen lasse. Sie landet mit einem Seufzer, ihr Haar perfekt aufgefächert.

Ihre Augen sind vom Weinen noch geschwollen, und ich möchte sie die ganze Nacht küssen, für alles, was sie durchgemacht hat.

Ich knie mich zwischen ihre Knöchel und schiebe meine Hände ihre butterweichen Leggings hinauf. »Für mich war es nie nur eine Nacht. Es war unsere erste Begegnung, die zu einer Woche mit deiner Familie wurde, die zu zehn Jahren der Sehnsucht nach dir wurde. Scheiß auf *eine Nacht*. Ich will sie alle.«

Sie nickt, setzt sich auf, zieht ihre Jacke aus und wirft sie auf den Boden. Ich werfe meine über ihre und falle ihr in die Arme, wo ich hingehöre.

Bei jeder Berührung verspüre ich eine unmittelbare Erleichterung, egal ob sich nur unsere kleinen Finger berühren oder ich tief in ihr bin. Der Trost und die Geborgenheit, die sie mir gibt, sind das schönste Gefühl der Welt.

»Für mich war es auch nie nur eine Nacht«, flüstert sie. »Ich wusste vorher, dass das unmöglich ist.«

Wir drehen uns auf die Seite, einander zugewandt, ihr Bein über meiner Hüfte. Ihre Augen sind weiches, warmes Karamell, ihre Lippen süße, pralle Kirschen.

Ich presse meinen Mund auf ihren und seufze. »Wir kriegen das hin. Ich ziehe zu dir nach Wilhelmina. Ich suche mir da einen Job und –«

»Nein«, haucht sie. »Du und Auggie, ihr habt Pläne, einen Traum.«

Ich fahre mit den Fingern in ihr Haar. »Scheiß drauf. Scheiß auf meine Pläne. Vernichte sie. *Du* bist mein Traum.

Nichts davon ist wichtig im Vergleich zu dir.« Ich gleite mit den Lippen über ihre weiche Wange. »Ich will da sein, wo du bist. Auggie würde das verstehen.«

Sie streicht mit der Handfläche über meinen Arm. »Und wenn ich zu dir ziehen will?«

Ich schüttle den Kopf. »Das musst du nicht. Ich möchte nicht, dass du etwas für mich aufgibst.«

Sie stemmt die Hände gegen meine Schultern, dreht mich auf den Rücken und setzt sich auf mich. »Gavin Moore, dein Leben war voller Menschen, die sich nicht für dich entschieden haben. Du musstest um jeden Fitzel Familie kämpfen.« Ihr Blick hält mich gefangen. »Aber ich *entscheide* mich für dich. Ich kämpfe für das hier« – sie zeigt von meinem Herz auf ihres – »weil ich dich liebe.«

Ich streiche mit den Händen über ihre Hüften, um vom Kribbeln meiner Nasenwurzel abzulenken. Sie entscheidet sich für *mich*. Sie *liebt* mich. Sie *kämpft* um mich.

Mein Herz dehnt sich aus, als wollte es meine Brust sprengen.

Ihre Schultern heben sich zu einem kleinen Achselzucken. »Ich weiß noch nicht, was ich mit meinem Leben anfangen will. Ich weiß nicht, welcher Job mich glücklich macht, aber ich möchte hier bei dir sein, während ich es herausfinde.«

Ich nicke, und eine Träne schleicht sich an meinen Wimpern entlang, um mir die Schläfe hinunterzulaufen. »Danke, dass du dich für mich entscheidest.«

Sie fängt die Träne mit dem Daumen auf. »Immer.«

Ihre Lippen berühren meine, zart und leise, wie geflüsterte Geheimnisse zwischen Liebenden, und als unsere Zungen einander finden, stöhnen wir gleichzeitig.

Unsere Klamotten fallen zu Boden, als wüssten wir beide instinktiv, dass wir so viel Haut wie möglich berühren müssen. Wir brauchen unsere warmen, aneinandergeschmiegten Körper. Versprechen, die geflüstert werden, ohne dass etwas zwischen uns ist.

Ihre samtigen Kurven glänzen im Schein der Lampe, während ich meinen Blick über all die zauberhaften Details schweifen lasse.

Als ich zwischen ihre Schenkel und in ihre feuchte Wärme gleite, graben sich ihre Fingernägel in meine Hüften. Sie wölbt sich mir entgegen, zieht mich ganz fest an sich, unsere Körper so eng miteinander verschlungen, dass es sich anfühlt, als würden unsere Seelen miteinander verschmelzen. Leises Stöhnen und Flüstern erfüllt die Luft zwischen uns, während wir uns gemeinsam bewegen, bis unsere Körper erschöpft sind.

Nachdem unser Atem sich etwas beruhigt hat, streicht Lena mit den Fingern über die Tätowierungen auf meiner Brust, und ich lasse meine durch ihr Haar gleiten. Sie erzählt mir von dem Gespräch mit ihren Freunden, und ich ihr, was passiert ist, nachdem sie weggefahren ist.

Und als wir den nächsten Tränenschwall abgewischt haben, stehe ich kurz auf, um den Kuchen und einen Löffel aus der Küche zu holen.

Ich lehne mich gegen das Kopfende des Bettes, und sie setzt sich im Schneidersitz neben mich, während sie einen Bissen probiert.

Sie schluckt und gestikuliert mit dem Löffel.

»Wir sollten diese Hütte mieten, bis dein Haus fertig ist. Mir gefällt es hier. So viele schöne Erinnerungen«, sagt sie mit hochgezogenen Augenbrauen.

Verdammt, ich liebe es, wie selbstverständlich sie über unser Zusammenleben spricht.

Ich denke an die Weihnachtsfeiertage zurück, die ich in dieser Hütte verbracht habe, und wie ich mir gewünscht habe, woanders zu sein.

Doch diese Erinnerungen verblassen. Stattdessen denke ich an die Frau neben mir. Ihren Körper, ihr Lächeln, ihre Stimme.

»Lass uns diese Hütte mieten, bis *unser* Haus fertig ist.« Ich öffne den Mund, um einen Bissen abzubekommen.

Sie lächelt, als sie den Löffel an meine Lippen führt, und der zitronige Geschmack trifft meine Zunge.

Süß, mit einem kleinen Kick, genau wie meine Lena.

»Meinst du, Gary und Joe würden einen Hund erlauben? Ich wollte schon immer einen.« Sie legt den Kopf schief und nimmt einen weiteren Bissen.

Ich streiche ihr die Locken von der Schulter. »Bestimmt.«

»Wow, du bist wirklich leicht zu überreden. Du liest einer Frau jeden Wunsch von den Augen ab.«

Ich beuge mich vor und gebe ihr einen Kuss. »Nur dir, kleine Plage. Du warst schon immer die Einzige für mich.«

Epilog

Lena

Zwei Jahre später

»Stört es dich, wenn ich mich ein paar Minuten früher aus dem Staub mache?« Ich spähe ins Atelier, und Victoria schaut hinter ihrer Staffelei hervor.

»Nur zu. Du hast den ganzen Tag gearbeitet, du musst die Füße hochlegen.«

Resigniert blicke ich auf meine geschwollenen Knöchel. »Du hast einen Sessel und einen Hocker für mich hinter die Kasse gestellt. Ich habe bei jeder Gelegenheit die Füße hochgelegt.« Meine flachen Schuhe klacken auf dem Holzboden, als ich auf sie zugehe.

Sie tätschelt meinen dicken Bauch. »Ja, aber in deinem Kurs hast du eine Stunde lang gestanden.« Sie seufzt. »Ich hätte dir deinen Stuhl hier reinstellen sollen.«

Ich muss lachen. »Vic, diese Kinder hören mir schon so kaum zu. Stell dir vor, ich versuche, ihnen das Malen beizubringen, während ich in einem Sessel sitze und die Füße hochlege.«

»Wenn das jemand kann, dann Lena Santos.« Sie steht von ihrem Hocker auf und legt mir die Arme um die Schultern. »Du musst mir was von deiner Energie abgeben, damit ich sie in Schach halten kann, während du im Mutterschaftsurlaub bist.«

»Denkst du etwa, so leicht wirst du mich los?« Ich ziehe eine Augenbraue hoch, als sie die Umarmung löst. »Sobald das Baby da ist, schnalle ich mir die Trage um und nerve dich wieder den ganzen Tag.«

»Lena«, tut sie streng. »Du wirst auf keinen Fall gleich wieder arbeiten. Und wir wissen beide, dass dein Mann dich und das Baby eine Weile nicht aus den Augen lassen wird.«

Bei der Anspielung auf Gavins übertriebenen Beschützerinstinkt muss ich grinsen. Den habe ich in den vergangenen neun Monaten oft genug zu spüren bekommen. Seit wir von meiner Schwangerschaft erfahren haben, darf ich nicht mal mehr die Autotür selbst öffnen, und als unser Haus im Sommer fertig geworden ist, hat er mich nicht eine einzige Sache reintragen lassen.

Aber ich habe jede Sekunde dieser Sonderbehandlung genossen, denn ich finde es absolut heiß, wie er mich von Kopf bis Fuß bedient. Ich könnte *ewig* zusehen, wie er meine Schwangerschaftsgelüste befriedigt. Dagegen ist Teigausrollen gar nichts.

Mein Magen knurrt, wenn ich an die Zitronenschnitten denke, die er mir gestern Abend gebacken hat. Ich habe schon alle vernichtet, aber ich wette, ich kann ihn überreden, neue zu backen.

»Dann muss er mich begleiten«, sage ich entschlossen. »Er

kann das Baby rumtragen, während ich unterrichte. Eine Win-win-Situation.«

»Hört sich perfekt an.« Vic drückt mir einen Kuss auf die Wange. »Und jetzt mach, dass du nach Hause kommst«, sagt sie streng und schiebt mich zur Tür.

In der Galerie bleibe ich vor Victorias Selbstporträt stehen, das mir vor zwei Jahren den Atem verschlagen hat. Seit ich sie besser kenne und ihr gutes, großzügiges Herz jeden Tag erleben darf, finde ich es sogar noch schöner.

Daneben hängt jetzt mein eigenes Selbstporträt.

Tigerstreifen zieren meine Haut, als Ausdruck meiner wilden Seite, doch mein Gesichtsausdruck strahlt Ruhe und Selbstvertrauen aus.

Endlich bin ich angekommen, und man sieht es.

Ich hole meine Tasche, die hinterm Tresen liegt, ziehe meine Jacke an, drehe das Schild an der Tür um und steige in mein Auto.

Gavins und Auggies Innenstadtsanierung ist fast abgeschlossen. Die Straße ist gesäumt von restaurierten Ladenfronten, und alle Flächen sind vermietet, darunter auch das neue Büro meiner Mutter und Santos Brothers Architecture an der Ecke.

So können Gavin und ich oft zusammen zu Mittag zu essen und danach in der Gasse neben seinem Büro ein bisschen knutschen.

Als ich im Bear Creek ankomme, steigt meine Vorfreude. Meine Reifen knirschen im Schnee, als ich neben Gavins Truck parke.

Hinten auf dem Grundstück steht die kleine Hütte, in der wir uns ineinander verliebt haben. In der aus einer Nacht für immer wurde. In der wir beide unser Zuhause gefunden haben.

Anderthalb Jahre haben wir in dieser Hütte gewohnt, während unser Haus gebaut wurde, und ich habe jeden Moment dieser Gemütlichkeit geliebt. Aber es war schön, sich in den letzten Monaten in unserem neuen Haus auszubreiten.

Ich stelle den Motor aus, halte nach Gavin Ausschau und freue mich darauf, wie mein Herz jedes Mal einen Sprung tut, wenn ich ihn entdecke.

Und als mein Blick auf die Stufen zum Café fällt, steigt mein Puls wie erwartet.

Schwarzer Mantel über breiten Schultern, eine waldgrüne Mütze, die Luci ihm gestrickt hat, und zwei Kaffeetassen in den Händen.

Benommen steige ich aus dem Auto, und als er auf mich zukommt, heben sich seine Wangen zu einem breiten Lächeln.

Mein Leuchtturm. Meine Liebe. Mein Gavin, mit diesem bezaubernden Funkeln in den Augen.

Als er mich erreicht, umhüllt mich sein männlicher Kieferndiuft, und ich entspanne mich instinktiv. Mit einem Seufzer drückt er einen langen, sanften Kuss auf meine Lippen.

»Du hast mir gefehlt. Wie geht es euch beiden?«, flüstert er und reicht mir einen Becher. Dann legt er die freie Hand ehrfürchtig auf meinen Bauch.

»Jetzt ausgezeichnet.« Ich grinse ihn an und nippe an meinem süßen Pfefferminzkaffee.

Er beugt sich vor und küsst meinen Bauch. »Gut. Wir müssen nämlich einen Baum aussuchen.«

Als er seinen Arm um meine Schultern legt, rieche ich an seinem Becher. »Wie schmeckt der Pfefferminz-Mokka?«, necke ich ihn.

Er zwinkert mir zu, während er mich zu den anderen dirigiert. »Köstlich.«

***

Gavin

Okay. »Was ist deine Lieblingszahl?«, fragt Lena und bindet Julia den cranberryroten Schal um den Kopf.

Es ist beeindruckend, wie vertrauensselig Julia wirkt, als Lena ihr die Augen verbindet, obwohl sie diese Tradition nicht kennt.

Letztes Jahr war ich an der Reihe. Im Alter von vierzig Jahren ließ ich mir von Lena die Augen verbinden, und während ich versuchte, alle davon zu überzeugen, dass die Zwei meine Lieblingszahl ist, brachte Lena mich dazu, die Zehn zu wählen.

Zehn für die Anzahl der Jahre, die wir gebraucht hatten, um zu erkennen, wo unser Herz hingehört.

»Neun«, sagt Julia selbstbewusst.

»Das ist eine gute Zahl«, sagt Penelope und nimmt ihre Hände.

Auf Lenas hübschem Gesicht breitet sich ein Lächeln aus. Sie zwinkert mir zu und fragt: »Wie oft sollen wir sie drehen, Gav?«

Julia kichert aufgeregt.

Seit ihrer Adoption vor drei Monaten ist sie mehr aufgeblüht, als ich es mir je hätte vorstellen können. Lena und ich haben schon vor der Adoption viel Zeit mit ihr verbracht, aber wir sind so glücklich, dass sie jetzt endlich bei uns ist.

Ob ich auf ihren Wunsch hin jeden Samstag Zimtschnecken selbst gebacken habe? Vielleicht.

Habe ich sie süchtig nach koffeinfreiem Pfefferminz-Mokka gemacht? Möglicherweise.

Habe ich sie und Lena die Wände ihres Schlafzimmers bemalen lassen? Schuldig im Sinne der Anklage.

Bereue ich irgendetwas davon? Nicht im Geringsten.

Sie hat mich um den Finger gewickelt.

Nun, alle beide wickeln mich um den Finger. Und bald wird es ein drittes Familienmitglied geben, dem ich keinen Wunsch abschlagen kann.

»Dreht sie siebenundneunzigmal. Einmal für jeden Tag, den sie bei uns ist«, sage ich und streiche Julia übers Haar.

»Onkel Gavin«, protestiert Pen, doch Julia quietscht: »Okay!«

Lenas Lachen kitzelt meine Ohren, als sie beginnt, Julia langsam zu drehen. »Eins, zwei, fünfundneunzig …«

In den letzten zwei Jahren hat sich mein Herz angefühlt, als hätte jemand ihm mit einen Defibrillator Starthilfe gegeben.

Familie. Freunde. Zusammenhalt. Glück. Alles, was ich immer so vermisst habe, umgibt mich jetzt jeden Tag.

Und das verdanke ich einer einzigen Person.

Der Frau, die das alles möglich gemacht hat. Die sich für mich entschieden hat. Die an meiner Seite ist. Die dafür gekämpft hat, Hand in Hand mit mir durchs Leben zu gehen.

Sie hat mir alles gegeben, was ich mir erhofft, aber nie für möglich gehalten hatte.

Lena legt die Hände auf Julias Schultern und dreht sie in Richtung der Bäume. »Neunter Baum. Pen, zählst du mit?«

Als Penelope nickt, lässt Lena Julia los, die prompt auf den ersten Baum zusteuert. Kichern erfüllt die Luft, als Pen, Jack und der kleine Noah ihr folgen, dicht gefolgt von Auggie, um ihn aufzusammeln, wenn er unweigerlich in den Schnee fällt.

Lena schnappt sich ihren Becher, kuschelt sich unter meinen Arm, und wir folgen den anderen.

Und wie immer, wenn sie in der Nähe ist, entspanne ich mich. Als wäre sie das fehlende Puzzleteil, das endlich wieder an seinem Platz ist.

***

Im Wohnzimmer knistert ein Feuer, als ich die Reste der Christbaumschmuck-Verpackungen aufsammele. Oben ist endlich Ruhe eingekehrt, das Kichern ist verklungen, und Julia liegt im Bett.

Durch unsere riesigen Fenster blicken wir auf den Wald hinterm Haus, und heute Abend spiegeln sie den Schein des Feuers und die bunten Lichter unseres gerupften Baumes.

Wir wollten unser Haus mitten im Wald, und obwohl Auggies und Zaras Haus nur einen Katzensprung entfernt ist, kann man unseres durch den Wald auf der Rückseite des Grundstücks nicht sehen.

Die zweistöckige Hütte hat einen offenen Grundriss, auf jeder Seite eine Veranda und natürlich einen Whirlpool.

Alle meine Träume sind wahr geworden.

Nur dass meine Träume damals nicht mit dem fröhlichen Lachen meiner Familie gefüllt waren.

So weit hat meine Fantasie nicht gereicht.

Lena hat mein Leben besser gemacht, als ich es mir je hätte träumen lassen.

Cubs Krallen klappern auf dem Holzfußboden, als er meiner Frau die Treppe herunter folgt. Unser Welpe aus dem Tierschutz weicht ihr kaum von der Seite, seit sie schwanger ist, und an manchen Abenden muss ich ihn vom Sofa scheuchen, um mit ihr kuscheln zu dürfen.

Heute Abend geht Lena am Sofa vorbei, stellt sich neben mich vor den Weihnachtsbaum und nimmt meine Hand.

Ich drehe sie um und ziehe sie mit dem Rücken an meine Brust. »Tanzen Sie mit mir, Mrs Santos?«, flüstere ich atemlos.

»Immer, Mr Santos.« Sie lehnt den Kopf zurück, und ich lege die Hände um ihren Bauch.

Ich streiche ihr Haar über eine Schulter und vergrabe mein Gesicht in ihrem Nacken. »Nur noch ein paar Wochen«, murmele ich. »Dann lernen wir ihn kennen.«

»Mmmh«, murmelt sie, während wir die Hüften im Takt wiegen. »Ich kann es kaum erwarten, dich wieder ein Baby halten zu sehen. Das ist einer der Gründe, warum ich überhaupt in diese Lage geraten bin, ich bin einfach verrückt danach.«

Lachend fahre ich mit meinen Lippen über ihre Halsschlagader. »Danke für all das hier. Weißt du, wie sehr ich dich liebe?«

Sie hebt eine Hand und fährt mit den Fingernägeln über

meine Kopfhaut, worauf mir eine Gänsehaut über den Rücken jagt. »Ja, aber sag es mir noch einmal.«

»Ich liebe dich, kleine Plage.«

Und es ist so leicht, diese Worte auszusprechen.

Bonus Epilog

Lena

Acht Monate später

»Ich wünschte, du wärst hier.« Seufzend lasse ich mich aufs Bett fallen und halte das Handy so, dass ich Gavins Gesicht auf dem Display sehen kann. »Es war ein langer Tag, und ich will mich nur noch an dich kuscheln und neben dir einschlafen.«

»Ich wünschte, ich wäre bei dir.« Das schummrige Licht der Lampe in seinem Hotelzimmer spielt mit seinen Gesichtszügen, wirft goldene Linien auf seine Wangenknochen und dunkle Schatten um seine Augen.

Er sieht müde aus. Erschöpft. Urlaubsreif.

Ich bin mir fast sicher, dass er gerade in Idaho ist. Ich glaube, er hat so was gesagt, als er vor fünf Tagen abgereist ist, aber da habe ich gerade einen sieben Monate alten, zappelnden Bowie auf der Hüfte balanciert und versucht, ihn sauber zu machen, während Gavin die zerdrückte Avocado aufwischte, die Bowie überall in der Küche verteilt hatte. Und wir gleichzeitig Julias Brotdose für ihren ersten Tag in der vierten Klasse packen mussten.

Ja, ich *glaube*, es war Idaho, aber es ist zu spät, um zuzugeben, dass ich mir nicht sicher bin.

Santos Brothers Architecture floriert, und Gavin und Auggie sind ständig zu Ortsbegehungen in irgendwelchen Kleinstädten, um bei der Sanierung ihrer historischen Gebäude und Stadtzentren zu helfen.

Es ist ihre dritte Geschäftsreise in diesem Sommer, und obwohl ich mich freue, dass die Firma gut läuft, vermisse ich Gavin sehr. Nachdem ich Julia zur Schule gebracht habe, liefere ich Bowie bei meiner Mutter ab, um in der Galerie zu arbeiten, und die letzten fünf Tage sind irgendwie gleichzeitig wie im Flug und im Schneckentempo vergangen.

»Wie war dein Tag?«, fragt er.

»Ganz gut. Wir waren heute Morgen mit unserer Seniorengruppe draußen, Wildblumen malen. Ein Haufen Sechzig- und Siebzigjähriger mit flatternden Sonnenhüten, das war so niedlich.« Ich zucke die Schultern. »Ich sag dir, da würdest du perfekt reinpassen. Deine grauen Strähnen würden gar nicht weiter auffallen«, füge ich lachend hinzu.

Ein Lächeln vertieft die Falten um seine Augen. »Ich genieße meine *privaten* Malkurse in *deinem* Atelier viel mehr.«

Seine sonore Stimme trifft mich direkt in die Magengrube. Ich spüre, wie meine Wangen glühen, als ich mich an seine letzte Einzelstunde erinnere, in der mehr Farbe auf unseren Körpern als auf der Leinwand gelandet ist.

Gavin hat mir ein wunderschönes Atelier am Waldrand entworfen und gebaut, wo ich mich auf meine Kunst konzentrieren kann – gerade weit genug vom Haus entfernt, um sich wie meine Oase anzufühlen.

Ich liebe die Zeit, die ich allein dort verbringe, frei von Ablenkungen.

Aber noch mehr liebe ich es, wenn Gavin vorbeischaut.

»Wie geht es Julia?«, fragt er und reißt mich aus meinen Gedanken. »Hat sie noch mal versucht, Fahrrad zu fahren?«

Ich schüttle den Kopf. »Es steht immer noch im Schuppen. Hat sich keinen Zentimeter bewegt.«

Er fährt sich mit der Hand durchs Haar. »O Mann«, seufzt er und schließt kurz die Augen. »Wenn ich nur wüsste, wie ich ihr helfen kann.«

Julia versucht schon den ganzen Sommer, Fahrradfahren zu lernen. Penelope und Jack fahren oft mit dem Rad zum Spielplatz und fragen Julia immer, ob sie mitkommt.

Aber Pen und Jack haben es schon vor Jahren gelernt, und ich glaube, es belastet Julia, dass sogar ihr kleiner Cousin es kann und sie nicht. Sie lässt sich nichts anmerken und gibt ihr Bestes, doch sobald sie die Füße heben und das Gleichgewicht halten soll, bricht sie in Tränen aus.

Gavin und ich haben versucht, sie zu unterstützen und ihr zu helfen, ohne zusätzlich Druck auszuüben. Sie will es einfach so sehr, und es ist herzzerreißend, mitanzusehen, wie sehr sie mit sich selbst hadert.

»Ich wünschte, sie würde so an sich glauben wie wir.« Ein Schleier legt sich über seine Augen, als würde er in seinen Erinnerungen graben. Dann blinzelt er und hebt das Handgelenk, um auf die Uhr zu schauen. »Kann ich mit ihr sprechen? Ist sie noch wach? Ist es schon neun?«

»Sie übernachtet heute bei Pen«, sage ich entschuldigend. »Also ist sie wahrscheinlich wach, aber nicht hier. Willst du versuchen, Zara oder Auggie anzurufen?«

Er verzieht den Mund. »Schon gut. Morgen bin ich wieder da, und vielleicht können wir beide am Wochenende daran arbeiten.« Er sucht meinen Blick. »Hattet ihr einen schönen Abend?«

»Ja. Zara und ich haben einen Wellnessabend für die Mädchen organisiert, und Auggie hat Noah, Jack und Bowie für ein paar Stunden zu meiner Mutter gebracht.« Ich stütze mein Kinn auf die Finger und drehe das Gesicht zur Seite. »Siehst du? Wir haben Gesichtsmasken und Maniküren gemacht und *Plötzlich Prinzessin* geschaut.« Ich halte meine Fingernägel vors Handy, damit er den blauen Nagellack sehen kann.

Gavin grinst. »Sieht fantastisch aus. Welche Farbe hat Julia gewählt?«

»Ich bin zur Geheimhaltung verpflichtet, bis du zurück bist«, informiere ich ihn mit einem süffisanten Lächeln.

»Okay.« Er lacht. »Muss ich Angst haben?«

»Sagen wir einfach, sie hat den Nagellack ausgesucht, weil sie dachte, er trifft deinen Geschmack.«

Er nickt. »Verstehe. Hat Bowie sich auch die Nägel lackieren lassen?«

»Nein, leider nicht. Als Auggie die Jungs zurückgebracht hat, war Bowie völlig durch. Er hat geschluchzt, als ich ihn auf den Arm nehmen wollte, und dann hat mir der kleine Stinker einen Keks aus der Hand gerissen und sich das ganze Ding in den Mund gestopft.« Ich schüttle den Kopf bei der Erinnerung an seine großen, tränenüberströmten Augen und die dicken Backen. »Ich musste alles wieder rausholen, damit er nicht an seinem ersten Keks erstickt.«

Gavin muss lachen. »Der arme Kerl hatte *Hunger*.«

»Ich habe noch nie ein so hungriges Kind erlebt.« Ich schaue zur Decke und überlege, was ich ihm diese Woche alles zu essen gegeben habe. »Er hat die ganzen Süßkartoffeln und Erbsen aufgegessen, die du gekocht hast. Und ich glaube, wir haben noch eine Portion Karotten übrig.«

»Nächstes Mal mache ich mehr. Ich habe nicht erwartet, dass er alles aufisst.« Sein Gesicht wird weich. »Hab ich irgendwas verpasst? Hat er schon *Mama* gesagt?«

Ich schüttle den Kopf und versuche, gute Miene zu machen.

Bowie sagt nur zwei Worte: Juju und Dada. Und ja, ich bin ein bisschen enttäuscht, dass er noch nicht *Mama* sagt. Aber ich liebe es, Julias und Gavins Gesichter aufleuchten zu sehen, wenn er ihre Namen sagt.

»Darf ich ihn sehen?«, flüstert Gavin schüchtern.

»Bowie?«

»Ja. Ich weiß, er schläft, aber kann ich ihn ganz kurz sehen?«

Lächelnd stehe ich vom Bett auf. »Natürlich.«

Cub stöhnt, als er ebenfalls aufsteht, um mir aus dem Schlafzimmer und die Treppe hoch zu Bowies Zimmer zu folgen. Ich drehe mich um, befehle ihm flüsternd, vor der Tür zu warten, und er setzt sich gehorsam hin und neigt den Kopf, um mir zuzusehen, wie ich leise den Türknauf drehe. Dann lege ich einen Finger an die Lippen, sodass Gavin es sehen kann, und er nickt lächelnd.

Ich knipse die dämmrige Sternenlichterkette an, die fürs nächtliche Windelwechseln über Bowies Kommode hängt, und gehe dann zum Kinderbett, in dem unser Baby tief und fest auf dem Rücken schläft, die Arme weit ausgebreitet, die

Lippen leicht geöffnet. Er hat den Kopf zur Seite gedreht, eine kleine pausbäckige Wange in die Matratze gedrückt, und seine schweren, regelmäßigen Atemzüge grenzen an Schnarchen.

Ich überlege kurz, mich neben ihn zu legen und auszunutzen, dass die Pyjamaparty heute ausfällt, die Julia und ich sonst veranstalten, wenn Gavin nicht da ist, und bei der wir bis lange nach ihrer Schlafenszeit aufbleiben.

Aber Bowie schlummert so tief und fest, und ich bin mir ziemlich sicher, dass es illegal ist, ein Baby zu wecken, also bleibe ich auf meiner Seite des Gitters.

Nachdem ich die Kamera gedreht habe, halte ich das Telefon ins Bettchen, damit Gavin ihn sehen kann.

Ein stechender Schmerz durchfährt meine Brust, als sich Gavins Gesicht verzieht. Eine Falte bildet sich zwischen seinen Augenbrauen, und er presst die Lippen fest aufeinander. Dann beugt er sich näher zum Telefon und saugt den Anblick unseres Babys in sich auf.

Bowie seufzt leise im Schlaf und schmatzt mit den Lippen.

»Hey, kleiner Mann. Ich vermisse dich«, flüstert Gavin so leise, dass ich es kaum höre. Seine Mundwinkel zittern. »Morgen bin ich wieder zu Hause. Sei bis dahin lieb zu deiner Mama.«

***

»Glaubst du, die verbrennen?«, fragt Julia und knabbert an ihrem Daumennagel, als sie sich zu mir umdreht.

Ich knie mich neben sie vor den Herd, lege meine Handfläche zwischen ihre Schulterblätter und begutachte durchs

Backofenfenster die Zimtschnecken, die wir zusammen gebacken haben. »Nein, Süße, die sehen perfekt aus. Ich glaube, in ein paar Minuten können wir sie rausholen.«

Sie streicht sich mit den Händen über die Oberschenkel. »Okay. Ich bleibe hier und warte.«

»Dann warte ich mit dir«, antworte ich und küsse sie auf den Scheitel.

Als Julia vor ein paar Stunden von ihrer Übernachtung bei Pen nach Hause kam, verkündete sie, dass sie Gavin mit Zimtschnecken überraschen wolle. Ich gestehe, mein erster Impuls war, ihr zu sagen, dass ich nicht weiß, wie das geht, und nicht glaube, dass wir es so gut hinbekommen wie er.

Aber: Wir haben es uns als Familie zur Mission gemacht, ihr beizubringen, an sich selbst zu glauben, also habe ich diese Gedanken sofort verdrängt und ihr (und mir selbst) Mut zugesprochen.

Vielleicht habe ich mich auch ins Badezimmer geschlichen und Millie angerufen, um mir ein paar Tipps abzuholen.

»Juju!« Bowie ruft nach seiner Schwester, während er um die Kücheninsel herumrutscht.

Er beherrscht diese Vorstufe des Krabbelns meisterlich und ist erstaunlich schnell. Wenn seine Schwester irgendwo hingeht, findet er einen Weg, ihr zu folgen.

Julia setzt sich in den Schneidersitz und zieht ihn auf ihren Schoß. Zu dritt starren wir auf das Ofenfenster.

»Juju?«, fragt er und blinzelt mich mit seinen großen braunen Augen an.

»Ja.« Ich streiche ihm über die kurzen dunklen Locken. »Juju hat Zimtschnecken gebacken, um Dada zu überraschen.«

»Dada?«, fragt er und dreht sich suchend um.

»Nein, Dada ist noch nicht da.«

»Dada«, wiederholt Bowie, aber diesmal ist es eher ein Quieken. Er krabbelt von Julias Schoß und an mir vorbei.

Julia und ich drehen uns um und entdecken zwei schwarze Anzugschuhe.

Wir schnappen beide nach Luft, und mir zieht sich der Magen zusammen, als Gavin sich auf den Boden setzt. Bowie klettert in seine Arme und drückt sein Gesicht an den Hals seines Vaters, kichert und plappert, während Gavin die Augen schließt. Julia kuschelt sich in seinen anderen Arm, und er drückt beide Kinder an seine Brust.

Ich kann die gemurmelten Worte zwischen ihnen nicht verstehen, und mein Herz ist so voll, dass es jeden Augenblick platzen könnte. Ich will ihn umarmen, ihn küssen, in seinen Armen liegen. Aber ich möchte auch einfach nur dastehen und zusehen, wie er unsere Kinder umarmt.

Er legt all seine Liebe in diese Umarmung. All die Liebe, die ihm als Kind niemand gezeigt hat, und doch weiß er genau, wie es geht. Er verbringt jede freie Minute mit ihnen und sorgt dafür, dass sie nie an ihrem Zuhause zweifeln, anders als er selbst als Kind.

Natürlich gibt es Momente, in denen wir Angst haben, das Falsche zu tun oder zu sagen. Unseren Fähigkeiten als Eltern zu vertrauen, ist ein täglicher Kampf, den wir vielleicht nie gewinnen werden.

Aber wir wissen beide, das Wichtigste, was wir Julia und Bowie geben können, ist ein sicheres Zuhause und bedingungslose Liebe.

Als Gavins Augen sich öffnen, sind sie glasig, und er sucht meinen Blick.

Ich krabble zu ihm und nehme sein Gesicht zwischen meine Hände. Seine Haut zu spüren, erdet mich, verleiht mir Kraft wie sonst nichts auf der Welt. Mit den Fingerspitzen greift er nach meinem Shirt und zieht mich näher, bis wir alle drei irgendwie in seinen Armen oder auf seinem Schoß liegen, ein großes glückliches Knäuel.

»Es ist so schön, zu Hause zu sein«, seufzt er.

Wir sitzen zusammen auf dem Boden, tauschen Neuigkeiten aus und reden, bis mich der Timer an die Zimtschnecken erinnert.

Als ich aufspringe, um mir die Topflappen zu schnappen und den Ofen zu öffnen, höre ich Gavin hinter mir lachen.

»Die hat Julia gemacht«, verkünde ich und wackle mit den Augenbrauen, als ich Gavin das Blech hinhalte. »Sehen sie nicht toll aus?«

Er grinst sie an. »Ehrlich? Die sehen perfekt aus«, schwärmt er.

Ein rosa Schimmer huscht über ihre Wangen. »Danke.«

Während ich die Zimtschnecken glasiere, nimmt Julia sich ein Glas Milch und folgt Gavin und Bowie ins Wohnzimmer. Ich höre das Kreischen, das immer ertönt, wenn Gavin ihn in die Luft wirft, und Julias glückliches Kichern.

Als ich eine Zimtschnecke auf einen Teller gleiten lassen, legen sich von hinten starke Arme um mich, und Gavin drückt seine Lippen an meinen Hals. »Hey, kleine Plage«, flüstert er. »Du hast mir gefehlt.«

Ich lege den Pfannenwender weg, greife nach seinen Unterarmen und lehne meinen Kopf an seine Brust. »Du hast mir auch gefehlt.«

Als ich den Kopf drehe, um in seine Whiskeyaugen zu

blicken, legt er eine warme Hand an mein Kinn, führt meine Lippen an seinen Mund, und sein Kuss sagt mehr als tausend Worte.

Ich will dich. Ich brauche dich. Danke, dass du alles zusammenhältst, wenn ich weg bin. Du bedeutest mir alles.

Als er den Kuss vertieft, entweicht mir ein zufriedener Seufzer, und ich drehe mich in seiner Umarmung um. Er lässt die Finger durch mein Haar gleiten und zieht mich mit der anderen Hand eng an sich. Mit wild pochendem Herzen schlinge ich die Arme um seinen Hals.

Ich frage mich, ob genug Zeit ist, ihn in die extragroße Speisekammer zu ziehen, die er für uns entworfen hat. Hinter dieser Tür haben wir im Laufe der Jahre viele leidenschaftliche Küsse gestohlen.

Doch bevor ich den Gedanken umsetzen kann, richtet er sich auf und sieht mich an, Verlangen im Blick. »Wir machen später weiter«, flüstert er und drückt mir einen letzten Kuss auf die Lippen.

»Igitt«, stöhnt Julia, als sie in die Küche kommt.

Gavin lacht an meinem Mund. »Heute Nacht gehörst du mir«, flüstert er so leise, dass nur ich es hören kann, bevor er die Teller nimmt, um den Tisch zu decken.

***

Wenn es eine Sache gibt, die ich über mich gelernt habe, seit ich mich an jenem Weihnachten in Gavin verliebt habe, dann dass ich darauf stehe, wenn er mit Babys kuschelt. Damals habe ich ihn jeden Tag mit Noah gesehen, und das hat etwas in meinem Herz und in meinem Gehirn ausgelöst.

Aber jetzt? Jetzt ist diese unwillkürliche Reaktion noch *viel intensiver*.

Jetzt hält er *unser* Baby in den Armen, und ich glaube, ich fand noch nie irgendwas so sexy.

Und wenn man dann Gavin plus Baby wahllos mit irgendeiner anderen Aktivität kombiniert?

Dann bin ich geliefert. Dann bin ich verloren. Und meine Eierstöcke schmelzen dahin.

Jetzt schläft Bowie an der Brust seines Vaters, während Gavin die hintere Veranda fegt. Er hat auch schon den Whirlpool gereinigt, ein kaputtes Scharnier an der Schuppentür repariert, die ganze Küche gesaugt und gewischt und sich geduldig von Julia die Nägel schwarz lackieren lassen, passend zu ihren eigenen.

Eigentlich sollte ich die Zeit nutzen, um mich zu entspannen, zu lesen oder ein Bad zu nehmen, wie Gavin mir befohlen hat. Stattdessen lasse ich mein Gehirn zu Brei werden, trinke einen Eiskaffee und beobachte durchs Fenster jede seiner Bewegungen.

Wenn ich nicht sowieso dafür gewesen wäre, noch ein Baby zu bekommen, dann wäre ich es spätestens jetzt.

Gavin ist fertig mit Fegen und geht in den Schuppen, um den Besen wegzuräumen. Als er wieder herauskommt, starrt er auf das leuchtend orange Fahrrad, das an der Wand lehnt. Sein Blick huscht zu Julia, die auf der Veranda sitzt und malt.

Er ruft etwas in ihre Richtung, und sie schaut über ihre Schulter zu ihm. Er nickt in Richtung Fahrrad, sein Mund bewegt sich, aber ich höre nicht, was er sagt.

Julia zwirbelt den Pinsel in ihrer Hand, während sie überlegt. Als sie antwortet, breitet sich ein Lächeln auf seinem Gesicht aus.

Ich bekomme ein flaues Gefühl im Magen, als ich sehe, wie sie ihre Aquarellfarben schließt und auf Gavin zugeht. Cub trottet hinter ihr her. Mit einer Hand auf Bowies Hinterkopf beugt Gavin sich vor, um das Fahrrad zur gepflasterten Auffahrt zu schieben.

Ich kippe den letzten Schluck Kaffee runter, schlüpfe in meine Sandalen und eile zur Hintertür.

Julia setzt ihren Helm auf und wirft einen unsicheren Blick auf das Fahrrad. »Er sitzt zu locker«, sagt sie zu Gavin und schiebt den Helm hin und her, um es ihm zu zeigen.

»Okay. Ich stelle ihn enger.« Gavin kniet sich vor sie hin, um den Riemen unter ihrem Kinn festzuziehen, die schwarz lackierten Fingernägel im Kontrast zu Julias blondem Haar.

Bowie brabbelt, während er versucht, die Finger in den Mund seines Vaters zu stecken.

»Hey, Bow.« Lachend komme ich näher und ziehe seine Finger weg. »Reiß dich zusammen.« Dann frage ich Gavin: »Soll ich ihn nehmen? Macht es vielleicht einfacher.«

Gavin küsst seinen Sohn auf den Kopf, bevor er den Tragegurt öffnet und ihn mir übergibt. Ich halte Bowie so, dass er zusehen kann, und stelle mich an den Rand der Einfahrt.

Gavin hockt sich wieder neben Julia, die Trage immer noch um seine Taille, und sieht sie an. »Okay, kannst du mir sagen, wovor genau du Angst hast?«, fragt er und hält ihre Hände.

Sie verzieht den Mund und blinzelt ein paarmal. »Ich weiß nicht. Dass ich hinfalle? Dass ich mir wehtue?«

Ich verspüre den Impuls, zu ihr zu gehen und sie zu trösten, aber ich bleibe, wo ich bin. Gavin schafft das. Ich weiß, dass er es schafft.

Mit dem Daumen streicht er ihr über den Handrücken. »Ich verstehe.« Er nickt. »Aber weißt du, ich habe etwas über dich gelernt.«

»Was denn?«

»Du bist sehr resilient.«

Sie zieht die Schultern hoch. »Was heißt *resilient*?«

Er schluckt. »Es bedeutet, dass du dir schon mal wehgetan hast«, sagt er leise und streicht ihr eine Haarsträhne hinters Ohr. »Aber du hast dich nicht unterkriegen lassen. Du bist stark und stur« – er zwinkert mir zu – »wie deine Mutter. Und ich *weiß*, selbst wenn du hinfällst, wirst du es schaffen, denn wir sind hier, um dir zu helfen. Dafür ist eine Familie da. Wenn dir ein Fehler passiert oder du unsicher bist, sind wir immer für dich da. Wir richten dich wieder auf, verarzten deine Knie und feuern dich an, wenn du bereit bist, es noch einmal zu versuchen. Wir werden immer da sein, wenn du uns brauchst.« Seine Stimme bricht, als er fortfährt: »Du bist nicht mehr allein, wenn dir jemand wehtut, okay? Wir sind immer für dich da.«

Alle Emotionen brechen gleichzeitig über mich herein. Ich kann mich nicht mehr beherrschen. Ich muss ihnen körperlich nahe sein. Mein Herz verlangt danach.

Bowie ruft »Juju, Juju«, bis wir seine Schwester erreichen. Ihre Wimpern sind feucht, als ich mich vorbeuge, damit er ihr mit offenem Mund einen sabbernden Kuss auf die Wange geben kann.

»Danke, Bow.« Lachend wischt sie sich den Sabber mit der Schulter ab, dann atmet sie tief durch.

Ich beuge mich zu ihr hinunter. »Du schaffst das, Süße. Ich glaube an dich.«

Gavin hilft Julia, sich auf ihr Fahrrad zu setzen. Sie starrt die Auffahrt hinunter, mit einer Mischung aus Selbstvertrauen und Unsicherheit, aber als Gavin ihr etwas zuflüstert, nickt sie eifrig.

Ich ziehe mein Handy aus der Tasche, halte es außerhalb von Bowies Reichweite und beginne, ein Video aufzunehmen.

Gavin zählt von drei runter, eine Hand auf dem Sitz, die andere am Lenker. Und dann hebt sie die Füße, und er läuft los, und sie tritt in die Pedale, und Bowie quietscht, als würde er verstehen, was gerade passiert, und mir schlägt das Herz bis zum Hals.

»Okay«, ruft Julia, und ihre Stimme zittert leicht.

Gavin lässt los und bleibt stehen. Julia schwankt, das Fahrrad wackelt. Ihr Fuß rutscht ab, sie kippt zur Seite und schlittert mit dem Oberschenkel über den Boden.

Ich renne los, noch bevor sie ganz zum Stehen kommt.

Gavin erreicht sie zuerst, stellt das Rad hin und hilft ihr, aufzustehen.

Cub erreicht sie als Zweiter. Er leckt ihre Wangen und schmiegt sich an ihre Hand.

Als ich mich neben sie hocke, laufen ihr Tränen über die rosigen Wangen, aber sie versucht, tapfer zu sein.

»Schon gut. Schon gut«, murmelt Gavin, während er ihr über Schultern und Arme streicht.

Julias Wimpern flattern, als sie zwischen uns vieren hin und her blickt. Gavin, der vor ihr kniet, Cub, der sie beschnuppert, Bowie, der die Ärmchen nach ihr ausstreckt, und ich, die ihr die Tränen von den Wangen wischt.

Sie schluckt schwer und greift nach der Hand ihres Bruders. Ihr Mund verzieht sich zu einem kleinen Lächeln, bevor sie sagt: »So weit hab ich es noch nie geschafft.«

Gavin und ich lachen überrascht.

Unsere Blicke treffen sich kurz, bevor er sich wieder Julia zuwendet. »Siehst du? Resilient.«

»Das hast du ganz toll gemacht«, lobe ich und blinzle meine Tränen weg.

Gavin strahlt. »Ich wette, das schaffst du noch mal.«

»Ich wette, diesmal schaffe ich sogar noch länger«, sagt sie und reckt das Kinn.

Ist es physisch möglich, dass mein Herz aus allen Nähten platzt? Es fühlt sich jedenfalls so an. Noch nie in meinem Leben war ich so stolz auf jemanden wie in diesem Moment auf unsere Tochter.

Sie greift nach dem Fahrrad, und Gavin hilft ihr, aufzusteigen, wobei er mir alle paar Augenblicke fassungslose Blicke zuwirft.

Als sie in Position ist, geben wir ihr alle noch einen Kuss, dann treten Bowie und ich einen Schritt zurück. Ich richte die Kamera auf sie, und sie nickt Gavin selbstbewusst zu, bevor sie sich mit den Füßen abstößt.

Gavin schiebt sie mit einer Hand auf dem Sattel an, um ihr den nötigen Schwung zu geben, damit sie das Gleichgewicht halten kann.

»Lass los«, ruft Julia.

Gavin lässt eine Hand auf der Rückseite ihres Sattels und läuft immer noch neben ihr her.

»Lass los«, wiederholt sie lachend, und endlich lässt er los.

Er läuft weiter neben dem Fahrrad her, und ich kann auch

sein Lachen hören. »Du fährst!« Er bleibt stehen und lässt sie weiterfahren, dann dreht er sich zu mir um. »Sie fährt!«

Sie kichert fröhlich, während sie die Auffahrt runterradelt.

»Du schaffst das!«, rufe ich, und meine Stimme überschlägt sich.

Als sie das Ende unserer Einfahrt erreicht, hält sie das Gleichgewicht und geht vorsichtig in die Kurve, bis ich ihr Gesicht sehen kann, und es strahlt heller als die Sonne.

Gavin kommt zu mir und Bowie zurückgejoggt. »Sie hat es geschafft«, keucht er. »Verdammt, sie hat es geschafft.«

Als ich das Handy sinken lasse, küsst er uns beide. Er legt einen Arm um meine Schultern, während wir zusehen, wie Julia eine weitere Runde dreht.

»Der nächste Schritt sind Fahrstunden«, sage ich und schmiege den Kopf an seine Schulter.

Er stöhnt. »Gott bewahre.«

»Dadadada«, quengelt Bowie. Er windet sich in meinen Armen und streckt die Ärmchen nach Gavin aus.

Gavin reibt seine Nase an Bowies, bevor er ihn nimmt. »Du willst zu mir? Hast du Mama schon satt?«, fragt er und grinst mich an.

Er dreht Bowie in meine Richtung.

Dann streckt Bowie die Arme nach mir aus und sagt: »Mama, Mama.«

Gavin steht der Mund offen. »Hast du das auch gehört?«

»Hast du Mama gesagt?«, frage ich ungläubig und ziehe ihn zurück in meine Arme.

»Mama, Mama«, wiederholt er mit seinem zahnlosen Lächeln.

Tränen brennen in meinen Augen, als ich Bowie hoch in

die Luft halte. Er strampelt kichernd. »Genau, Bow, ich bin deine Mama!«

Ich drücke ihn an meine Brust, und Gavin stellt sich hinter mich, schlingt die Arme um mich und legt den Kopf auf meine Schulter. Wir sehen Julia zu, die noch eine Runde dreht, diesmal etwas schneller.

»Es ist schön, dich zu Hause zu haben«, sage ich und lehne meinen Kopf an seinen.

»Zuhause«, seufzt er und presst seine Lippen auf meine Wange. »Es gibt kein schöneres Gefühl auf der Welt.«

Danksagung

Ich danke euch von ganzem Herzen, dass ihr die Geschichte von Lena und Gavin gelesen habt. Liebe Leser*innen, ihr habt meine Bücher zu neuen Höhen geführt, und ich könnte nicht dankbarer sein. Ihr alle habt meine Träume wahr werden lassen, und ich wünschte, ich könnte euch alle umarmen!

Ich danke meinem Mann, dass er für unsere Familie gesorgt hat, wenn ich mich zum Schreiben verkrochen und den Rest der Welt vergessen habe. Danke, dass du mich gezwungen hast, rauszugehen, wenn ich eine Pause brauchte. Ich liebe dich mehr, als du dir vorstellen kannst.

Meinen Töchtern, die meine besten Cheerleader sind. Ohne euch hätte ich es nicht geschafft. Ihr glaubt mehr an mich als irgendjemand sonst auf der Welt, und es ist ein Privileg, euch groß werden zu sehen.

Ich danke Priyanka und dem ganzen Team von Avon und HarperCollins, dass ihr mich mit offenen Armen empfangen habt und ich bei euch ein Zuhause gefunden habe. Ich kann immer noch nicht fassen, dass ich mit einem solchen Dreamteam zusammenarbeiten darf, und bin gespannt, wohin diese Reise noch führt. Ich danke euch unendlich für alles!

Lauren, meine Agentin und Superheldin, ohne deinen Enthusiasmus und deine Unterstützung wäre ich nie so weit gekommen. Danke, dass du mich durch diesen Prozess geführt hast, für deine Geduld, als ich tausend Fragen hatte, und dafür, dass du mir etwas von deiner Zuversicht geliehen hast, wenn ich mich im Kreis gedreht habe.

Mom, ich hoffe, du hast auf mich gehört und dieses Buch nicht gelesen. Aber falls doch, danke, dass du immer stolz auf mich sein wirst, auch wenn ich Bücher mit Sexszenen schreibe. Hoffentlich bleibt das auch nach diesem Buch so.

Brooklyn, ich danke dir für all die harte Arbeit, die du in meinen chaotischen Entwurf gesteckt hast, um dieses Buch daraus zu machen! Ohne deine Hilfe und Freundschaft hätte ich es nicht geschafft. Tut mir leid, was du alles googeln musstest, um das Manuskript zu redigieren. Ich hoffe, du hast deinen Browserverlauf gelöscht.

Ein ganz besonderer Dank geht an Ada. Ohne deine Freundschaft, Ermutigung und emotionale Unterstützung gäbe es dieses Buch nicht. Durch dich fühle ich mich weniger allein auf der Welt, und ich bin so dankbar, dass diese kleine Ecke des Internets uns zusammengebracht hat. Danke, dass du dir stundenlang meine wirren Sprachnotizen angehört hast, in denen es um alles Mögliche ging, von Tassen, die plötzlich in einer Szene verschwinden, bis hin zu Gavins Dirty Talk. »Drafting Daddy™« gehört dir, und außerdem wirst du mich nie wieder los.

Wren, ich danke dir, dass du meine Bücher vom ersten Tag an geliebt hast. Ich bin jeden Tag froh, dass du schon so früh an mich geglaubt und mir geholfen hast, diese Geschichte zur besten Version ihrer selbst zu machen. Ich verspreche, immer alle deine Lieblings-Mikro-Tropes in meinen Büchern unterzubringen.

Cristina, ich danke dir, dass du mich an deiner brasilianischen Kultur teilhaben lässt. All die kleinen Details, die ich mit deiner Hilfe in diese Geschichte eingebaut habe, machen Lenas Familie so authentisch, und ich weiß sehr zu schätzen, dass ich deine persönlichen Erfahrungen für den Santos-Clan verwerten durfte. Du bist eine fantastische Freundin, und ich kann dir gar nicht genug danken.

Kristen, danke dafür, dass du mein Buch in der Anfangsphase gelesen und dafür gesorgt hast, dass alles korrekt und faktengetreu ist.

Meine Testleserinnen Erin, Tabitha, Lauren Brooke, Heidi und Kae, danke, dass ihr euch die Zeit genommen habt, mein Buch zu lesen und zu kommentieren. Ihr seid alle wundervoll, und ich kann es kaum erwarten, euch eines Tages im echten Leben in die Arme zu schließen!

Abschließend möchte ich euch, liebe Leser*innen, tausendfach danken, dass ihr an mich glaubt, meine Geschichten lest und sie mit der Welt teilt. Es kommt mir immer noch total surreal vor, dass ich meinen Lebensunterhalt mit dem Schreiben von Liebesgeschichten verdiene, und das verdanke ich euch.

Triggerwarnung

Liebe Leser*innen,

Wreck My Plans richtet sich an erwachsene Leser*innen (ab 18 Jahren), da explizite Sprache und sexuelle Inhalte darin vorkommen.

Obwohl ich dieses Buch in der Absicht geschrieben habe, euch zum Lächeln zu bringen, werden einige Themen angesprochen, die manche Leser*innen verstören könnten. Falls ihr von einem der folgenden Themen betroffen seid, ist Vorsicht angeraten.

- Erwähnungen elterlicher Vernachlässigung und das Leben in Pflegefamilien
- Erinnerungen an vergangene Depressionen und Selbstverletzungsgedanken
- Erwähnungen von Alkohol und Drogen

Ich hoffe, dass ich diese Themen mit der gebührenden Sorgfalt behandelt habe, aber eure psychische Gesundheit liegt mir aufrichtig am Herzen, deshalb gebt bitte auf euch acht.

Sie schaut durch ein Mikroskop auf Schmetterlinge, er durch ein Teleskop auf Sterne. Doch sehen beide dasselbe: die Unvereinbarkeit ihrer Liebe.